ANNA JANE GREENVILLE

HERZ
AUS
DORNEN

Copyright © 2019 by

Drachenmond Verlag GmbH
Auf der Weide 6
50354 Hürth
www.drachenmond.de
E-Mail: info@drachenmond.de

Lektorat: Nina Bellem
Korrektorat: Nicole Gozdek
Satz & Layout: Astrid Behrendt
Titel des englischen Originals: *Heart of Thorns*
Illustrationen von Anna Jane Greenville

Umschlagdesign: Alexander Kopainski
Bildmaterial: Shutterstock

Druck: Booksfactory

ISBN 978-3-95991-477-2
Alle Rechte vorbehalten

Für

Lisa, Daisy, Bita, Marie und Lilia

Kapitel 1

Anstalt und Abnormität

Grauer Rauch strömte unnachgiebig aus den Schornsteinen und vermischte sich mit der dichten Wolkendecke des leuchtend weißen Himmels. Darunter erstreckte sich ein unendliches Meer aus Dächern bis hin zum Horizont. Geschäftige Menschenmassen stürmten durch die breiten Straßen und engen Gassen, sie überquerten in Scharen die zahlreichen Brücken, die über die weitläufige Themse ragten. Getragen von sanften Wellen lagen viele Boote am Pier und spiegelten sich in der ruhigen Wasseroberfläche gemeinsam mit dem bunten Treiben an den Ufern.

Der Fluss offenbarte ein ganz anderes Bild Londons, als es das menschliche Auge wahrnahm. Und doch war auch die verzerrte Reflexion der Metropole in den Wellen der Themse eine Art von Realität. Ohnehin gab es verschiedene Auffassungen darüber, was real war und was nicht. So unterschied sich meine Wahrnehmung stark von der anderer Menschen. Ich fand nicht, dass das ein Vergehen war und doch hatte ich den Himmel genau deswegen seit Wochen, womöglich sogar seit Monaten nicht sehen dürfen. An meinem gegenwärtigen Wohnort gab es keine Fenster, kein Licht,

keine Hoffnung. Stattdessen erfüllte Gestöhne der Verzweiflung die Luft, eingepfercht zwischen den feuchten Steinwänden und gefangen von kalten Ketten. Es war nicht der schlimmste Ort, an dem ich je gewesen war, und er machte mir keine Angst. Mein Aufenthalt war lediglich vorübergehend – alles war vorübergehend. Bis ich wieder frei war, stellte ich mir vor, wie Rauch und Wolkendecke über den Dächern miteinander verschmolzen und wie die Menschen lebhaft über die Brücken eilten und wie sich alles funkelnd in der Themse widerspiegelte. Meine Vorstellungskraft konnte mir keiner nehmen. Solange mein Geist frei war, war ich es ebenso.

»Folgen Sie mir, Sir«, erklang die krächzende Stimme des Wärters weit entfernt in den gewölbten Fluren und hallte durch den kargen Korridor vor meinen Gittern. Das Wehklagen nahm zu und vermischte sich mit Beleidigungen und ohrenbetäubendem Kreischen. Der Schritt des Besuchers blieb dennoch schwer und ruhig, weshalb ich davon ausging, dass er weder eingeschüchtert noch beeindruckt war von der Vorstellung der Insassen. Manche Leute verdienten ein Leben hinter Gittern nicht, während es für andere besser war, von der Außenwelt getrennt zu sein. Sowohl zu ihrem eigenen Wohl als auch zu dem anderer.

Die einzig natürliche Reaktion auf diese verrückte Welt war es, selbst verrückt zu werden. Jeder, der etwas anderes vorgab, war tatsächlich wahnsinnig und viel angsterregender als jene, die in der Irrenanstalt anzutreffen waren.

»Dort ist sie«, sagte der Wärter. Die vielen Eisenschlüssel an seinem großen Ring schlugen in gewohnter Melodie aneinander, als er nach einem bestimmten suchte. Diese Schlüssel waren der Ausdruck seiner Macht über diejenigen, die auf der anderen Seite der Gitter lebten, und er spazierte stets mit Stolz vor den Zellen, um seine Erhabenheit zu demonstrieren.

Der Wärter war ein kleiner und schmächtiger Mann, der seinen Mangel an Größe mit Gemeinheiten kompensierte. Jeder in der Anstalt hasste ihn – Insassen wie Mitarbeiter. Aus diesem Grund hatte er die Aufsicht über die Kellerzellen, denn hier residierte der größte Abschaum der Gesellschaft. In den oberen Stockwerken wohnten Patienten, deren Verwandte für ihre Behandlung aufkamen. Diese genossen relativen Komfort, mit Ausnahme der gelegentlichen Misshandlungen durch das Personal und der Experimente der Ärzte. Die Leute hier unten waren noch nicht einmal die Elektrizität der Schocktherapie wert, es gab keine Betten und das Essen, das diese Bezeichnung kaum verdiente, wurde alle zwei Tage gebracht. Nur wenn staatliche Inspektionen anstanden, ließ man uns für wenige Stunden in die lichtdurchfluteten Räume oberhalb der Erde und bestrafte uns streng, sollten wir erwähnen, unter welchen Bedingungen wir gehalten wurden.

Gegenüber den hiesigen Arbeitskräften hegte ich dennoch keinen Groll. Nichts, was ich dem Wärter an den Hals wünschen könnte, wäre in irgendeiner Weise schlimmer als das, was er bereits erlebt hatte. Von seinem trinkenden Vater im Alter von sieben Jahren verlassen, lebte er von da an auf der Straße und wurde Teil einer gefährlichen Gang, um nicht zu verhungern. Seine Gangbrüder hatten ihn schrecklich behandelt, über ihn gelacht und ihn dazu gezwungen, eine Vielzahl von Straftaten zu begehen. Mit 15 riss er sich von ihnen los und kämpfte sich mit dem Verrichten kleinerer Arbeiten durch, rutschte allerdings wieder in die Kriminalität ab. Bis er seine große Liebe fand und sie ihm einen besseren Weg zeigte, ihn reformierte und dann verließ, als der excessive Alkoholkonsum begann. Heute, im Alter von 62, war sein Leben erfüllt von Alkohol, Glücksspiel und den Stunden, die er im Kellerverlies zubrachte, wo er ent-

weder die Insassen verhöhnte oder seinen Rausch ausschlief. So eine traurige Gestalt konnte ich nicht hassen, genauso wenig wie sonst irgendjemanden, den ich bisher getroffen hatte. Unabhängig davon, wie schlecht man mich behandelt hatte. Wenn man die Geschichte jeder Person kannte, sobald man deren Hand berührte, konnte man keine Geringschätzung für irgendwen empfinden. Diese sogenannte »Gabe« war es, die Menschen wie den Herrn, der in diesem Augenblick meine Zelle betrat, anzog.

»Seien Sie vorsichtig, Sir, sie ist besonders boshaft«, rief der Wärter von der anderen Seite der Gitter. Er hatte schrecklich große Angst vor mir. Die Wahrheit war eine mächtige Waffe gegen jemanden, der sich von ihr abzuwenden versuchte.

Der Gast ignorierte die Warnung. In seinen Schritten war keine Furcht, er näherte sich mir mit derselben Gelassenheit, wie er den Korridor entlanggegangen war. Als er sich neben mir niederließ, hörte ich viele Kleidungsschichten rascheln. Ein Hinweis darauf, dass der Mann wohlhabend war. Er roch nach frischer Luft, nach der Außenwelt, nach Freiheit.

Als er meine Augenbinde herunterzog und weiches Leder meine Wange streifte, durchfuhr mich eine Eiseskälte. Ich blinzelte gegen das helle Licht der Lampe in seiner Hand, während er diese vorsichtig auf dem Boden abstellte. Sein Gesicht war hart und sein Haar so schwarz wie Rabenfedern. Stechende, hellblaue Augen unter dicken, länglichen Brauen schauten mit durchdringender Skepsis auf mich herab. Die Winkel seines harten Mundes waren nach unten gerichtet, während er mich mit zunehmender Missbilligung musterte. Wahrscheinlich hatte er in dieses Treffen nicht nur seine wertvolle Zeit investiert, sondern auch sein Geld, denn der Wärter ließ keine Gelegenheit verstreichen, an einen Schilling zu kommen. Doch alles, was der Gast nun vor sich hatte,

war eine kleine, schmutzige Kreatur mit wildem Haar und zerfetztem Kleid, die verloren und mit gefesselten Händen und Füßen in der Ecke einer dunklen Zelle saß. Er fragte sich bestimmt, was für eine Gefahr ich darstellen konnte, wenn solch rigorose Sicherheitsvorkehrungen getroffen werden mussten. Dieselbe Frage schwebte auch mir vor.

»Berühre meine Hand und verrate mir, was du siehst«, sagte er mit tiefer Stimme und verschleierte seine Neugierde nahezu perfekt in der Monotonie der gesprochenen Worte. Er legte seinen schwarzen Lederhandschuh ab. Darunter kam die weiche Haut seiner großen Hand zum Vorschein, als er mir diese entgegenstreckte.

Ich blieb reglos sitzen, denn meine eigenen Hände waren mit einem Tuch verbunden, um mich an der Berührung anderer zu hindern – wenn er zu dumm war, das zu erkennen, war er die Verschwendung meines Atems an ihn nicht wert. Auch wenn ich eingesperrt und in Ketten gelegt war, war ich kein Hund, der auf das erste Fingerschnippen hin Kunststücke vollführte.

Der Mann betrachtete mich geduldig. Er trug einen eleganten, schwarzen Anzug und ich musste zugeben, dass er ein stattliches Gesicht hatte. Allerdings war ich wahrscheinlich aufgrund meiner sonstigen Gesellschaft bereit, dasselbe über jeden Bettler zu sagen.

»Ah.« Er bemerkte das Problem. »Ich bitte vielmals um Verzeihung«, sagte er emotionslos und zog an der Schnur, um meine Hände zu befreien. Erneut streckte er mir seine entgegen.

»Sir«, erwiderte ich in seine kalten Augen blickend. »Erwarten Sie tatsächlich von einer Frau, Ihre Hand zu berühren, wenn ihre eigene schmutzig und taub ist vom tagelangen Druck strammer Fesseln? Erwarten Sie, dass ich mich gelassen mit Ihnen unterhalte, wenn meine eigene Position beschämend gering ist?«

Der Mann zögerte einen Moment, erhob sich dann aber und schritt ruhig in Richtung des Ausgangs. Neben dem Wärter hielt er an.

»Gib der jungen Frau etwas zu essen und zu trinken und lass ihr ein Bad ein. Der Gestank hier unten ist unerträglich.« Obwohl er mit großer Gelassenheit sprach, wirkten seine Forderungen wie ein Befehl. »Anschließend können wir die Unterhaltung fortsetzen.« Er schaute bedeutungsvoll zu mir herüber.

Der Ausblick auf eine Mahlzeit und ein Bad ließen mein Herz höherschlagen und ich erhob mich langsam und ungeschickt vom Steinboden. Meine Gelenke waren steif und die schweren Hand- und Fußketten machten schnelle Bewegungen unmöglich. Die Glieder klirrten laut, als ich mich den Gittern näherte. Der Wärter sah mich auf sich zukommen, sprang auf und schwang seine Schlüssel nach mir, woraufhin ich zurückstolperte und das Gleichgewicht verlor. Umgehend schlug er die Tür zu und schloss ab.

»Was soll das?«, donnerte der große, dunkle Mann. Das Gestöhne aus den Nachbarzellen verstummte für einen Moment und wurde kurz darauf noch lauter und aggressiver. Die Irren begannen den Gast anzufeuern, den Wärter umzubringen, doch er schob die jämmerliche Kreatur lediglich zur Seite, drehte den Schlüssel und öffnete die Tür. Er trat ein und nahm meine Hände, um mir aufzuhelfen.

Das Pochen in meinem Kopf und der Hunger in meinem Magen verlangsamten meine Reaktion zu sehr, als dass ich mich der Berührung hätte entziehen können. Augenblicklich ging mein Geist eine Verbindung mit seinem ein. Mir schlugen eine Dunkelheit und Grausamkeit der bedrückendsten Art entgegen, dergleichen hatte ich noch nie gesehen. Sie übermannten mich dermaßen, dass ich nicht in der Lage war, an ihnen vorbeizublicken und in seine Kindheit zu schauen, wie ich es sonst ohne

Probleme tat. Sein Herz war so schwarz und gnadenlos wie die Welt, die ich vor meinen verbundenen Augen gesehen hatte.

Mit einem Ruck riss ich mich von ihm los und stolperte zurück in meine Ecke und sank zu Boden. Meine Hände zitterten von seiner Berührung.

»Es tut mir leid, Sir. Ich besitze nicht die Kräfte, die Ihnen der Wärter versprochen hat«, gab ich kaum hörbar von mir. Die Vision hatte mich dermaßen aus der Fassung gebracht, dass es mir schwerfiel, dies zu verbergen. »Er verlangt stolze Preise für uns Irre und behauptet, wir hätten magische Fähigkeiten. In Wahrheit ist er aber nicht mehr als ein Betrüger und wir sind kaum etwas anderes als verrückt. Sie scheinen ein großherziger Mann zu sein, weshalb ich Ihnen eine solche Fehlinvestition und Zeitverschwendung ersparen möchte«, log ich, als ginge es um mein Leben – denn womöglich tat es genau das.

»Sie lügt!«, krächzte der Wärter hinter den Gittern, wo er sich sicher fühlte.

Der Mann musterte den aufgebrachten Aufseher und daraufhin mich. »Du würdest lieber hierbleiben, als mit mir zu kommen?«

»Ja, Sir«, sagte ich leise, während der Wärter verdrießlich grunzte und seine Faust gegen die Stäbe schlug. Er war mutig, solange eine Metallabsperrung zwischen uns war.

»In dem Fall können die Gerüchte nur stimmen«, raunte der wohlhabende Mann und lächelte zu mir herunter. Ein Zittern fuhr durch meinen Körper, als er sich niederkniete. »Verrate mir, was du gesehen hast.«

»Nichts, Sir.« Ich versuchte mich von ihm wegzubewegen, doch ich war bereits ganz in die Ecke gerückt.

Er griff nach meiner Hand.

»Nein, Sir, lassen Sie los!«

»Was siehst du?«

Ich kniff die Augen zu, doch das verstärkte die Vision nur, ich versuchte meine Hand wegzuziehen, doch er hielt viel zu stark fest.

»Schuldgefühle wiegen so schwer wie ein Felsen … Sie ist Ihre Frau, doch Sie können sie nicht erreichen … Trauer und Verzweiflung kulminieren in Hass, der zu Flammen entfacht und nichts als Schmerz und Kummer verbreitet. Sir, lassen Sie meine Hand los, bevor Brandwunden entstehen.« Die Tränen flossen meine Wangen hinab, als er mich endlich losließ.

»Wärter«, rief er dem bibbernden Mann zu, der meine Visionen mehr fürchtete als sonst jemand. »Gib mir den Schlüssel.«

»Sie haben mir 50 Pfund für das Mädchen versprochen.«

»Wenn du ihre Ketten selbst abnimmst, bekommst du das Doppelte, wenn du mir den Schlüssel zuwirfst, bekommst du bloß 20.«

Der Wärter dachte keine Sekunde über das Angebot nach und warf die Schlüssel von sich weg, als hätte der große Eisenring plötzlich Feuer gefangen. Der Mann vor mir fing ihn gekonnt und schmunzelte. Geduldig probierte er alle zwei Dutzend kleineren Schlüssel, bis er den richtigen fand. Als ich frei war von den Ketten, stand der Mann auf, doch ich tat es ihm nicht nach.

Manche Menschen waren schwerer zu lesen als andere, doch hatte mich noch keine Berührung so kraftlos zurückgelassen, nach nur einem kurzen Einblick in die Gedankenwelt. Ich wollte nicht mit ihm gehen. Im Vergleich zu seinem Herzen war die Anstalt ein Süßwarengeschäft.

»Bitte, Sir, ich kann Ihnen nicht helfen … Ich weiß nicht, wo die von Ihnen gesuchte Person sich aufhält«, argumentierte ich, doch wollte meine Stimme nicht lauter werden als ein Flüstern.

»Du wirst das schon machen«, erwiderte der Mann mit unerschütterlicher Überzeugung. »Kannst du laufen, oder soll ich dich tragen?«

»Nein!«

Falten legten sich über seine Stirn.

»Fassen Sie mich … Fassen Sie mich bitte nicht an, ich denke nicht, dass ich es ertragen kann.«

Mühsam zog ich mich an der Wand hoch. Bereits vor der Ankunft des Mannes war mein Körper geschwächt gewesen, doch nachdem ich seine Dunkelheit gespürt hatte, konnte ich meine Gliedmaßen kaum heben.

Der Mann gab dem Wärter 20 Pfund, als wäre die große Summe nichts, und wartete darauf, dass ich die Zelle verließ.

»Miss«, sagte der Wärter mit plötzlichem Respekt und kleinlauter Stimme, da ich in seinen Augen eine freie Person geworden war. Ich selbst empfand mich nun viel mehr als Gefangene als bisher. »Bitte verraten Sie niemandem, was Sie in meinem Herzen gesehen haben.« Seine dünnen Lippen standen leicht offen und zeigten seine gammelnden Zähne, während er mich mit schreckerfüllten, winzigen Augen ansah.

Ich konnte nicht anders, als ihm zuzulächeln. »Werde ich nicht.«

Obwohl ich mich nur langsam entlang der Wand fortbewegte, folgte mir John Coal geduldig. Mehr als diesen Namen und sein Geburtsdatum, das knapp 29 Jahre zurücklag, hatte ich in der düsteren Gedankenwelt des Mannes nicht erkennen können.

»Es regnet draußen, du solltest meinen Mantel nehmen«, bot er aus höflicher und respektvoller Distanz an.

»Sir, bitte verstehen Sie es nicht als Beleidigung, wenn ich sage, dass ich keines Ihrer Besitztümer an mich nehmen kann … Ich kann es einfach nicht«, sprach ich und schaute auf meine nackten Füße. Sie machten kleine Schritte auf dem Pflasterstein, als würde ich noch immer Fußketten tragen. Ich hörte, wie er leise lachte.

»Du bist alles, was ich mir erhofft hatte.«

Kapitel 2

Furcht und Voraussicht

»Wie ist dein Name?«, fragte er, während wir an der London Bridge vorbeifuhren. Es war dunkel draußen. Durch das Fenster der Kutsche konnte ich den Fluss kaum vom Ufer unterscheiden, doch die winzigen, weit entfernten Lichter funkelten genauso wunderschön wie in meiner Erinnerung.

»Ich habe keinen, Sir«, antwortete ich und presste meine kalten Hände gegeneinander.

»Sicherlich haben dich die Leute irgendwie genannt.«

»Das haben sie, Sir, doch ihre Bezeichnungen würde ich ungern wiederholen.«

»Nun gut. Aber zumindest dein Alter musst du doch kennen?«

»21, Sir. Geboren wurde ich am 23. November 1858.«

Ich war stolz, endlich eine konkrete Antwort geben zu können, und fasste sogar den Mut, ihn anzuschauen, doch er blickte nur gelangweilt zum Fenster.

»Wie kannst du das Datum deiner Geburt kennen, aber keinen Namen haben?«

»Ich erinnere mich an den Tag meiner Geburt. Und an jede Minute meines darauffolgenden Lebens.«

Dazu sagte er nichts. Mir fiel es schwer, andere Menschen anzulügen, und ich bevorzugte es, die Wahrheit zu sprechen, doch wurde dieser meist mit Spott, Ungläubigkeit und letztendlich Wut begegnet. Ich hatte es längst aufgegeben, auf meinem Standpunkt zu beharren. Wenn meine Worte nicht gehört werden wollten, so machte mir das Schweigen nichts aus.

Kritisch musterte er mich. »Wenn du dich an alles erinnerst, musst du doch auch noch wissen, wie deine Mutter dich genannt hat?«

Ich drückte meine Hände fester zusammen. »Das tue ich, Sir. Aber wie bereits gesagt, würde ich es lieber nicht wiederholen – es waren grausame Dinge und niemals ein richtiger Name.«

»Deine eigene Mutter hat dich abgelehnt?«, fragte er misstrauisch.

»Mehr als irgendjemand sonst, Sir.« Ich wandte meinen Blick von dem wissbegierigen Fremden ab und schaute wieder hinaus zu den schwach glitzernden Wellen des breiten Flusses. »Sie dachte, ich sei die Strafe für ihre Sünden. Also ließ sie mich zurück, als ich noch sehr jung war. Obwohl ich sicher bin, noch nie jemandem geschadet zu haben, bleiben die Menschen mir lieber fern. Hin und wieder nimmt mich jemand bei sich auf, in der Hoffnung, einen Nutzen aus meiner Gabe schlagen zu können. Doch am Ende finde ich mich immer auf der Straße wieder. Die Anstalt hat sich als der sicherste Ort für mich entpuppt, und wenn auch Sie keinen Nutzen mehr für mich haben, würde ich Sie bitten, mich dorthin zurückzubringen. Mein Wahnsinn wirkt glaubhafter, wenn jemand anderes ihn bestätigt.«

»Wir werden sehen«, sagte er kühl. »Bis dieser Tag kommt, muss ich dich in irgendeiner Weise ansprechen. Such dir also einen Namen aus, der dir gefällt.«

»Love.«

»Wie bitte?«

Trotz der durchdringenden Kälte wurde mir kurz warm ums Herz, als ich an den Grund für meine Wahl dachte. »So hat mich einmal ein Mann auf der Straße angesprochen. Das war eine schöne Abwechslung zu all den sonstigen Gemeinheiten, die ich zu hören bekomme, und deswegen möchte ich nun immer so genannt werden«, verkündete ich zurückhaltend freudig.

Sein Gesichtsausdruck verfinsterte sich. »Das geht nicht.«

»Weil es Sie an Ihre Frau erinnert?«

Ruckartig lehnte er sich vor und schlug seine Faust in die Rückenlehne neben meinem Gesicht. Ich zuckte zurück.

»Sprich niemals von meiner Frau, außer ich bitte ausdrücklich darum!«, donnerte er mit wütendem Blick. Jede Gelassenheit war aus seiner Haltung gewichen, mit einem Mal jagte er mir eine Heidenangst ein. Obwohl ich in sein Inneres geblickt hatte, konnte ich ihn nicht einschätzen und das machte ihn unberechenbar.

Die Fahrt setzten wir in mit Anschuldigungen geladener Stille fort. Ich mochte diese Art von Stille nicht, denn sie war das einschüchterndste aller Geräusche. Sie konnte jede Emotion transportieren und diese allein dadurch verstärken, dass man sie nicht ausdrückte. Ihre beklemmende Präsenz breitete sich in der Kutsche aus und lastete schwer auf meinen Schultern. Ich wäre viel lieber in der unruhigen Anstalt geblieben, umgeben von der akustischen Kulisse des Wahnsinns. Die Laute der Irren waren zwar nicht fröhlich, doch ihnen lag eine gewisse Unschuld zugrunde. Schreie mussten nicht unbedingt Gefahr vermitteln, sondern konnten als Ausdruck eines fragilen Gemütszustandes betrachtet werden. Gestöhne war ein Weg, sich selbst in der isolierten Dunkelheit Gesellschaft zu leisten. Todesdrohungen waren Wiederho-

lungen aufgeschnappter Aussagen aus der Außenwelt und schöpften aus dem Unvermögen, sich gewandt auszudrücken. Sicherlich gab es auch Patienten, die bereits wissentlich etwas Schlimmes getan hatten, Essen gestohlen hatten oder in Schlägereien verwickelt gewesen waren – meistens gingen solche Taten allerdings mit Verzweiflung, Hunger und Selbstschutz einher. Wie ich mich vor John Coal schützen sollte, war mir ein Rätsel, doch eine Sache stand völlig außer Frage: Er war in der Lage, mich großer Gefahr auszusetzen.

Die bedrückende Stille wurde immer schwerer und so rutschte ich durch ihre Last noch tiefer in den dunklen Ledersitz. Dieser quietschte verräterisch unter mir. Vernichtend schaute John Coal zu mir auf. Mit finsterem Blick musterte er mein zerzaustes Haar und betrachtete mein zerfetztes, dreckiges Kleid. An meinen Handgelenken hielt er inne. Die blauen Flecken und Abschürfungen der Ketten waren darauf deutlich zu erkennen. In seinen Augen fand ich nichts als Verachtung. Er war das genaue Gegenteil von mir. Ein Gentleman, gekleidet in einen feinen schwarzen Anzug mit modischer Ascot-Krawatte und goldenen Manschettenknöpfen. Eine ebenfalls goldene Kette führte in seine Westentasche, wo er ganz bestimmt eine goldene Uhr trug. Sein dicker Wollmantel und der Zylinder lagen auf dem Sitz neben ihm. Seit er mir das Kleidungsstück angeboten hatte, hatte er es nicht angezogen, obwohl wir durch den Regen gelaufen waren. Seine Erziehung verbot es ihm wohl, einen Mantel anzulegen in Gegenwart einer Frau, die keinen hatte. Selbst wenn besagte Frau Lumpen trug.

Das Haus, vor dem die Kutsche nach langer Fahrt hielt, war ein großes Herrenhaus und erinnerte stark an seinen Besitzer. Auch wenn die Fassade kein hohes Maß an Verzierungen aufwies, wirk-

ten die wenigen Ausschmückungen von höchster Qualität und Eleganz. Ein dicker Kranz verlief entlang des Daches, dort wo das Erdgeschoss aufhörte und das erste Stockwerk begann. Marmorstufen führten zu einer Doppeltür aus dunklem Holz und klarem Glas mit matten Ornamenten. Die unzähligen großen Fenster blickten genauso wertend auf mich herab wie John Coal, während er mir dabei zusah, wie ich barfuß aus der Kutsche in den Schlamm der breiten Einfahrt sprang.

Ein Dienstmädchen des Hauses brachte einen großen schwarzen Schirm. Unentschlossen schaute sie zwischen uns hin und her, bis ihr Blick schließlich auf mir verharrte.

»Nimm den Schirm weg«, fuhr Coal die junge Frau streng an, noch bevor sie mich erreichte. »Ihr Zustand kann wohl kaum noch schlimmer werden. Bereite ihr lieber ein Bad vor und kleide sie ordentlich. Ich ertrage ihren Anblick nicht.«

Das Dienstmädchen, das sich mir hastig als Mary vorstellte, gab den Schirm einem hereileilenden Butler. Dieser hielt ihn dann Coal hin, während Mary mich mit ins Haus nahm.

Die Fülle an Prunk und Glanz des Foyers ließ mich atemlos innehalten. Eine massive Marmortreppe mit graziler Balustrade wand sich über unsere Köpfe hinweg. Das Muster des polierten Marmorbodens variierte zwischen weißen und hellbraunen Verläufen und ein Gaskronleuchter aus Gold und Glas hing von der hohen Decke, welche ein blasses, aber wunderschönes Engelsfresko zierte.

In der Mitte des Eingangsbereiches erwartete uns bereits die Haushälterin, deren Kleidung aufgrund der fehlenden weißen Schürze wesentlich strenger und dunkler wirkte als Marys. Ihr Blick verfinsterte sich, als sie mich und die dreckigen Fußabdrücke sah,

die ich auf dem blanken Boden hinterließ. Sie und Mary wechselten einen Blick und die ältere Frau schüttelte den Kopf, bevor sie mich mit einer stummen Handbewegung anwies, ihr zu folgen.

Anstatt die Marmorstufen hinaufzugehen, führte sie mich eine schmale, schier endlose Treppe hinunter. Auf unserem Weg begegneten wir weiterem Personal, das mich ebenso abschätzig musterte wie die Haushälterin. Sie verschwendeten keinen Gedanken daran, was ihr Geflüster und ihre Blicke mich empfinden ließen.

Wir stiegen immer tiefer und tiefer und erreichten schließlich die fensterlose Küche, durchquerten diese und betraten den anliegenden Waschraum.

Das Wasser in der Metallwanne musste dreimal gewechselt werden, bevor es sich nach einer Berührung mit meiner Haut nicht mehr schwarz färbte. Die arme Mary dachte wohl, dass sie bis zum Morgengrauen Wasser tragen müsste, doch irgendwann verflüchtigte sich der Dreck und die Haushälterin erlaubte mir, aus dem schaumigen Bad aufzustehen. Als sie mir ein Tuch hinhielten, bemerkte ich, dass beide Frauen weiße Handschuhe trugen. Gern hätte ich eine ihrer Hände berührt, um herauszufinden, ob sie wussten, was Coal vorhatte. Das Personal hatte immer ein sehr verlässliches unterbewusstes Bild von seinem Arbeitgeber, doch anscheinend würde ich nicht ganz so leicht an diese Informationen kommen.

Die Haushälterin verließ den Waschraum und ich beobachtete durch einen Spalt in der Tür, wie sie mein verdrecktes Kleid ins offene Feuer des eisernen Ofens warf. Dann verschwand sie kurz aus meinem Sichtfeld und kehrte mit einem hübschen Kleid und allem, was dazugehörte, zurück. Allein die unbequem aussehenden Unterteile bestanden aus mehr Stoff als meine alte Kleidung.

Ich warf ihr einen vorwurfsvollen Blick zu, sie kniff bloß die Lippen zusammen. Das nunmehr verbrannte Kleid besaß für mich keinen sentimentalen Wert, ich hatte es mir bei meiner Ankunft in der Anstalt aus einem Haufen alter Fetzen ausgesucht. Doch die Tatsache, dass meine Habseligkeiten und somit ich selbst so geringschätzig behandelt wurden, ärgerte mich. Sie war in dem Irrglauben, ich könnte mich nicht wehren. Ich sah es als meine Pflicht an, sie eines Besseren zu belehren.

»Ist das ein Tornürenunterrock?«, fragte ich unschuldig.

Die Haushälterin schnaubte verächtlich, während Mary an ihrer statt freundlich antwortete: »So ist es, Ma'am.«

»Bitte verzeihen Sie mein Unwissen«, setzte ich meinen Gedanken fort, »aber dürfte ich erfahren, wie Sie gedenken, so einen breiten Unterrock unter ein Kleid mit nahezu flachem Rücken zu stopfen?«

Das Gesicht der älteren Dame färbte sich rot. Sowohl Mary als auch ich schauten sie neugierig an.

»Dieses Kleid wurde gemäß der Mode des 1878er Sommers gefertigt«, stellte ich mit absichtlich überheblichem Blick fest. »Diese Form des Unterrocks war jedoch um 1875 beliebt, deshalb erscheinen sie mir nicht zueinander passend. Allerdings war ich einige Wochen in einer Anstalt eingesperrt und habe unter Umständen entscheidende Entwicklungen der Mode verpasst.«

Beim Lesen anderer Leute Gedanken häufte ich wahnsinnig viel unnützes Wissen an, das sich in seltenen Fällen als hilfreich erwies.

Die Haushälterin stieß scharf Luft aus und war für einen genüsslichen Moment aus der Fassung gebracht, was mir die Gelegenheit bot, sie am Handgelenk zu packen. Auch wenn nicht im gleichen Maße wie Hände, so vermittelte jegliche Art von Haut vielerlei Details zu ihrem Besitzer. Ich konnte zwar nicht frei durch

ihre Gedankenwelt wandern, doch Informationen wie Name und Alter in Erfahrung zu bringen, war auf diese Weise kein Problem.

»Fehler passieren den Besten von uns, Sybil. 53 Jahre alt, Tochter von Mr. und Mrs. Hunt aus Dorchester«, tröstete ich die arme Frau mit einem herausfordernden Lächeln.

Unbeherrscht riss sie sich von mir los und stolperte zurück. Fast wäre sie in den Wäschekorb hinter ihr gefallen, da ihr angsterfüllter Blick auf mich fixiert war. Mary neben mir war plötzlich gänzlich still.

»Wärst du so gut, mir die Unterwäsche in deinen Händen zu reichen?«, fragte ich und sah Mary freundlich an. »Es ist doch recht kalt so ganz ohne Kleidung.«

Das Dienstmädchen warf mir hastig das lange Hemd zu, dann verließ es den Waschraum – so schnell wie möglich und mit großem Abstand zu mir. Sybil folgte ihr, ohne mich aus den Augen zu lassen. Ich konnte mir ein kleines Kichern nicht verkneifen. Die meisten Menschen fürchteten meine Gabe. Häufig war sie aufgrund dessen ein Fluch, doch manchmal auch ungemein praktisch.

Ich hatte kaum Zeit, in das mir gebrachte Kleid zu schlüpfen, als vor der Tür auch schon schwere, eilige Schritte ertönten. Plötzlich stand der Hausherr vor mir. Sybil lungerte am Eingang zum Waschraum und blickte mich arrogant und herablassend an. Hinter dem Rücken ihres Arbeitgebers fühlte sie sich sicher. Doch wenn Coal mich tatsächlich länger bei sich behalten wollte, dann konnte er sich darauf gefasst machen, dass ich mir nicht alles gefallen lassen würde.

»Ganz schön schamlos von einem Mann aus gutem Hause, in ein Zimmer zu stürmen, in dem eine Frau womöglich nackt sein könnte«, sprach ich weniger besorgt, als es sich gehörte, und knöpfte den letzten Knopf an meinem Kragen zu. »Heute haben

Sie in der Hinsicht wohl kein Glück, denn ich bin schon fertig angekleidet.«

»Berühre niemanden, außer ich gebe die Erlaubnis dazu«, befahl er erzürnt, ohne meinen schnippischen Kommentar zu beachten.

»Sie haben keine Macht über mich, Sir«, sagte ich mit aufgesetztem Stolz, obwohl ich sehr wohl eingeschüchtert war. »Und auch viel zu viel Personal, um jeden im Blick behalten zu können.«

Er verengte die Augen und machte einen Schritt auf mich zu.

»Nur zu, nehmen Sie meine Hand.« Herausfordernd hielt ich sie ihm hin. »Ich bin völlig kraftlos und vom Hunger geschwächt. Eine Ihrer Berührungen wird ausreichen, um mir das Bewusstsein, möglicherweise sogar das Leben, zu nehmen. Wer wird Ihnen dann helfen, Ihre Frau zu finden?«

Er zögerte einen Augenblick. Zügig schritt ich an ihm vorbei und auf Sybil zu, die erstarrte und ihren Rücken an die Wand drückte. Während sie die Augen zukniff, zog ich ihr die Handschuhe aus und stülpte den dünnen Stoff über meine eigenen Finger.

»Bei der Art und Weise, wie Sie sich in weiblicher Gesellschaft benehmen, Sir«, sagte ich standhaft und blickte in seine lodernden Augen, »würde es mich nicht wundern, wenn Ihre Frau schlichtweg vor Ihnen weggelaufen ist.«

Sein Blick schoss kurz zu mir hoch, bevor er an mir vorbei an die Wand zu starren begann. Falten zeichneten sich zwischen seinen Augenbrauen ab. Ein verletzter Ausdruck legte sich über sein Gesicht. So schmerzhaft schien die Erwähnung seiner Frau für ihn zu sein, dass er mir nichts entgegnete. Ich genoss das Leid in seinen Augen nicht. Hätte ich seine Hand in diesem Augenblick berührt, wäre ich wahrscheinlich gemeinsam mit ihm in einen tiefen Abgrund gestürzt. Dies war mir mehr als bewusst, zugleich verstand ich aber auch, dass ich besser daran tat, kein

Mitleid für John Coal zu empfinden. Mitleid war es gewesen, das mich überhaupt in die Anstalt gebracht hatte. John Coal verdiente mein Bedauern auch nicht, er schien kein guter Mensch zu sein. Wenn ich ihn auch noch nicht gut kannte, so hatte ich genug gesehen, um mir dessen sicher zu sein. In ihm war eine Dunkelheit, die mir beinahe das Leben ausgesogen hätte.

Ich verlagerte das Gewicht von einem nackten Fuß auf den anderen, als die Kälte der Fliesen unter meine Haut drang – leider hatte ich Sybil zu quälen begonnen, bevor sie mir Schuhe besorgt hatte. Coal schaute weiterhin ins Nichts. Am liebsten hätte ich ihm Mut zugesprochen und versichert, dass ich alles in meiner Macht Stehende tun würde, um ihm zu helfen, nur um seinen Gesichtsausdruck zu ändern. Doch ich tat es nicht. Er würde es mir nicht danken – niemand hatte das jemals. Menschen waren darauf bedacht, ihre Ziele zu erreichen. Sie versprachen ihren Helfern das Blaue vom Himmel, doch sobald ihre Wünsche erfüllt waren, vergaßen sie ihre Schwüre prompt und ihre Werte änderten sich. Verbündete wurden zu Bedrohungen, einfach weil sie zu viel wussten, und Bedrohungen mussten rücksichtslos aus dem Weg geräumt werden. Immer wenn ich versuchte, die Heldin zu sein, fand ich mich unweigerlich in der Rolle des Drachen wieder, den es zu vernichten galt.

»Sie ist doch nun schon eine ganze Weile fort. Sie können sich also getrost eine neue Gattin suchen«, sagte ich kaltherzig schnaubend. Mein eigener Magen drehte sich bei diesen ungnädigen Worten, doch sie genügten, um ihn aus seiner Trance zu befreien.

»Sybil, raus!«, rief er mit einem Mal.

Blitzschnell eilte die Frau aus dem Waschraum. Er schlug die Tür hinter ihr zu und trat ganz nah an mich heran, packte mich

an den Oberarmen und drückte mich gegen die Wand. Die Kälte der rauen Steine durchdrang mich.

»Du kannst mich verhöhnen, du kannst mein Personal verspotten.« Er wurde lauter und zunehmend wütender. »Aber wage es nicht, auch nur ein weiteres faules Wort über meine Frau zu sagen. Wage es nicht, meine Erinnerung an sie durch den Dreck zu ziehen. Sei dir sicher, dass sie das Wertvollste auf der Welt für mich ist, dass ihr niemand gleicht und dass wir beide sie finden werden.« Die Intensität verließ seine Stimme. Die Finsternis wich aus seinem Gesichtsausdruck und es wirkte, als hätte die Luft seine Lungen verlassen. Tränen glänzten in seinen Augen und er ließ mich los, um sich wegzudrehen und diese wegzureiben.

Es war immer dasselbe – jedes Mal aufs Neue. Das Mitgefühl fand immer einen Weg, so sehr ich mich auch dagegen sträubte. Ich legte meine Hand mit dem weißen Handschuh auf seinen Rücken.

»Ich werde Ihnen helfen«, versprach ich. »Ich werde alles tun, was ich kann.«

Meine Worte hallten einsam von den kahlen Wänden des Waschraums, danach herrschte unerträgliche Stille, in der ich mein Versprechen zu bereuen begann.

Schließlich schnaubte er verächtlich. »Ich verstehe nun, warum du immer wieder auf der Straße landest, so launisch und anmaßend wie du bist«, sagte er, ohne mich anzuschauen.

»Ja«, flüsterte ich. »Wir passen wirklich gut zusammen.«

Kapitel 3

Zusammensein und Zusammenhalt

Innerhalb der kommenden Tage fragten mich die verschiedensten Angestellten des Hauses nach meinem Namen. Ich gab jedem von ihnen eine andere Antwort und freute mich schelmisch über ihre Verwirrung, als sie mich verschieden ansprachen. Es war John Coal, der mir den Spaß verdarb, als er eigenmächtig entschied, dass mein Name »Anne« sein sollte. Ich reagierte nie, wenn er mich so rief, daher hörte er schon bald wieder damit auf. Ich bestand darauf, dass es »Love« sein musste und sonst nichts, doch es war schwierig, ihn davon zu überzeugen.

Die Dienstmädchen gewöhnten sich schnell daran, mich mit »Miss Love« anzusprechen. Mary und zwei weitere Angestellte hatten die zweifelhafte Ehre, ihr Zimmer mit mir teilen zu müssen. Schon bald hatte ich den Mädchen genug Schrecken eingejagt, um die Hälfte des Raumes für mich zu beanspruchen, während sie alle gemeinsam in einer Ecke kauerten. Mary war die Erste und auch Einzige, die über ihre Angst vor mir hinwegkam. Sie hatte ein gutes und aufrichtiges Herz und als sie begriff, dass

meine Gabe harmlos war, wenn man nichts zu verbergen hatte, machte ihr meine Berührung nichts mehr aus.

Obwohl, oder gerade weil ich meine Macht über sie verloren hatte, gewann sie mein Vertrauen. Menschen wie sie waren selten, denn sie war zufrieden mit ihrem Leben. Ihr einziges bescheidenes Streben bestand darin, eines Tages Haushälterin in einem großen Haus mit vielen Kindern zu werden. Sie selbst wollte gar nicht heiraten, denn ihr gefiel die Rolle der großherzigen Autoritätsperson, die für andere die Verantwortung übernahm. Mary war wie eine ältere Schwester für die jüngeren Mädchen. Ihre Anstellung auf John Coals Anwesen hatte wie die vieler anderer erst vor einigen Monaten begonnen. Dies kam mir eigenartig vor – alles, was ein Muster hatte, weckte Fragen. Alle von mir heimlich berührten Angestellten wussten kaum etwas über Coal oder seine Frau, außerdem trug jeder von ihnen Handschuhe. Am meisten fürchtete Sybil sich vor meiner Berührung und selbstverständlich war sie es, deren Hand ich am meisten zu fassen bekommen wollte. Doch jedes Mal, wenn ich sie fast hatte, tauchte wie aus dem Nichts der Hausherr auf und verhinderte es. Hinter alldem steckte mehr und mir wurden ganz eindeutig Informationen vorenthalten. Das machte meine Aufgabe, Mrs. Coal zu finden, nicht einfacher, und das teilte ich meinem sogenannten Gastgeber auch mit.

»Das braucht dich nicht zu kümmern«, sagte er, so als wäre ich es, die unbedingt mit meinem Angebeteten wiedervereint werden wollte. »Ruh dich aus, komm zu Kräften und iss so viel, wie es dir beliebt. Es hat keinen Sinn, wenn du vor deiner ersten Aufgabe kollabierst.«

Zu Kräften kam ich recht schnell. Tatsächlich konnte ich mich an keine Zeit erinnern, in der ich keinen ständigen Hunger

verspürt hatte. Nun wurde dieser abgelöst von einem ständigen Sättigungs- und Wohlgefühl, dank Coals Küchenpersonal, das sich um jeden meiner Wünsche kümmerte – und davon gab es viele! Als ich ein wenig an Gewicht zunahm, bemerkte ich plötzlich, dass sich da doch tatsächlich Fleisch zwischen meiner Haut und den Knochen bildete. Das gefiel mir sehr.

Langsam gewöhnte ich mich an mein neues, faules Leben und den luxuriösen Komfort. So kam ich zu dem Entschluss, dass es doch keine so schlechte Idee gewesen war, die Anstalt zu verlassen. Andernfalls wäre ich nie dem leicht verdrießlichen Unterbutler namens Sebastian begegnet. Demnach zu urteilen, wie rot und wortkarg er in Gegenwart einer gewissen Mary wurde, schien er das Dienstmädchen sehr gern zu haben. Durch gewisse Andeutungen hatte ich ihm verdeutlicht, dass ich Bescheid wusste. Aufgrund seiner Furcht, dass Mary durch mich hinter sein Geheimnis kommen könnte, errötete er jedes Mal, wenn ich seinen Namen in einer Unterhaltung mit ihr erwähnte. Manchmal ließ er sogar etwas fallen. Der Arme hatte erst an meinen Verstand und anschließend an mein Gewissen appelliert und war nun so weit, milde Gewalt in Betracht zu ziehen. Es war urkomisch, wie er mich durch die Gänge jagte, bis seine Pflichten ihn wieder riefen und er mich griesgrämig entkommen ließ.

John Coal durchschaute mich sofort und wurde wütend darüber, dass ich seinen Befehl, niemanden anzufassen, missachtet hatte. Daraufhin argumentierte ich allerdings, dass eine Berührung nicht vonnöten war, um Sebastians Gefühle zu erkennen. Das Tragische daran war, dass Mary es auch wusste und ihn ebenfalls mochte, doch den Mann in seinen Hoffnungen nicht bestärken wollte. Ihre Zukunft war die einer Haushälterin und keiner Hausfrau, wie sie stets betonte. Armer Sebastian. Er war ein

anständiger Kerl, immerhin hatte er mich noch nicht im Schlaf ermordet.

»Er ist mir samt Gabel und Poliertuch nachgelaufen und hat das Besteck beim Rennen weiter geputzt«, erzählte ich kichernd und entlockte John Coal mit meinem enthusiastischen Bericht beinahe ein Lächeln. Die Ruhe und Geduld und das seltsame Interesse, mit dem er mir lauschte, überraschten mich. Ich war bereits zehn Tage bei ihm und er hatte seine Frau seit meiner Ankunft mit keinem Wort mehr erwähnt. Es wirkte fast so, als hätte er unendlich viel Zeit, um sie zu finden. Vielleicht zog er auch meinen Vorschlag in Betracht, sich nach einer neuen Mrs. Coal umzuschauen und die alte zu vergessen.

»Ich möchte, dass du mit mir kommst«, eröffnete er, als ich während des Nachmittagstees meine Geschichten rund um Sebastian beendet hatte. Wenn ich auch bei den Angestellten unterkam, so wurde ich dennoch wie ein Gast behandelt und vollends verwöhnt mit Speisen, Desserts und unendlich vielen Kleidern. Ich hatte nun ganze drei in meinem Besitz! Drei Kleider waren mehr, als ich auf einmal tragen konnte, so viele Kleidungsstücke hatte ich noch nie besessen. Momentan trug ich ein korallenfarbiges mit feinem weißen Blumenmuster. Die Dreiviertelärmel umgab ein Saum aus weichen, weißen Rüschen. Als ich von dem cremefarbenen Sofa, dessen Polsterung in Diamantformen bestickt und mit in die Ecken eingelassen Knöpfen versehen war, aufstand und meine perlmutterne Tasse auf einem kleinen, runden Tisch abstellte, fühlte ich mich wie eine Prinzessin.

Er legte die Hände am Rücken zusammen, führte mich aus dem Wohnzimmer mit den hohen Fenstern, den geschmackvollen Sofas und Sesseln und den kleinen, elfenbeinfarbenen Tischen heraus und die Marmortreppe hinauf, den Flur entlang

und bis hin zu einer Tür, die bisher abgeschlossen gewesen war. Das wusste ich so genau, weil ich in der ersten Nacht durch das Manor geschlichen war, um alle Türen auszuprobieren. Fast alle waren mir versperrt geblieben, doch diese hatte ganz besonderes Interesse in mir geweckt, weil sie als einzige im ganzen Haus aus dunkelrotem Rosenholz gezimmert war.

Diese Tür öffnete er nun und hielt einladend seine Hand in Richtung des Raums. Ohne meine Neugierde zu verstecken, marschierte ich schnurstracks durch den Eingang, blieb dann aber abrupt stehen und stolperte zurück in John Coals Arme. Er packte mich und verbot mir so, weiter zurückzuweichen.

»Nein«, brachte ich hervor. Panik ergriff Besitz von mir, doch er schob mich voran, bis wir in der Mitte des Raumes waren. Ich ertrug es nicht, mich darin aufzuhalten, hielt mit aller Kraft gegen ihn und vergrub mein Gesicht an seiner Brust.

»Bitte, lassen Sie mich hier raus!«, wimmerte ich atemlos in seine Weste.

»Es ist doch nur ein Raum«, merkte er an. In seiner Stimme hörte ich Belustigung.

»Ich kann nicht hierbleiben.« Anstatt weiter gegen ihn zu halten, versuchte ich mich an ihm vorbeizuwinden, aber er packte mich um die Taille und wie sehr ich auch zappelte, ich kam nicht los. Ich begann zu weinen und zu zittern, bis ich endlich in seine Umarmung sackte. »Bitte. Bitte, lassen Sie mich …«

»Sag mir, warum«, befahl er und ich bemerkte, dass er nicht überrascht war über meine Reaktion an sich, sondern über ihre Intensität. Der Hohn hatte seine Stimme verlassen und es war Besorgnis, die dessen Platz einnahm. Doch er sorgte sich bestimmt nicht um mich, vielmehr hegte er wahrscheinlich die Befürchtung, dass ich mehr sah, als er vermutet hatte.

»Das kann ich nicht verraten.« Meine Stimme war kaum mehr als ein Flüstern.

»Warum?« Die Dringlichkeit in seinem Tonfall nahm zu.

Ich hob den Kopf, um an seinem Arm vorbeizuschauen. Sofort duckte ich mich wieder und vergrub mich in seinem Jackett.

»Warum?«, wiederholte er.

»Weil er uns beobachtet«, brachte ich hervor.

»Wer?«

»Der Mann in der Ecke«, wisperte ich tonlos.

John Coal drehte sich herum, um in die Ecke zu schauen. Sein Blick schweifte umher, doch es gelang ihm nicht, den Mann zu sehen, der ihn direkt anstarrte. Letzterer verharrte bewegungslos und ich war gezwungen, ihn dabei zu beobachten, weil John Coal sich wild umherwand, doch nichts entdeckte. Angst schnürte mir die Kehle zu beim Anblick der ungelenken, finsteren Gestalt.

Der leere Blick des ominösen Schattenmannes sank plötzlich herab und fixierte mich. Ich schrie vor Angst auf und grub meine Nägel in Coals Ärmel. Stirnrunzelnd betrachtete mich der Hausherr.

»Lassen Sie mich raus!«, flehte ich verzweifelt. Jeden Augenblick, den ich in dem Raum zubrachte, drang eine immer intensiver werdende Kälte unter meine Haut. Das Starren der Gestalt ließ meine Adern gefrieren und brachte mein Herz zum Rasen. Mir wurde langsam schwarz vor Augen, doch dann entspannte sich Coals Griff um meine Schultern endlich und ich kam von ihm los.

Hals über Kopf stürzte ich in den Flur und stolperte über die hohe Türschwelle. Ich schlitterte haltlos über den Flur bis zur gegenüberliegenden Wand und sank daran zu Boden. Die Kälte hatte mir die Kraft entzogen und ich vermochte nicht mehr, mich zu erheben.

John Coal folgte mir ruhigen und gelassenen Schrittes. Er kniete sich neben mich, um mein blasses Gesicht und die weit

aufgerissenen Augen zu mustern. Die offene Tür behielt ich weiter im Blick.

»Ist alles in Ordnung?«

Ich hörte seine Worte kaum, denn in diesem Moment bemerkte ich einen Schatten, der sich dem Flur näherte. Erst war es ein Fuß, dann ein Bein, das im Türrahmen erschien. Wieder kreischte ich auf, konnte nicht sprechen und drückte mich weiter gegen die Wand, als nun das gesamte Profil des Mannes im Rahmen zu sehen war. Langsam drehte er sich zu mir und schaute wieder auf mich, doch er war nicht über die Schwelle getreten – noch nicht.

»Schließen Sie sie, schließen Sie sie«, wimmerte ich, und da sprang John Coal tatsächlich auf und schlug die Tür zu.

Erst als das Rosenholz ins Schloss fiel, beruhigte sich mein Atem. Mein Gesicht vergrub ich in meinen Handschuhen, ich konnte nicht aufstehen, konnte nichts sagen – ich war völlig kraftlos vor Angst und zitterte am ganzen Körper.

Nach einigen erfolglosen Versuchen, mich zum Sprechen zu ermutigen, hob Coal mich in seine Arme und trug mich fort. Wohin genau, wusste ich nicht, denn ich hielt meine Augen nach wie vor verdeckt. Er ging nicht weit, drückte mich stärker an sich heran, während er nach dem richtigen Schlüssel suchte, öffnete eine Tür und legte mich auf ein weiches Bett. Ich musste die Augen nicht öffnen, um zu erkennen, dass dieser Raum anders war als der vorherige. Hier war die Atmosphäre einladend, beruhigend.

Ohne aufzusehen, zog ich die Decke unter mir hervor und wickelte mich von Kopf bis Fuß darin ein. Im Flur hörte ich John Coal sein Personal beruhigen, das aufgrund der Geräusche aufgeregt herbeigeeilt war. Er erklärte ihnen, dass alles unter Kontrolle war, dass ich lediglich eine Vision oder einen Anfall von Wahnsinn erlitten hatte und dass er dabei war herauszufinden, was davon zutraf.

Erst nach einer ganzen Weile ließ das Zittern nach, obwohl alles in diesem Zimmer eine beruhigende Wirkung auf mich hatte. Der Geruch war zart süßlich, die Geräusche sanft, die Luft leicht und frisch.

Ich spürte, wie die Matratze hinabsank, als John Coal Platz nahm.

»Wer war der Mann?«, fragte ich heiser vom Schreien.

»Das möchte ich von dir wissen«, erwiderte er ruhig. »Im Gegensatz zu dir habe ich ihn nicht gesehen.«

»Es müsste jemand sein, den Sie kennen«, eröffnete ich mit Bestimmtheit.

»Kannst du ihn beschreiben?«

Ein Schauer lief mir den Rücken hinab, als ich sein Aussehen vor meinem inneren Auge abrief. »Er war düster, mit einem leeren, emotionslosen Gesicht. Seine Züge waren nur vage erkennbar und er trug einen simplen, dunklen Anzug.«

John Coal nickte, obwohl er in meiner Beschreibung wohl kaum jemanden wiedererkannte.

»Hattest du zuvor bereits Visionen dieser Art?«

»Nein, noch nie«, gab ich leise zu. »Und ich bin nicht sicher, ob das eben eine Vision war.«

»Wie darf ich das verstehen? Hast du womöglich halluziniert?«

Ich zog die Decke weg und setzte mich auf, um in seine Augen zu blicken. »Meine Visionen funktionieren auf andere Weise. Sie sind Collagen verschiedener Eindrücke, die ich von anderen Personen empfange, Bilder und Worte, die vorbeirauschen wie in einem Traum. Der Mann in dem Zimmer war weder das Produkt eines anderen Verstandes noch eine Halluzination. Er wirkte so real wie Sie und ich. Bloß hatte er keine physische Form.«

»Ein Geist.«

»Möglicherweise.«

John Coal schnaubte verächtlich, fast so, als wollte er sagen, dass es solche Wesen nicht gab. »Bist du sicher, dass deine Gabe von übernatürlichem Ursprung ist? Könnte nicht einfach dein Unterbewusstsein besonders stark ausgeprägt sein und verstärkt werden durch verschiedene Auslöser wie beispielsweise Berührungen?«

Ein eigenartiger Ausdruck legte sich über John Coals Gesicht. Seine Züge schmolzen zu einem Lächeln voll von Mitleid. Mit einem Mal schien er so etwas wie Güte auszustrahlen.

»Nein. Ich sehe Dinge, die mein Unterbewusstsein nicht kennen kann«, widersprach ich störrisch.

»Vielleicht bist du einfach gut im Raten?«

»Nein. Ich rate nicht, ich weiß!«

Er hob eine Augenbraue, als versuchte ich ihn davon zu überzeugen, dass die Welt flach wäre.

Ich hatte noch nie jemandem erzählt, wie viel Angst mir meine eigenen Visionen bereiteten, oder wie auch immer man diese nennen mochte. Es war stets, als würden meine Gedanken zu schnell durch meinen Kopf wirbeln. Erst als sie sich beruhigten, sich der Nebel verzog und ich an das Gesehene zurückdachte, es von allen Seiten betrachtete und die Informationen ordnete, verspürte ich den Hunger und die Neugier, mehr erfahren zu wollen. Über die Jahre hatte ich geglaubt, Herrin meiner Gabe geworden zu sein. Doch nach den heutigen Ereignissen war dies wohl ein zu starker Ausdruck. Vielleicht hatte ich einfach nur gelernt, damit zu leben – zum größten Teil. In Kindertagen hatte mich jede Berührung in einen so tranceartigen Zustand versetzt wie heute. Anscheinend hatte ich noch sehr viel mehr zu lernen, wenn mich eine Vision noch immer so stark erschüttern konnte.

»Ich möchte zurückgehen«, eröffnete ich entschlossen.

»Jetzt?«, stieß er ungläubig hervor.

»Ja. Ich muss zurückgehen.«

Fassungslos sah er mich an. »Noch vor einem Moment hast du kaum ein Wort herausgebracht.«

»Aber–«

»Nein. Das kann ich nicht erlauben. Ruh dich aus, wir können es in einigen Tagen noch einmal versuchen.«

»Wir müssen genau jetzt zurückgehen«, sagte ich mit Nachdruck. »Er wird nicht darauf warten, dass wir irgendwann bereit sind.« Welchen Regeln die Geisterwelt folgte, konnte ich nicht wissen, doch fügte sie sich sicherlich nicht den unseren. Wir mussten uns beeilen und der Spur nachgehen, solange diese noch frisch war!

»Wenn es nichts weiter als dein Unterbewusstsein ist, kann es einige Tage warten.«

»Das wird es aber nicht.« Ich packte ihn am Ärmel. »Das tut es nie.«

Er schüttelte meine Hand ab und schaute mich mahnend an. »Du bleibst heute Nacht hier. Morgen können wir noch einmal darüber reden. Das ist eine Anweisung.«

»Ich kann nicht hierbleiben«, sagte ich kleinlaut und schaute mich um. Die liebevolle Einrichtung machte mir unmissverständlich klar, in wessen Schlafgemach ich mich befand. »Das ist doch das Zimmer Ihrer Frau.«

»Es wird ihr nichts ausmachen«, sagte er bestimmt und strich über meinen Handschuh, zog seine Finger jedoch sofort zurück, als ich zusammenzuckte. Ich war es nicht gewohnt, dass jemand aus freien Stücken meine Hand berührte und ich hatte ein wenig Angst, dass ich trotz des Stoffes zwischen unserer Haut in seine Gedanken blicken könnte. Eigenartigerweise verspürte ich kein Verlangen, noch einmal in ihm zu lesen, obwohl er ein noch viel größeres Mys-

terium war als der Geist. Bei unserer Berührung hatte ich nicht nur Angst empfunden, sondern auch Schmerz und Dunkelheit.

»Schlaf gut«, sprach er, und diesmal war seine Stimme viel sanfter. Der Aufenthalt im Zimmer seiner Frau hatte ihn wohl ein wenig erweicht, auch wenn lediglich ich sein Gegenüber war.

Damit erhob er sich vom Bett, schaute sich im Zimmer um und seufzte tief. Sein Blick verharrte auf der Frisierkommode, die aus poliertem Walnussholz geschnitzt war und auf eleganten, schlanken Beinen stand. Auf dem geschwungenen Körper befanden sich drei bewegliche Spiegel und fünf Schubladen mit vergoldeten Griffen. Davor stand ein passender Hocker, silberne Fäden waren in das helle Blumenmuster des Sitzes gewoben. Das Bett, auf dem ich lag, und der große, grazile Kleiderschrank waren im gleichen Stil gehalten. Obwohl die Einrichtung reichlich aufwendige und komplizierte Details in den Schnitzereien und Verzierungen innehatte, wirkten der Raum und die Möbel hell, elegant und gemütlich.

»Jetzt verstehe ich es«, sagte ich. »Wenn Sie sagen, dass sie gutherzig ist. Ich kann es spüren.«

Er zwang sich zu einem Lächeln, doch es hielt sich nicht lange und die Winkel seines Mundes fielen tief. Die Tür öffnete und schloss sich geräuschlos, als er ging. Ich blieb allein zurück.

Nachdenklich starrte ich an die Decke, ohne wirklich einen Gedanken zu fassen zu bekommen. Es waren einfach zu viele, um mich einem einzelnen von ihnen widmen zu können.

Nach einiger Zeit klopfte Mary an und betrat das Zimmer. Mit sich brachte sie eine große Schale mit Wasser, Seife und ein frisches Nachthemd samt Robe.

»Du und deine Zimmergenossinnen seid bestimmt außer euch vor Freude, dass ihr mich los seid«, begrüßte ich sie.

Hämisch lächelnd übergab sie mir das Nachthemd. »Ganz recht, Miss Love, die anderen Mädchen und ich werden später eine kleine Feier abhalten und den Anlass gebührend zelebrieren. Ich könnte Sie einladen, aber das wäre nicht im Sinne des Erfinders.«

»Du listiges Ding«, sagte ich und ahmte Sybils Tonfall nach, während ich ins Nachthemd schlüpfte und mit erhobenem Zeigefinger durch die Luft wirbelte, wie die Haushälterin es oft tat, wenn ihr etwas missfiel. »Genießt es, solange ihr könnt, denn ich werde wiederkehren und die verlorene Zeit wiedergutmachen.«

Das Zimmermädchen lachte und beteuerte, dass es diesbezüglich keinerlei Zweifel hatte.

Grinsend kletterte ich unter die Bettdecke.

»Mary«, sagte ich dann mit leiser, ernsterer Stimme. »Darf ich deine Hand berühren? Könntest du an dein Zuhause mit der Scheune deines Vaters zurückdenken und dich daran erinnern, wie es im Spätsommer war?«

Meine Bitte klang wie die eines launischen Kindes, obwohl ich nie eins gewesen war. Doch Mary zu lesen, gab mir Stärke, anstatt sie mir auszusaugen. Sie hatte einen wunderschönen Geist, in dem faszinierende Gedanken wohnten. Sie lächelte mich mit derselben schwesterlichen Zuneigung an, die sie den anderen Mädchen schenkte.

»Also gut. Gib mir einen Moment, um mich zu erinnern.« Sie schloss die Augen und setzte sich neben mich aufs Bett. Als sie bereit war, hielt sie mir ihre Hand entgegen.

Hastig zog ich den Handschuh aus und legte meine Finger in ihre Handfläche. Dann schloss auch ich die Augen und sank in ein Beet aus weichem Moos. Über uns erstreckte sich ein leuchtend blauer Himmel, an dem die Wolken genügsam vorüberzogen. Ein Hund bellte weit entfernt und im nächsten Moment

kitzelte seine Nase mich an der Wange. Mary und ich kicherten gleichzeitig. Die Vision war so lebendig, dass ich geradezu die frische Luft auf meiner Haut und die leichte Brise im Haar spüren konnte. Mir wurde warm ums Herz. Die Anspannung des turbulenten Tages löste sich langsam ... doch dann saßen wir plötzlich in einem dampfenden Zug in Richtung London.

»Nein!«, protestierte ich lautstark und zog die Vokale ins Unendliche. Marys Sinn für Humor gefiel mir ganz und gar nicht.

»Das ist genug für heute«, entschied sie noch immer lächelnd und zog ihre Hand zurück. »Ich muss noch meine Arbeit beenden und du musst dich ausruhen, andernfalls wird der Hausherr verärgert mit mir sein«, verkündete sie und tippte mit ihrem Zeigefinger auf meine Nase.

»Mary«, rief ich, als sie sich schon erhoben hatte.

»Ja?«

»Warum bist du ...« Mir fiel es schwer, das richtige Wort zu finden. »... nett zu mir? Ich kann weder Vorurteile noch Boshaftigkeit in dir entdecken und ich verstehe nicht, warum.«

Erneut legte sich ein Lächeln über ihre Lippen. »Du kannst sie nicht entdecken, weil ich nichts dergleichen empfinde. Du hast mir keinen Grund gegeben, solche Gefühle für dich zu entwickeln«, erklärte sie auf liebenswerte Art.

»Aber andere fühlen so, auch ohne entsprechende Beihilfe meinerseits«, erwiderte ich.

»Dann sind die anderen blöd.« Sie kam zurück zum Bett und zog die Decke hoch bis zu meinen Schultern. »Gute Nacht, Liebes.«

»Gute Nacht, Mary.«

Kapitel 4

Rausch und Rationalität

Als es im Haus leise wurde und nur noch das Rauschen des Windes hörbar war, schob ich die Bettdecke zur Seite und ging auf Zehenspitzen über den Flur zu der Tür des Geisterzimmers. Mein Herzschlag tönte laut in meinen Ohren und die Kälte kroch von meinen Füßen bis zu meinen Knöcheln, doch es war nicht genug, um meine Entschlossenheit ins Wanken zu bringen. Ich musste wissen, was sich in dem Zimmer befand. Warum war der Mann hier? Was wollte er mir mitteilen? Ganz gleich, ob die Nachricht aus meinem Unterbewusstsein oder dem Geisterreich stammte, ich wollte sie erfahren. Wenn der Geist gekommen war, um mir Leid zuzufügen, war es mir lieber, dies früher als später zu erfahren und entsprechend zu handeln, anstatt in Furcht zu leben. Ich konnte alles ertragen, nur keine Furcht.

Ich drehte den Türknauf, doch die Tür blieb zu. John Coal musste sie verschlossen haben. Wütend schnaubte ich und drehte mich zum Zimmer seiner Frau am anderen Ende des Gangs. Vielleicht war in Mrs. Coals Besitz eine Haarnadel, die ich mir ausleihen könnte.

Nach nur wenigen Schritten ertönte plötzlich das Knarren von Holz hinter mir. Ich fuhr herum und beobachtete starr, wie sich die dunkelrote Tür einen Spaltbreit öffnete.

Ich hielt inne, während mir ein kalter Schauer über den Rücken lief. Mein Kopf sagte mir, ich sollte weglaufen, doch mein Herz gebot, dass ich der Sache auf den Grund ginge. Ich schluckte schwer, bewegte mich aber nicht vom Fleck. Meine Knie zitterten. Ich hasste Angst, ich hasste sie mehr als irgendetwas sonst. Es erforderte meine gesamte Willenskraft, meinen Beinen zu befehlen, sich der plötzlich offen stehenden Rosenholztür zu nähern. Mochte John Coal auch noch so oft behaupten, dass mein Unterbewusstsein mich Dinge sehen ließ, doch konnte es ganz sicher keine physischen Objekte in Bewegung versetzen. Folglich wollte jemand anderes, dass ich in das Zimmer trat, und daher war der Mann, den ich gesehen hatte, tatsächlich ein Geist. Somit hatte ich recht und John Coal nicht.

Als ich den ersten Schritt über die Türschwelle machte, wirbelte ein starker Windzug den Saum meines Nachthemdes umher. Wer auch immer die Tür geöffnet hatte, hatte ebenso das Fenster aufgerissen. Aufmerksam sah ich mich um. Dieses Schlafzimmer war das genaue Gegenteil desjenigen, in dem ich heute Nacht bleiben sollte. Die Einrichtung strotzte vor massiven Ornamenten und wirkte erdrückend. Das Bett hatte ein türmendes Kopfende mit abstehender und auffälliger Wölbung, worüber ein schwerer Ziergiebel ragte. Das Fußende war dazu noch umgeben von spitz zulaufenden Säulen. Auch der Schrank und die Frisierkommode waren aus dunklem Rosenholz gezimmert, was den großen Raum beengend wirken ließ. Der Bettbezug, die Gardinen und der riesige, dicke Teppich waren burgunderfarben. Dies war der perfekte Ort für einen Geist.

Ich machte mich bereit für die Begegnung und trat weiter ins Zimmer vor. Einen Moment später floss ein Schatten über meine Füße und mit einem Mal stand der dunkle Mann vor mir – sein leeres, emotionsloses Gesicht wenige Zentimeter vor meinem. Mir stockte der Atem, doch ich wich nicht zurück.

»Warum bist du hier?«, hauchte ich.

Anstatt zu antworten, drehte er sich langsam von mir weg und wies ebenso langsam den Weg zum Fenster. Ich ging ihm nach und folgte seinem Blick, als er nach draußen in die Dunkelheit sah. Unten erstreckte sich ein Garten, der bedeckt war von einem dünnen Nebelschleier. Tagsüber konnte man einen kleinen Pfad erkennen, der an den wilden Brombeerbüschen vorbeiführte, doch in dieser Nacht waren dort nichts als weiße Schwaden, die sich bewegten, als wären sie lebendig. Der dunkle Mann lehnte sich aus dem Fenster und schaute hinab. Ich tat es ihm gleich.

»Was zur Hölle tust du da?«, donnerte eine wütende Stimme wie aus dem Nichts. Ich hatte nicht gemerkt, wie weit ich mich hinausgelehnt hatte, bis ich nun vor Schreck das Gleichgewicht verlor und über die Fensterbank rutschte. Gerade noch rechtzeitig griffen zwei Hände nach meinen Schultern und zogen mich ruckartig zurück, sodass mein Retter und ich rücklings auf den Burgunderteppich fielen. »Bist du wahnsinnig?«, rief er unter mir.

Ich hob den Kopf von seiner Brust und schaute ihn trotzig an. »Haben Sie schon vergessen, wo wir uns begegnet sind?«, merkte ich sachlich an und nutzte sein Knie als Stütze, um von ihm aufzustehen.

John Coal trug nicht mehr als eine schwarze Hose und eine schwarze Robe, die lose an der Taille gebunden war. Als auch er aufstand, merkte ich, wie sehr seine Größe mich einschüchterte – wenn auch sein Gesichtsausdruck noch um einiges einschüchternder war.

»Wie bist du hier reingekommen?«, fragte er erzürnt.

»Er hat mir die Tür geöffnet.« Ich deutete auf die Stelle, an der bis eben noch der dunkle Mann gestanden hatte, doch dieser war bereits verschwunden.

»Es ist niemand außer uns beiden hier.« Coal seufzte entnervt. »Glücklicherweise bin ich wach geblieben und konnte somit hören, dass du dich meiner Anweisung widersetzt hast. Ich hätte dich in dem anderen Zimmer einsperren sollen.«

Jetzt war es an mir zu seufzen. »Wenn Sie nicht an meine Kräfte glauben und mich nur wegsperren wollen, warum haben Sie sich dann überhaupt die Mühe gemacht, mich um Hilfe zu bitten?«

Sein Mund wurde zu einer harten Linie. »Weil ich will, dass du meine Frau zu mir zurückbringst«, sagte er nach einer Weile.

»Sie, Sir, sind verzweifelt«, legte ich offen. »Und Sie sind bereit, alles zu probieren, deshalb dürfen Sie mein Handeln nicht hinterfragen. Das wissen Sie selbst, und dennoch scheinen Sie hin- und hergerissen zu sein zwischen Ihrem rationalen Verstand und dem Glauben an meine Gabe.«

»Würde ich dein Handeln nicht hinterfragen, wärst du aus dem ersten Stock gefallen«, merkte er gelassen an. Da war allerdings etwas Wahres dran.

»Ja, also … vielen Dank, dass Sie das verhindert haben«, murmelte ich kleinlaut, wollte in diesem Gefecht aber nicht unterliegen und fügte trotzig hinzu: »Ich werde es ganz sicher in mein Tagebuch schreiben, wenn ich jemals eins zu führen beginne.«

»*Pass … auf*«, heulte plötzlich jemand Drittes und ich wirbelte erschrocken herum, doch sah niemanden.

»Hören Sie das?«, flüsterte ich und brachte eine Hand zu meinem Mund. Ein Knall ertönte, als ich gegen die Kante des Frisiertisches stieß.

»*Vor ... sicht*«, sprach die Stimme erneut, doch sie klang mit jeder Silbe mehr und mehr wie der Wind. »*Er ist ... nicht ... wie er ... scheint!*«

Ein starker Luftstoß wirbelte um John Coal herum.

»Ich höre nichts außer den Wind«, gab er irritiert zu und packte seine Robe, damit ihm diese nicht weiter um die Beine schlug.

»Wie meinst du das?«, fragte ich die Luft.

»Das ist doch lächerlich«, murmelte John Coal.

»Seien Sie leise!«, befahl ich und schaute ihn böse an, bevor ich mich wieder dem Raum zuwandte. »Fahren Sie bitte fort, Herr Geist.«

Suchend schaute ich mich um und blickte plötzlich in eine angsteinflößende Grimasse. Der Mund war zu einem grauenhaften, unnatürlichen Lächeln verzogen, die Augen waren nichts als lange, dünne Schlitze und die Brauen ragten hoch bis zu seinem Haaransatz. Der monströse Ausdruck jagte mir einen Heidenschreck ein. Rücklings stolperte ich gegen den Hocker, der seitlich neben dem Frisiertisch stand. Ich fiel hintenüber und knallte laut auf den harten Holzboden.

»Was ist passiert?«, fragte John Coal.

»Nichts«, flüsterte ich und befahl meinem Herzen, sich zu beruhigen, bat meinen Puls, langsamer zu werden, und flehte meine Knie an, nicht so stark zu zittern. Dann sah ich auf und begegnete der fürchterlichen Gestalt. »Warum bist du gekommen?«

»*Schau ... unterhalb ...*«, sprach er – und dann ging er in Flammen auf. Das Feuer verspeiste seine dunkle Form, pechschwarz färbte es sie und verzerrte ihren Umriss. Zurück blieb nichts als Asche, die von einem kurzen, aber heftigen Windstoß zerstreut wurde. Und mit einem Mal war das Zimmer wieder dunkel. Das Feuer hatte nicht die geringste Spur zurückgelassen.

Starr und mit weit aufgerissenen Augen blieb ich am Boden und versuchte, meine Gedanken zu ordnen.

»Was für ein gesprächiger Geist«, sagte John Coal, nachdem ich eine ganze Weile die Wand und er mich angestarrt hatte. Er schien nichts von alldem mitbekommen zu haben.

»Oh!«, rief ich aus und kämpfte mich aus meiner Trance frei. »Nein, er ist bereits verschwunden.«

»Wie überaus praktisch«, erwiderte der große Mann. Ich war nicht sicher, ob er mich verhöhnte oder einfach nur die Stille vermeiden wollte. »Welche neuen Erkenntnisse hast du erlangen können?« Er seufzte gelangweilt. »Und erfordern diese Erkenntnisse, dass du auf dem kalten Boden sitzen bleibst, oder ist das deine eigene Vorliebe?«

Meine Gliedmaßen waren wie aus Holz und ich konnte meine Beine nicht bewegen. Wie erstarrt saß ich hilflos da. Der Gesichtsausdruck des Geistes und das flammende Spektakel hatten mich erschüttert und ich konnte meinen Verstand nicht dazu bewegen, die Eindrücke einfach abzuschütteln. Warum war ich nur so schwach? Warum brachte mich so etwas dermaßen leicht aus der Fassung, wenn ich doch schon sämtliches Grauen und Leid in den Gedanken anderer Menschen gesehen hatte? Warum war es etwas anderes, wenn man es mit eigenen Augen sah?

John Coal schloss das Fenster und beendete so die Unruhe der burgunderfarbenen Vorhänge. Er richtete den Hocker wieder auf, über den ich gefallen war, und reichte mir seine Hand, doch ich trug keine Handschuhe und traute mich nicht, ihn zu berühren. Seufzend ging er in die Hocke, griff unter meine Arme und zog mich in eine aufrechte Position. Da ich noch immer wacklig auf den Beinen war, blieb mir keine andere Wahl, als mich gegen ihn zu lehnen. Es war nicht unangenehm. Ich spürte seinen gleichmä-

ßigen Herzschlag unter seiner Robe und fühlte die Wärme seiner Brust. Seine Muskeln spannten sich an und er legte seinen Arm fester um mich, fast als wollte er mich umarmen.

Er ist nicht, wie er scheint, hallte die Warnung des Geistes in meinen Gedanken wider und sofort drückte ich John Coal mit aller Kraft von mir weg. Erzürnt blickte ich ihn an, doch sein Ausdruck war voller Unverständnis und Unschuld und ich fragte mich, ob ich die Geste missverstanden hatte. Wenn ich seine Hand berührte, könnte ich es herausfinden. Doch das Risiko, von der Dunkelheit seiner Gedankenwelt vereinnahmt zu werden, war zu groß. Während ich meine Möglichkeiten in Erwägung zog, musterte ich seine Hand, als er mir diese plötzlich entgegenstreckte.

»Berühre mich, wenn du möchtest.« Ein gefährliches Lächeln umspielte seine Lippen. Ich wich zurück und trat schon wieder gegen den Hocker und die Frisierkommode. Er kam mir nach und lehnte sich vor, bis seine Nase nur noch wenige Zentimeter von meiner entfernt war. Seine beiden Hände griffen nach der Kommode, sodass ich zwischen seinen Armen gefangen war. Ich spürte seinen Atem auf meinem Gesicht.

»Hast du Angst vor mir?«, raunte er mit einem Grinsen, das seine Augen wütend aussehen ließ. »Fürchtest du, dass ich zur Abwechslung dich berühren könnte?«

Erneut beschleunigte sich mein Atem. »Wollen Sie nicht Ihre Frau finden?«, fragte ich mit hoher Stimme. »Was wollen Sie also von mir?«

»Meine Frau ist nun schon lange weg«, sprach er und das Lächeln verflüchtigte sich. »Du warst es doch, die mir riet, mich nach einer neuen Mrs. Coal umzuschauen.«

Seine Nähe löste starkes Unbehagen in mir aus. Ich war ein unansehnliches, armes und verrücktes Wesen – er konnte sich

unmöglich zu mir hingezogen fühlen. »Sie verspotten mich«, schlussfolgerte ich zwischen Wut und Zweifeln gefangen.

Er schmunzelte, ließ die Kommode los und richtete sich auf. Das Schmunzeln wurde zu einem leisen Lachen. »Natürlich tue ich das.« Er verschränkte die Arme vor der Brust und schaute arrogant auf mich herab. »Ich liebe meine Frau. Nur für sie gebe ich mich mit jemandem wie dir ab. Alles andere ist dein eigenes Wunschdenken.«

Mir brannten Tränen der Demütigung in den Augen, als er mir schmerzlich all meine Defizite aufzeigte. Natürlich würde er mich nicht aus freien Stücken umarmen. Niemand umarmte mich freiwillig. Das war mir bewusst und dennoch stand eine Träne kurz davor, mir über die Wange zu rollen. Aber das würde ihm nur einen weiteren Grund geben, sich über mich lustig zu machen. Für mich war das in Beleidigungen übergegangene Gespräch beendet und ich entschied mich zu gehen. Ein Bitten um Erlaubnis konnte er nicht von mir erwarten. Überhaupt konnte er hingehen, wo der Pfeffer wuchs. Mich an ihm vorbeidrängend rieb ich mir das Salzwasser von den Wangen, dann beschleunigte ich mein Tempo und lief aus der Tür und den Flur hinab.

»Wohin gehst du? Dein Zimmer liegt in der anderen Richtung!«

Anstatt ihm zu antworten, begann ich zu rennen. Schon bald erreichte ich die Marmortreppe. Der Haupteingang war ganz sicher zu – der Butler verschloss ihn jeden Abend um 18 Uhr, es sei denn, der Hausherr war außer Haus, daher lief ich zu einem der hohen Fenster im großen Saal. Ich riss es auf und sprang hinaus auf das kalte, feuchte Gras. Meine Füße versanken im Nebel. John Coal war dicht hinter mir, seine schweren Schritte tönten laut auf dem polierten Marmorboden. Schlitternd rannte ich um eine Ecke des Hauses und blieb dann abrupt stehen,

sodass Coal beinahe mit mir kollidierte, aber gerade noch rechtzeitig zum Stehen kam.

Als er seine Stimme zu einem wütenden Grollen erhob, unterbrach ich ihn, bevor er mit seinen Anschuldigungen beginnen konnte.

»Bei welchem Fenster habe ich den Geist gesehen?«, fragte ich ruhig und gelassen.

Irritiert sah er mich an. Er war bestimmt ziemlich wütend darüber, dass ich ihn so bloßgestellt und gezwungen hatte, mir nachzulaufen, da er wahrscheinlich angenommen hatte, ich wollte gänzlich fliehen – es war ein gutes Gefühl, ihm seinen Scherz heimgezahlt zu haben, wenn seiner auch viel herzloser ausgefallen war als meiner.

Anscheinend konnte Coal sich nicht entscheiden, ob er kooperieren oder mit mir streiten wollte. Letztendlich zeigte er auf das neunte Fenster auf der linken Seite. Ich trat näher an das Manor und tastete die raue Hausfassade ab. Anschließend kniete ich mich hin, um den Boden zu begutachten, stand dann wieder auf und machte einige Schritte entlang der Fassade in Richtung der nächsten Ecke, als John Coal mich plötzlich packte und herumdrehte.

»Für deine kindischen Spielereien habe ich weder die Geduld noch die Zeit«, zischte er. »Bisher war ich nachgiebig, aber das wird sich ändern, wenn du nicht lernst, die Grenzen zu respektieren. Von jetzt an wirst du mir genau sagen, wo du hingehst und was du zu tun gedenkst. Ich verbiete dir, nachts ums Haus zu schleichen oder plötzlich davonzulaufen, hast du mich verstanden?«

Ich presste die Lippen zusammen und starrte auf seine Hand an meinem Arm. »Mr. Coal, ich suche nur das, worauf der Geist gedeutet haben könnte. Gibt es hier einen Eingang, zu einem Keller vielleicht?« Unnachgiebig schaute ich in die Augen des

unbarmherzigen Riesen. »Es gibt nichts, was Sie mir androhen könnten, was ich nicht bereits durchgemacht habe. Sie schüchtern mich nicht mehr ein«, flüsterte ich.

Er ergriff meine Hand so plötzlich und ohne Vorwarnung, dass ich keine Zeit hatte, mich darauf gefasst zu machen. Die volle Kraft seiner Dunkelheit vereinnahmte meinen Verstand. Sie hüllte die Welt um mich in Finsternis – wie eine Bleistiftskizze, die in schwarzer Tinte ertrank. Coals Griff um meine Hand war der Ursprung der auf mich einströmenden Schatten. Sie waren geboren aus Verzweiflung und Zorn. Sie vereinnahmten meine Sinne, entzogen mir Kraft und brannten schmerzvoll in meinem Herzen. Ihre vernichtende Hitze pulsierte durch meine Adern und entfachte zu Flammen, die sich immer weiter aufbäumten. Sie zerfraßen meinen Mut und meinen Willen. Ich gab mich ihnen wehrlos hin, bis ich mich selbst vergaß und körperlos fühlte. Die schwarze Glut zerstörte jede meiner Empfindungen und ließ lediglich Trauer zurück. Hilflose, tiefe Trauer ...

Und dann war es so plötzlich vorbei, wie es angefangen hatte. Statt Feuer war es nun kalter Nebel, der sanft um meine Füße tanzte, doch ich stand nicht lang genug, um die Kälte der Nacht zu spüren. Von aller Kraft verlassen sank mein Körper gegen seinen und er hob mich in seine Arme. Ich konnte nicht einmal den Kopf heben. Reglos verharrte ich in seinem Griff.

»Das war nur ein kleiner Einblick in die Hölle, in der ich zu Hause bin«, flüsterte er in mein Ohr. »Schlaf gut und genieße deine eigenen Träume.«

Kapitel 5

Verachtung und Verrat

Mit einem Ruck fuhr ich hoch. Mein Kopf dröhnte, meine Muskeln schmerzten und die grelle Sonne, die durch das südliche Fenster drang, brannte in meinen Augen. Ich rieb mir das Gesicht und rutschte benommen von der weichen Matratze des Himmelbetts. Blinzelnd betrachtete ich meine Reflexion im hohen goldgerahmten Spiegel gegenüber des Walnuss-Kleiderschranks. Zurück schaute eine kleine Frau mit wilden, dunklen Haaren und langem weißen Nachthemd, dessen Saum über das Blumenmuster des Teppichs schleifte.

Ich trat näher an mein Spiegelbild heran. Auch wenn meine Haut so blass war wie eh und je, musste ich zugeben, dass meine Wangen runder geworden waren. Dies war der Verdienst von John Coal, dessen Verhalten mir gegenüber alle zwischen Güte und tiefer Abneigung liegenden Facetten bediente. Es wirkte so, als würde er die Suche nach seiner Frau mehr behindern als vorantreiben. Ich wusste noch immer nicht, was meine Aufgabe dabei sein würde. Dennoch legte sich stets ein Schleier der Sehnsucht über sein Gesicht, wenn sie Erwähnung fand.

Ich schaute auf meine Hand, die er gestern ergriffen hatte. Nichts auf meiner Haut ließ auf seine brutale Berührung schließen. Reflexartig ballte ich eine Faust, als ich daran dachte, wie ich hilflos in seine Arme gesunken war. Wie konnte eine Frau so jemanden nur heiraten?

Ich wandte mich vom Spiegel ab und riss die Kleiderschranktür auf. Vor mir erstreckte sich eine Vielzahl feinster Kleider. Meine Hand wanderte über den Seidenstoff und die zarten Rüschen. Jedes der Kleidungsstücke schien noch ungetragen. Die pastellfarbene Garderobe schimmerte so wunderschön im hellen Sonnenlicht, dass ich sie etwas länger als gewollt betrachtete. Vielleicht liebte er seine Frau wirklich und erlaubte ihr, so viel sie wollte, für Kleidung, Essen und all ihre Wünsche auszugeben?

In den Schubladen der Frisierkommode fand ich eine große Auswahl an Juwelen in reich verzierten Gold- und Silberfassungen, die an Halsketten, Ohrringen und Haarteilen befestigt waren – Geschenke eines liebenden Ehemannes an seine verehrte Gattin. John Coal war mir ein Rätsel, und es gab nicht viele, die das von sich behaupten konnten. Seine Grausamkeit, die Launenhaftigkeit, die Qual seines Herzens – konnte all das das Resultat einer verlorenen Geliebten sein? Vielleicht war er einst eine vernünftige, liebenswerte Person gewesen, die das Leid zu einem Monster gemacht hatte? Mein Herz zog sich zusammen. Erneut wurde mir bewusst, dass ich nicht vermochte, Groll gegenüber Menschen zu hegen, die mir Unrecht taten. Ich konnte nicht anders, als mit ihnen zu fühlen.

Als ich Geräusche aus dem Flur vernahm, schloss ich die Schublade der Kommode und öffnete vorsichtig die Tür, um über den Gang zu schleichen. Eine dunkle Silhouette stand vor John Coals Arbeitszimmer. Erst dachte ich, dass es ein Bediensteter war,

und sprang hinter eine übergroße Vase mit antiken Verzierungen. Doch dann lugte ich hinter dem historischen Kunstgegenstand hervor und bemerkte, wie unmenschlich steif die Körperhaltung und wie emotionslos das Gesicht waren. Ich trat wieder auf den Gang und näherte mich unsicheren Schrittes der Gestalt. Keinen Meter von ihr entfernt blieb ich stehen. Sie strahlte eine Kälte aus, der ich mich nicht weiter nähern wollte.

»Bist du hier, um mir etwas zu sagen?«, flüsterte ich, so leise ich konnte.

Der Geist antwortete nicht, hob aber seine Hand und zeigte auf die Tür. Wie durch Magie öffnete sich der Eingang zum Arbeitszimmer weit genug, damit ich den Hausherren entdecken konnte. Er saß in einem großen Sessel, die Ellenbogen auf den breiten, polierten Schreibtisch gestützt, und verdeckte seine Augen mit beiden Händen. Zwar war er ein wohlhabender, womöglich sogar einflussreicher und starker Mann, doch in diesem Augenblick wirkte er so verloren wie ein Kind. Der Geist deutete auf den Türspalt, als ob er mich anweisen wollte zu beobachten, was passierte. Einen Augenblick später war der Geist fort. Ich sah mich um, doch es blieb nirgends eine Spur von ihm.

»Ich weiß nicht, wie lange ich das noch mitmachen kann«, sprach John Coal auf einmal gequält und zog all meine Aufmerksamkeit auf sich. Ich erstarrte in Erwartung seiner nächsten Worte, doch er schwieg, jemand anderes sprach an seiner statt. Obwohl sie außerhalb meines Blickfeldes war, erkannte ich ihre Stimme sofort.

»Verliere nicht die Beherrschung«, wies Sybil ihn an und trat aus der anderen Ecke des Raumes auf ihn zu. Sie berührte seine Schulter, und er schaute hoch in ihre Augen und legte seine Hand auf ihre. Die Geste wirkte so innig, dass ich vom bloßen

Zuschauen errötete. »Du musst sie finden.« Plötzlich nahm Sybils Gesicht furchteinflößende Züge an, ihre Stimme begann zu beben und gewann an Kraft. »Du musst diese Frau herbringen und –«

»Sybil, beruhige dich!« John Coal sprang auf und packte seine Haushälterin fest an den Armen, als würde sie ihn sonst angreifen.

»Ich kann mich nicht beruhigen«, zischte sie und kämpfte sich von ihm los, griff den nächstbesten Gegenstand vom Tisch und warf diesen mit aller Kraft gegen die Wand. Ich konnte nicht erkennen, was zerschmettert war, doch dem Klirren zufolge war es aus Glas gewesen.

»Du hast eben noch selbst von Beherrschung gesprochen«, sagte er in ruhigem und autoritärem Ton, als er langsam auf die tobende Frau zuging. Er schien vertraut zu sein im Umgang mit solchen Ausbrüchen. Auch mir war ein solches Verhalten nicht fremd, da ich schon vielen wahnsinnigen Menschen begegnet war. Es gab eine Auswahl an Möglichkeiten, damit umzugehen. Man konnte zum Beispiel einen Eimer mit kaltem Wasser über den Kopf des Betroffenen kippen, Letzterem eine Ohrfeige geben oder so lange auf diesen einschlagen, bis er das Bewusstsein verlor. John Coal aber tat nichts dergleichen. Noch nie zuvor hatte ich gesehen, dass jemand versuchte, einen Irren mit Güte zu besänftigen. Dass ausgerechnet John Coal dessen mächtig war, erstaunte mich.

Vorsichtig nahm er ihre Hand und flüsterte der Frau sanfte Worte zu, die ich nicht verstehen konnte, bis sie in seine Arme sackte und an seiner Schulter weinte.

»Sie ist hinterhältig«, schluchzte Sybil. »Du musst aufpassen.«

»Das werde ich«, sagte Coal entschlossen.

»Versprich mir, dass du sie töten wirst«, knurrte die wahnsinnige Frau.

»Ich werde tun, was nötig ist, Sybil. Darauf kannst du dich verlassen.«

Die eisige Kälte seiner Worte erschütterte mich so sehr, dass ich die Bewunderung vergaß, die ich ihm gegenüber kurzweilig empfunden hatte. War er bereit, einen Mord zu begehen? Wenn ich den Inhalt ihrer Unterhaltung richtig deutete, wollte er tatsächlich seine eigene Frau, die er verzweifelt suchte und liebte, umbringen ...

»Und du musst mit dem Mädchen aufpassen«, warnte sie ihn. Ich schreckte zusammen.

»Ich weiß«, seufzte er. »Gestern hat sie beinahe entdeckt, dass ...« Er beendete den Gedanken nicht. »Ich musste unlautere Mittel ergreifen.«

Mein Herz hämmerte panisch gegen meine Brust und die Wut erstickte mich fast. Ich hatte es nicht verdient, so behandelt zu werden, ebenso wenig wie Mrs. Coal. In ihrem Zimmer hatte ich ihre Gutherzigkeit gespürt. John Coal hingegen war ein unbarmherziger Bösewicht, dem alles zuzutrauen war ... und Sybil genauso. Ich hatte sie einfach nur verbittert und einsam geglaubt, aber sie war boshaft und wahnsinnig. Anders konnte ich mir ihre blutrünstigen Worte nicht erklären. Arme Mrs. Coal, arme verlassene und verratene Mrs. Coal.

»Ich denke, ich sollte einmal nach ihr schauen«, schlug die Haushälterin vor.

Mein Herz setzte einen Schlag aus, als sie sich mir näherte. Ich wich zurück, war jedoch nicht schnell genug. Bereits nach meinem zweiten Schritt öffnete Sybil die Tür und gab einen spitzen Aufschrei von sich. Innerhalb von Sekunden tauchte John Coals Gesicht über ihrer Schulter auf. Ich rannte los, doch ich kam nicht weit, er packte mich am Handgelenk und zog mich

an sich heran. Seine Augen waren zu Schlitzen geworden und die Brauen trafen sich fast in der Mitte.

»Sybil, geh runter«, wies er sie an, seine Stimme so hart wie Stein. »Ich will nicht gestört werden.«

Mit diesen Worten zog er mich in Richtung des Arbeitszimmers. Ich bot so viel Widerstand, wie ich nur konnte, auch wenn ihn das kaum aufhielt.

»Monster!«, zischte ich der Haushälterin nach, kurz bevor John Coal mich in sein Arbeitszimmer schubste und die Tür hinter sich abschloss.

Zu meiner Überraschung atmete er genauso schwer wie ich, obwohl das Gerangel uns nicht annähernd gleich viel Kraft gekostet haben konnte. Als er mit bebender Brust auf mich zukam, wich ich zurück und stieß mit dem Rücken gegen das deckenhohe Mahagoni-Regal voller Bücher. Er kam mir so nah wie beim letzten Mal und griff mit beiden Händen nach dem Regal. Ich war zwischen seinen Armen gefangen. Sein Ausdruck war so angespannt, dass ich nicht zu hoffen wagte, er würde die Situation als Scherz abtun.

»Warum sind Sie so gemein zu mir, wenn ich doch gesehen habe, dass Sie auch Güte zu zeigen vermögen?«, flüsterte ich.

»Güte«, schnaubte er. »Ich wüsste nicht, warum ich das bisschen, das ich davon habe, an dich verschwenden sollte.«

»Dann bringen Sie mich zurück in die Anstalt«, bat ich, so ruhig ich konnte, während Panik mir die Kehle zuschnürte. »Ich möchte mich aus Ihren Machenschaften raushalten.«

»Nichts leichter als das.« Seine Stimme sank zu einem bedrohlichen Flüstern. »Sobald du meine Frau gefunden hast, darfst du gehen, wohin du willst.«

Diese Worte brachten Wut und Verzweiflung über mich. »Ich dachte, Ihre Liebe für sie wäre aufrichtig. Ich glaubte, dass sich wenigstens etwas Gutes tief in Ihrem gefühllosen Herzen verbarg, doch Sie sind durch und durch verdorben!« Ich schlug mit den Händen auf seine Brust und versuchte ihn wegzuschieben, doch er zuckte noch nicht einmal. Ich ballte die Hände zu Fäusten und wollte erneut zuschlagen, aber er griff nach meinen Handgelenken und drückte sie gegen das Regal.

»Glaube, was du willst, doch ich handle aus Liebe«, knurrte er in der verletzlichen Stimmlage, die jedes Mal zum Vorschein kam, wenn es um seine Gattin ging – die Gattin, deren Mord er bis eben noch geplant hatte.

»Sie scheinen Liebe und Hass zu verwechseln«, brachte ich hervor.

»Möglich«, stimmte er zu. »Allerdings geht dich das weder etwas an, noch solltest du dir den Kopf darüber zerbrechen. Du wirst das tun, was ich dir sage, wenn ich es dir sage – ohne es zu hinterfragen.«

»Das werde ich nicht«, rief ich. »Ich werde Ihnen nicht helfen, selbst wenn Sie mich foltern sollten!«

»Ich habe noch nicht in Betracht gezogen, dich zu foltern«, meinte er lächelnd. »Aber ich muss zugeben, dass es verlockend klingt.«

Mir liefen gleich zwei kalte Schauer über den Rücken.

»Wenn du dich mir widersetzt, soll mir das recht sein.« Das Lächeln verließ sein Gesicht so plötzlich, wie es darauf erschienen war. »Dann sei dir allerdings der Konsequenzen bewusst.«

Instinktiv wurden meine Hände zu Fäusten, doch er schien nicht vorzuhaben, diese zu berühren. Er ließ meine Handgelenke los, packte mich stattdessen am Oberarm und führte mich aus seinem Arbeitszimmer auf den Flur. »Wie hast du es geschafft,

den Raum zu verlassen?«, fragte er, als wir vor dem Schlafgemach seiner Frau stehen blieben.

»Die Tür war nicht verschlossen«, presste ich zwischen den Zähnen hervor.

»Unachtsame Mary«, murmelte er, zog die Tür auf und schubste mich hindurch. Ich hörte, wie der Schlüssel sich von außen im Schloss drehte. Das Verlangen zu weinen schluckte ich herunter, meine Brust zog sich dennoch zusammen, als ich an Mrs. Coal dachte. Warum hinterließ der Kummer anderer Menschen einen so starken Eindruck bei mir? Warum kümmerte mich eine Frau, die ich nie zuvor getroffen hatte – und warum reagierte mein Herz auf den Schmerz in John Coals Augen, obwohl ich ihn nicht ausstehen konnte? Wäre ich doch normal, ohne diese blöde Gabe und ohne die fortwährende Verbindung zu den Menschen, die ich berührt hatte.

Ich rüttelte versuchsweise an der Tür und lehnte dann meine Stirn gegen das Holz. »Sie sind noch da, nicht wahr?«, flüsterte ich.

»Ja«, antwortete er ebenso leise. Als wäre er wieder der Mann, der mir eine Art von Gastfreundlichkeit entgegengebracht hatte wie sonst niemand vor ihm. Auch wenn sie nur von kurzer Dauer gewesen war. »Brauchst du irgendetwas?«, fragte er. Jede Brutalität war aus seiner Stimme gewichen.

»Ich will zurück«, murmelte ich und spürte, wie sich die Tränen erneut hochkämpften. »Bitte, Mr. Coal, ich ertrage das Leid in Ihrem Haus nicht. Ich möchte in die Anstalt zurückkehren.«

Er würdigte mein Flehen keiner Antwort, stattdessen verließ er seinen Posten an der Tür. Seine Schritte verklangen in der Ferne.

»Andernfalls töten Sie mich!«, rief ich ihm nach. »Oder ich werde Ihr Ende sein.«

»Dieses Risiko werde ich eingehen«, erklang seine ruhige Stimme.

Ich wischte mir die Tränen aus dem Gesicht und schluckte die Gefühle herunter, die in mir brodelten. Mir blieb nicht viel Zeit zum Handeln. Sicherlich würde bald Mary oder, schlimmer noch, Sybil vor meiner Tür stehen, doch keiner von ihnen konnte allen Ernstes erwarten, dass ich auch nur einen Moment länger hierblieb.

»Herr Geist?«, flüsterte ich hoffnungsvoll. »Wenn Sie da sind, würden Sie die Tür wie zuvor schon für mich öffnen?«

Niemand antwortete. Ich wiederholte meine Bitte, doch alles blieb still. Wenn ich von niemandem Hilfe zu erwarten hatte, dann musste ich mein Schicksal selbst in die Hand nehmen.

Ich trat an die Frisierkommode heran und öffnete das mittlere Fach. Zwischen all den Juwelen würde Mrs. Coal einen kleinen Saphiranhänger sicherlich nicht vermissen. Und wer brauchte zwei Paar Diamantohrringe, wenn man doch nur ein Paar Ohren hatte? Die Edelsteine bedeuteten mir nichts. Was ihren Reiz ausmachte, war das ganze Essen, das man mit ihnen kaufen konnte. Meine Hand schwebte über den Schmuckstücken ... doch ich konnte es nicht tun. Ich konnte eine Frau, deren Mann sie umzubringen gedachte, nicht berauben, auch wenn sie wahrscheinlich keine Möglichkeit hatte, ihre Habseligkeiten zurückzuerlangen.

Seufzend schloss ich die Schublade wieder und ging zur Tür, um den Geräuschen im Flur zu lauschen. Alles schien still zu sein. Ich musste mich beeilen.

Rasch zog ich die Laken vom Bett, durchsuchte die Kommode nach einer Schere und fand eine ganz kleine aus Silber, die genauso reich dekoriert war wie das gesamte Mobiliar. Ich zerschnitt das Bettzeug in ungleichmäßige Streifen, verband diese zu einem langen Seil und befestigte eine Seite an dem geschwun-

genen Bein des Bettes, das zwar weit entfernt vom Fenster stand, aber zu schwer war, um bewegt zu werden. Den Rest des Seils warf ich aus dem Fenster. Es endete gute zwei Meter über dem Boden. Mit beiden Händen packte ich das Seil und setzte mich auf die Fensterbank. Als meine Füße in der Luft baumelten, kam mir die Distanz zu den Brombeerbüschen plötzlich um ein Vielfaches größer vor und mir wurde schwindelig. Ich schloss die Augen und zwang meine Sinne zur Ruhe. So fest ich konnte, hielt ich die zusammengebundenen Laken, öffnete die Augen, holte tief Luft und sprang. Der Stoff spannte sich mit einem Ruck und rutschte mir brennend zwischen den Handflächen weg. Nach einem kurzen Fall landete ich in den Büschen. Die Äste sorgten für eine weiche Landung, wenn man die fiesen kleinen Stachel ignorierte, die sich in meinem viel zu langen Nachthemd verfingen. Zumindest hatte dieses mich vor den gröbsten Schnitten bewahrt. Ich kämpfte mich aus dem Gebüsch frei und rannte los.

John Coal lebte in Putney, in der Peripherie Londons. Es war eine angenehme Gegend mit schönen Herrenhäusern umgeben von Waldstücken und gut erhaltenen Gärten – einzig das Coal-Anwesen bildete eine Ausnahme von der Regel. Sein Garten war ein Schlachtfeld der Vegetation, auf dem die Brombeerbüsche vorherrschten. Ein überwucherter Pfad führte über das Gelände und auf den Hügel, auf dem das Manor stand. Kein Zaun grenzte das Grundstück ab, von dem ich mich immer weiter entfernte und tiefer in die Wildnis drang.

Mit schnell klopfendem Herzen lief ich immer weiter, meine Angst entdeckt zu werden trieb mich an. Das Gestrüpp wurde immer dichter, um mich spannte sich ein Netz aus dornigen Ranken und zwang mich, auf allen vieren zu kriechen. Als ich

endlich einen Schotterweg erreichte, waren meine Unterarme und schuhlosen Füße übersät von kleinen Kratzern und Schnitten.

Die schmale Straße war umgeben von großen Eichen, die hoch in den Himmel ragten und den sternenlosen, wolkigen Nachthimmel verdeckten. Ich konnte kaum erkennen, wohin ich lief. Nach einer Weile erreichte ich endlich gepflasterten Boden und erhöhte mein Tempo. Immer wieder blickte ich über meine Schulter. Jedes Rascheln und Rauschen um mich herum ließ mir das Blut in den Adern gefrieren.

Die Luft war kalt, doch ich merkte es kaum, denn mein starker Wunsch nach Freiheit wärmte mich. Erst als ich die Themse erreichte und somit einen erheblichen Vorsprung gewonnen hatte, spürte ich ein wenig Erleichterung. In der Ferne schienen die Lichter Londons, ich hatte einen weiten Weg vor mir. Mehr als zehn Meilen und vier Bezirke lagen zwischen mir und dem Herzen der Hauptstadt. Ich würde die Reise wohl nicht vor dem Morgengrauen beenden. Hauptsache war aber, dass ich von Coal fortkam und nun wieder frei war.

Kapitel 6

Fremde und Feinde

Ein goldener Schimmer zierte die Wolken und Licht flutete den Horizont. Mit dem Anbruch des neuen Morgens erwachten die Straßen langsam zum Leben. Fenster wurden geöffnet, Straßenlampen gelöscht und die ersten Arbeiter, die sich eine Überfahrt mit der Kutsche nicht leisten konnten, machten sich auf den langen Weg zu den Fabriken. Männer beluden ihre Wagen in der Hoffnung, die Güter auf einem der Märkte zu verkaufen. Das Rattern der Räder auf ungepflastertem Boden übertönte das Marschieren der vielen abgenutzten Schuhsohlen. Der neue Morgen war zu jung, um Gespräche zuzulassen, denn jene, die so früh wach waren, gingen auch spät oder gar nicht zu Bett. Obwohl der Tag gerade erst begonnen hatte, sahen die Menschen müde aus und ihre schlanken, knochigen Gesichter blickten trostlos zu Boden, als wären sie auf dem Weg zur Totenwache.

Mein Taumeln unterschied sich kaum von dem der Arbeiter. Sogar das leichte Zittern vor Kälte passte mich der großen Gruppe an. Bloß mein Nachthemd stach aus der Masse heraus, denn obwohl ich durch Schlamm gekrochen und stundenlang auf

staubigen Straßen unterwegs gewesen war, war es noch wesentlich weißer als die abgetragenen Hemden der Frauen und Männer um mich herum.

Der radikale Unterschied zwischen John Coals Zuhause und den Gebäuden im Bezirk Whitechapel hier auf der anderen Seite der Themse war erschreckend und dennoch charakteristisch für London und dessen Vororte – die immer wachsende Stadt zog Arm und Reich durch das Versprechen neuer Möglichkeiten an, welches jedoch schnell in Vergessenheit geriet im täglichen Überlebenskampf. Mit der Zeit verloren die Leute den Blick für die Pracht der Metropole und nahmen das reiche Erbe und die Kultur der Stadt, welche sich in jedem Ziegel der Architekturen verbargen, gar nicht mehr wahr. Mit der wachsenden Herausforderung des Fortschrittes fielen sowohl die Gebäude als auch die Menschen in sich zusammen, doch ihr Verlust wurde kaum bemerkt. Zu viele waren bereit, ihren Platz einzunehmen.

Die Straßen Londons besaßen eine eindrucksvolle und einschüchternde Art von Stolz und Pracht, die mich an John Coal erinnerte. Doch als unbedeutender Teil der anonymen Masse fühlte ich mich sicher. Er würde mich niemals finden, denn ich war einer von sechs Millionen Londonern, die tagein, tagaus durch die Hauptstraßen und Gassen streiften. Er wusste nicht, wo er mich suchen sollte, er hatte womöglich noch gar nicht bemerkt, dass ich verschwunden war.

Ich war mir dessen so sicher, dass mein Herz beinahe zu schlagen aufhörte, als ich einen großen Mann auf einem schwarzen Pferd erblickte. Mitten auf einer überfüllten Kreuzung erschien er und spaltete die Menschenmassen – gerade einmal hundert Meter vor mir. Hektisch blickte ich umher und stürmte in die nächste Seitenstraße.

Meine viel zu weiße Silhouette musste seinen Blick auf sich gelenkt haben, denn hinter mir schrien Menschen aufgebracht auf. Ich sah über meine Schulter und erkannte, wie sie gezwungen waren, aus dem Weg des Reiters zu springen.

»Bleib stehen!«, schrie John Coal über die Köpfe der Leute hinweg. Aus seinen Augen sprangen Funken des Zorns. Vor Angst vergaß ich jegliche Erschöpfung und rannte Hals über Kopf davon. Die Hufschläge des Pferdes hallten schon bald von den hohen Gebäuden der engen, menschenleeren Gasse wider.

»Verdammt noch mal! Warte!«

Sein Zuruf spornte mich nur noch weiter an. Ich lief um eine Ecke und dann noch eine. Auch wenn die Gegebenheiten zum Reiten nicht ideal waren, so kam mir der Reiter auf dem immer lauter schnaubenden Biest zunehmend näher. Sie waren bereits so dicht hinter mir, dass kleine Tropfen von Pferdespucke auf meine nackten Schultern fielen.

»Du Sturkopf!«, zischte mein Verfolger entnervt.

Meine Lungen brannten. Ich konnte nicht antworten, meine gesamte Kraft wandte ich für meine Muskeln auf. Die Hoffnung auf Entkommen verringerte sich mit jedem schmerzlichen Aufkommen meiner nackten Füße auf dem rauen Grund, doch ich gab nicht auf.

Hinter der nächsten Ecke versperrten die Überreste eines alten Wagens den Weg, ich quetschte mich durch den engen Spalt zwischen Wand und übergroßem Holzrad. Für Reiter und Ross war dieser zu schmal und so hoffte ich Zeit zu gewinnen, doch das Pferd sprang über das Hindernis hinweg. Seine schwere Landung erschütterte den Boden. Mein Verfolger war direkt hinter mir. Seine Finger streiften meine Schulter, doch es gelang ihm nicht, mich zu packen.

»Du kannst nicht mehr fliehen, gib auf!«, erklang seine selbstgefällige Stimme erneut.

»Nein!«, ächzte ich mit meinen letzten Kraftreserven. Und dann mündete die verlassene Gasse in eine dicht gedrängte Straße.

Hastig drängte ich mich an einer langsam fahrenden Kutsche vorbei und tauchte in die Menschenmasse auf der anderen Seite ein. Hinter mir ertönte ein markerschütterndes Wiehern.

Schwer atmend warf ich einen Blick über die Schulter. John Coal war beinahe mit dem Kutscher zusammengestoßen, welcher ihm nun wütende Anschuldigungen entgegenwarf. Mein Verfolger beachtete ihn nicht, drehte sich in alle Richtungen und versuchte mich zu entdecken, doch es war zu spät. Ich war ihm entkommen, versteckte mich nun unter einer Überführung und beobachtete die Szene aus sicherer Distanz.

Es waren zu viele Menschen, zu viel Nutzvieh und zu viele Kutschen auf dem Platz. Selbst wenn er mich bemerkte, würde er auf seinem Pferd viel zu lange brauchen, um die Straße zu überqueren. Ich war klein genug, um an den Massen vorbeizuschlüpfen, John Coal war es allerdings nicht.

Erleichtert lehnte ich mich gegen den kühlen Stein in meinem Rücken, als mich ein scharfer Schmerz durchfuhr. Ich blickte zu meinem Fuß und erkannte Blut an der Sohle. Mein Wunsch zu entkommen war so groß gewesen, dass ich den Schnitt bis eben gar nicht wahrgenommen hatte. Ich konnte kaum noch stehen, außerdem brannten meine Lungen immer noch. Taumelnd begab ich mich in eine weitere Seitenstraße, lehnte dort gegen die Wand und sank zu Boden. Ich war John Coal um Haaresbreite entkommen und würde so lange vor ihm fliehen wie nötig, weil ich auf keinen Fall zu ihm zurückwollte.

Gedankenversunken starrte ich auf meine schmutzigen Füße und plötzlich fiel ein Schatten auf sie.

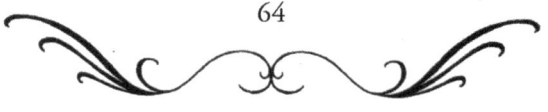

Als ich aufblickte, stand ein kleiner Junge vor mir, der besser gekleidet war als der Rest der Masse. Seine Mutter oder Nanny kämpfte sich an den Leuten vorbei und rief ihm nach, er sollte zurückkommen, aber er schenkte mir nur ein breites Lächeln und legte sechs Pence in meine Hand. Als seine Finger meine Handfläche streiften, bekam ich einen Einblick in das wundervolle, sorglose Leben, das er innerhalb der sicheren Wände eines stattlichen Familienhauses und in der Gesellschaft seiner kleinen Schwester und vieler Angestellter führte. Die Vision war wertvoller als die Münze, doch als Jacks Mutter zu uns vordrang, verkündete sie lautstark ihren Unmut über das Verhalten ihres Sohnes: »Du sollst nicht immer vor mir davonlaufen und schon gar nicht mit Bettlern sprechen! Du weißt nicht, welche Krankheiten sie haben.«

Die Dame packte den Jungen beherzt am Arm und zerrte ihn von mir weg. Der Kleine schien nicht begeistert, konnte sich der robusten Frau aber auch nicht widersetzen.

»Mrs. Shireford, der kleine Jack hat sechs Pence fallen gelassen«, sprach ich die Dame an, bevor sie sich zu weit entfernte, und streckte ihr die Münze entgegen.

Die Frau schüttelte den Kopf und machte mit ihrem Gesichtsausdruck deutlich, dass sie das Geld nicht wollte, da meine schmutzigen Hände es berührt hatten. Als sie gingen, tadelte sie ihr Kind dafür, dass es ihre beiden Namen einer Fremden verraten hatte. Doch der Junge beteuerte, dass er kein Wort mit mir gewechselt hatte.

Die Menschenmassen auf der Hauptstraße verschlangen die beiden schon bald und ich verlor sie aus den Augen. An ihrer statt löste sich eine weitere Form aus dem dichten Gedränge und bewegte sich auf mich zu. Erst glaubte ich, nicht das Ziel ihres bestimmten Ganges zu sein, doch die Frauenstatur kam gerade-

wegs auf mich zu. Sie trug burgunderfarbene Handschuhe und einen Hut mit einer Rose aus Tüll, die mit jedem ihrer Schritte mitwippte. An der Ecke zur Gasse blieb sie stehen und beobachtete mich mit einem neugierigen Leuchten in ihren braunen Augen.

»Ich bin keine Bettlerin, Ma'am«, sagte ich und hielt mir die Hände wie einen Schild vor die Brust. »Bitte behalten Sie Ihr Geld.«

Das Lächeln auf ihren Lippen weitete sich und wurde leicht schief.

»Du armes Kind«, murmelte sie seufzend und kam näher. Trotz ihres feinen Kleides machte es ihr nichts aus, sich zu mir zu hocken und den Saum über den schmutzigen Boden streifen zu lassen.

»Schau dich nur an, du bist ja ganz erfroren«, sprach sie mitfühlend und mit einem zarten Lächeln. »Ich habe das ganze Spektakel auf der Hauptstraße mitangesehen und ich würde dir gern helfen. Auch wenn ich selbst nicht viel habe, so kann ich dir zumindest ein Dach über dem Kopf und etwas Warmes zu essen anbieten. Lass uns heimgehen und dich aufwärmen«, sagte sie und legte ihre Hand auf meinen Unterarm. Aufgrund ihrer Handschuhe blieb mir ein Einblick in ihr Innerstes verwehrt und so wusste ich nicht, welche Hintergedanken sie hegte. Konnte jemand wirklich so selbstlos einer Fremden helfen? Dennoch war ihr großzügiges Angebot meine Rettung – vorerst zumindest. Ich nahm es an, blieb jedoch misstrauisch.

Die Dame zog mich auf die Beine und legte ihre Hand um meine Taille, sodass ich mich ein wenig gegen sie lehnen konnte. Es schien ihr nichts auszumachen, dass mein Nachthemd ihr Kleid und den Mantel verschmutzte. Ich ging, als wären brennende Kohlen unter meinen Füßen und die Burgunderdame passte sich meinem Schritt an, ohne dabei ihr liebreizendes Lächeln zu verlieren. Wir mieden die Hauptstraße und wank-

ten von einer Gasse in die nächste. Jeder Schritt war eine Qual. Ich wurde das Gefühl nicht los, dass wir einen Umweg liefen. Doch dieses Opfer war wohl nötig, wenn wir nicht in den Armen meines Verfolgers enden wollten.

Die Unterkunft meiner Retterin befand sich in der Nähe des Spitalfields Market. Das Haus wirkte, als wäre es erst vor Kurzem erbaut worden, dennoch begann die Fassade bereits zu bröckeln. Die Eingangstür lag unmittelbar am Gehweg. Als wir darauf zukamen, zählte ich elf Fenster und eine schmale Tür, die gleichmäßig auf vier enge Stockwerke verteilt waren. Es gab keine Verzierungen, kein Kranzgesims oder auch nur Stuck, sondern bloß simple, braune Ziegel, schwarze Fensterrahmen und graue Vorhänge hinter unebenem Glas.

Unter großem Kraftaufwand öffnete die Burgunderfrau die verklemmte Haustür und hielt sie mir lächelnd auf. Gleich nach unserem Eintritt eilte eine kleine, alte Dame herbei.

»Rose«, stieß sie besorgt hervor. »Bin ich froh, dass du wieder zu Hause bist, ein Gentleman war vor kaum einer halben Stunde da und hat nach dir gefragt.«

Rose' Mundwinkel zuckten, doch das beeinträchtigte ihr Lächeln kaum. Sie zog den Mantel aus und legte ihn über ihren Arm, mit der anderen Hand zog sie die Nadel heraus, die den Hut an ihrem Haar befestigt hielt.

»Ich habe ihm gesagt, dass bei uns keine Rosen wohnen, aber wenn er mit einer Lilie sprechen wollte, diese am Abend nach der Arbeit heimkommen würde«, führte die unschuldige, ältere Dame mit großen Augen aus und ließ nicht für einen Moment den Gedanken zu, dass sie jemals in ihrem Leben gelogen hätte.

»Verstehe«, sagte Rose nur und richtete ihr Dauerlächeln erneut auf mich. »Helen, Liebes, sei so gut und mach den gest-

rigen Eintopf noch einmal warm. Vielleicht könntest du auch einen Tee aufsetzen?«

»Tee?«, rief die kleine Dame erschrocken, als hätte Rose sie gebeten, einen Mord zu begehen. »Es ist doch noch nicht einmal Mittag.«

»Ich bestehe darauf«, sang Rose mit heller Stimme, während sie auf die Treppe gegenüber der Eingangstür zuging und mich mit einer Handbewegung anwies, ihr zu folgen.

Ich vollführte einen hastigen Knicks in Richtung der kleinen Dame und eilte Rose nach, die jeden Schritt so machte, als gehörte sie dem Königshaus an. Im Gegensatz zu ihrer Gangart war das Zimmer, in dem sie wohnte, bescheiden – und das sogar nach meiner Auffassung. Lediglich ein Bett und eine Holzkiste fanden gerade so zwischen den grauen Wänden Platz. Rose legte Mantel und Hut auf das Bett, behielt aber die Handschuhe an, während ich in der Ecke stehen blieb und von einem schmerzenden Fuß auf den anderen trat.

»Ich weiß, wer Sie sind«, sagte ich schließlich kleinlaut, weil ich die stille Anspannung nicht länger ertrug.

Ihr Lächeln wurde für einen Moment noch breiter. »Tust du das?«

»Ja«, antwortete ich aus voller Überzeugung. Mein erster Anhaltspunkt war ihr selbstloses Angebot. Wer half schon einer völlig Fremden? Der zweite Hinweis verbarg sich in ihrer edlen Art, die so gar nicht in die Bescheidenheit der uns umgebenden vier Wände passte. Nur widrige Umstände hätten ihren wahrscheinlich zuvor gehobenen Lebensstandard so drastisch senken können – zum Beispiel die Flucht vor einem mörderischen Ehemann.

»Ich habe noch nie versucht zu verstecken, wer ich bin«, sagte sie freudig.

Ich schaute auf ihre Handschuhe und fragte mich, ob das stimmte.

»Genauso wenig wie du«, stellte Rose fest und trat an die Truhe heran, die am Fuß ihres Bettes stand. Die Scharniere quietschten, als sie den Deckel öffnete und ein graues Bündel herausnahm. Sie setzte sich auf das Bett und warf es mir zu. Als ich es auffaltete, hielt ich ein simples, aber warmes Kleid in den Händen. Rose griff mit einer Hand unters Bett und zog ein Paar alter, brauner Stiefel hervor.

Ich betrachtete die Geschenke und wollte mich bedanken, doch das Klopfen an der Tür unterbrach mich. Helen, die kleine Dame, trat ein. Sie hielt ein großes Tablett in ihren blassen Händen. Darauf standen zwei Schalen, zwei Tassen und ein kleiner Kessel. Rose' Geschenke klemmte ich mir unter den Arm und bot der Dame meine Hilfe an, in der Hoffnung, ihre Hand dabei zu berühren. Dabei stellte ich jedoch fest, dass sie hautfarbene Handschuhe trug.

»Vorsicht, Liebchen«, sagte sie lächelnd und ich bemerkte, dass ihr einige Zähne fehlten. »Die Teller sind heiß.«

Ich drückte ihr meinen Dank aus und schloss mit dem Knie den Deckel der Truhe, um das Tablett darauf abzustellen. Rose beobachtete mich genau und als Helen ging, nahm sie die Unterhaltung wieder auf.

»Du musst keine Angst vor mir haben«, sagte sie ruhig. Ich fragte mich, was mich verraten hatte – die hochgezogenen Schultern? Der nervöse Blick? »Ich möchte nur helfen.«

Diese zwei Sätze hatte ich in meinem Leben schon so oft gehört, dass sie für mich zu den ersten Anzeichen von Gefahr geworden waren. Dennoch war in Rose' Art etwas, das es mir schwer machte, Boshaftigkeit zu vermuten.

»Mrs. Coal«, sagte ich und ihre Augen leuchteten auf, als sie die Anrede hörte. »Was möchte Ihr Mann von mir?«

Es wirkte, als würde sie versuchen, sich ein Lachen zu verkneifen. »Was hat er denn gesagt, was er möchte?«

»Er sagte, er wollte meine Hilfe, um seine Frau zu finden.«

»Da hast du es.« Sie lehnte sich über das Metallfußende ihres Bettes, griff nach einer Tasse Tee und nahm einen kleinen Schluck. »Du scheinst deine Mission erfolgreich abgeschlossen zu haben.«

»Aber ... ich verstehe nicht.« Unsicher knetete ich das graue Kleid in meinen Händen. »In einem Moment spricht er mit größter Zuneigung von Ihnen, im nächsten erwähnt er Sie im Zorn.«

Erneut zuckten ihre Mundwinkel, doch das Lächeln blieb – es waren ihre Augen, die plötzlich ihren Glanz verloren. »In einer Ehe liegen Liebe und Hass nah beieinander.«

»Das bedeutet doch aber, dass Sie sich in Gefahr befinden«, schlussfolgerte ich besorgt, doch sie schien die Dringlichkeit der Angelegenheit zu übersehen. Wer konnte es ihr verübeln, wenn doch alles so verwirrend war? »Sie müssen sich in Sicherheit bringen, Mrs. Coal. Er ist ganz in der Nähe. Wenn er Sie findet, kann es sehr gefährlich werden ...«

»Ich bin bereits eine sehr lange Zeit in Gefahr.« Genüsslich nahm sie einen weiteren Schluck ihres Tees. »Dennoch bin ich mir sicher, dass er mir nichts antun würde, auch wenn er in diesem Moment zur Tür hereinkäme.«

»Wie können Sie da so sicher sein?« Ich drückte das Kleid an mich.

»Meine Güte, so viele Fragen.« Sie lachte laut auf und ihre helle Stimme hallte freudig von den Wänden wider. Rose' Art machte es leicht, sie zu mögen. Obwohl sie mindestens zehn Jahre älter war als ich, sprühte sie vor jugendlicher Frische und hatte einen natürlichen Charme, dessen sie sich bewusst war und den sie einzusetzen wusste. Ihr hochgestecktes Haar war dunkelbraun,

kaum mehr als eine Abtönung von schwarz, sie hatte einen schön geformten Mund, rosige Lippen, eine zierliche Nase und lange Wimpern. Der einzige Makel waren kleine Falten, die sich um ihre Augen gebildet hatten und auf das harte Leben verwiesen, das sie nach dem Verstoß aus der Gesellschaft führen musste. Während ich sie musterte, wurde mir bewusst, dass ich im direkten Vergleich mit ihr nur verlieren konnte. Meine Haut war bedeckt von Kratzern und Straßenschmutz, mein Nachthemd war zu einem braunen Lumpen geworden und mein wildes Haar völlig zerzaust nach der harten Nacht und dem noch härteren Morgen. Ich wollte nichts mehr, als das hübsche Kleid anzuziehen, welches Rose mir gegeben hatte, doch es wäre im Nu genauso schmutzig wie das Nachthemd, wenn ich mich nicht vorher wusch.

Rose verstand den Zwiespalt in mir und rief nach Helen, damit diese eine Schüssel mit Wasser hochbrachte. Ich schlug vor, sie selbst zu holen, doch Rose offenbarte mir, dass die ältere Dame ein Relikt ihres Lebens als Mrs. Coal wäre und die Abnahme von Pflichten die ehemalige Zofe beleidigen würde. Für mich wirkte es eher so, als wollte Rose mich nicht aus den Augen lassen. Seit unserem Aufeinandertreffen schweifte ihr Blick unentwegt über mich.

Die arme Helen war ganz außer Atem, als sie mit einer schweren Schüssel voll Wasser ankam und diese auf dem Boden abstellte. Sie ging auch umgehend wieder aus der Tür, ohne einen Moment zu ruhen, weil Rose ihr einen entsprechenden Blick zuwarf.

Das Wasser war kalt und ich konnte kaum die Hände darin behalten. Schmutzige Schlieren tropften von meinen Fingern in die Schüssel, vermischten sich mit der durchsichtigen Flüssigkeit und färbten sie schwarz. Nachdem ich mir das Gesicht und den Nacken gewaschen hatte, rieb ich vorsichtig die Schnittwunde an meinem Fuß sauber. Das Wasser wurde völlig dunkel, als ich

meine restlichen Körperteile wusch, doch ich traute mich nicht nach neuem zu fragen, da Helen sonst erneut den steilen Auf- und Abstieg auf sich nehmen müsste. Mit einem Tuch trocknete ich mich ab und war erneut besonders vorsichtig mit der Wunde auf meiner Sohle.

Rose beobachtete jede meiner Bewegungen wie eine Katze auf der Mäusejagd.

»Was wollen Sie von mir?«, stellte ich endlich die letzte und wichtigste Frage auf meiner Liste.

Rose tippte mit ihrem burgunderfarbenen Finger gegen ihr Kinn. »Du versuchst demselben Mann zu entkommen, vor dem ich vor langer Zeit einmal die Flucht ergriffen habe. Ich würde dir gern dabei helfen, denn indem ich dir helfe, halte ich die Probleme auch von mir selbst fern.«

Rose war anders, als ich sie mir vorgestellt hatte. Sie war nicht unfreundlich, doch ihr fehlte die bedingungslose Güte, die ich in dem Schlafzimmer gespürt hatte, welches vermutlich Coals Frau gehörte. Rose war doch aber seine Frau, oder etwa nicht? Meiner Meinung nach passte sie besser in den Raum, in dem ich dem Geist begegnet war. Üppig verziertes Rosenholz und burgunderfarbene Stoffe schienen mehr ihrem Geschmack zu entsprechen als die zierliche und helle Eleganz des Zimmers, in dem ich übernachtet hatte.

Aber vielleicht sollte ich keine vorschnellen Schlüsse ziehen. Bisher hatte sie mich von der Straße geholt, mir frische Kleidung gegeben, die ich nun anzog, und warmes Essen bereitgestellt. Im Moment war dieses Wohnheim der wahrscheinlich sicherste Ort in ganz London für mich und dafür sollte ich dankbar sein. Während ich das graue Kleid zuknöpfte, schaute ich gierig auf den dampfenden Eintopf.

»Bitte, bedien dich«, sagte Rose, als sie meinen hungrigen Blick bemerkte. »Helen macht einen sehr leckeren Eintopf.«

Ich setzte mich auf die Holztruhe, deren Verzierungen mich ebenfalls an das Mobiliar im Geisterzimmer erinnerten. Sie waren nicht annähernd so extravagant wie die Schnitzereien im Anwesen, doch sie hatten einen ähnlichen Stil, so verliefen beispielsweise kleine Rosen aus Holz am Rand und Ornamente waren in den Deckel eingelassen. Gedankenversunken nahm ich eine Schale mit Eintopf in die Hand und begann ihn hastig zu essen. Sobald ich fertig war, schaute ich auf die zweite Portion und Rose überließ sie mir großzügig. Als ich die erste Schale gegen die zweite eintauschte, kam mir ein Einfall: »Entschuldigen Sie die Frage, aber sind Sie Mr. Coals einzige Frau?«

Rose lachte. »Scharfsinniges, kleines Ding«, sagte sie und ihre Augen leuchteten erneut auf. »Ja, das bin ich, auch wenn John wahrscheinlich anderer Auffassung ist. Er heiratete eine andere Frau, obwohl er und ich nicht geschieden sind. Er und sie haben sich in der Nähe der Straße getroffen, in der ich dich heute gefunden habe. Lustiger Zufall, findest du nicht auch? Er scheint zu denken, dass jede Suche dort beginnt.« Ihre Stimme hielt kaum die Balance zwischen Hass und Verletztheit und zitterte ein wenig. »Womöglich ist das auch der Grund, warum ich in diese Gegend gezogen bin. Weil ich hoffe, dass er mich eines Tages mit der gleichen Hingabe suchen wird wie seine zweite Frau.«

Fasziniert von Rose' Ausführung hatte ich mich zu weit vorgelehnt und nun tropfte der Eintopf auf den Boden. Mit vollem Mund entschuldigte ich mich und versuchte ihn mit dem Nachthemd wegzuwischen, doch die Gastgeberin schenkte mir keine Beachtung. Ihre Gedanken schienen den Raum verlassen zu haben. Dachte sie an die Zeit vor ... vor was? Was war vorgefal-

len, das sie gezwungen hatte, John Coal zu verlassen – konnte er selbst es gewesen sein? Hatte er sich in eine andere Frau verliebt und versucht, Rose auf grauenhafte Weise loszuwerden? Aber warum war sie dann nicht aus der Stadt, besser noch aus dem Land geflohen? Oder hatte Rose ihm etwas angetan, das er nicht verzeihen konnte? Aber was konnte so schrecklich sein, dass es sie ins Exil befördert hatte?

Plötzlich erinnerte ich mich an die Dunkelheit in ihm, die tobenden Flammen seines Leids. Wenn ich an sein Verhalten mir gegenüber zurückdachte, hatte er das alles vielleicht verdient. Allerdings kannte ich keine Details ihrer Auseinandersetzung. Sowohl Rose als auch John Coal wirkten nicht so, als könnte man ihren Ausführungen trauen – die Einzige, die möglicherweise die Antwort wusste, war Coals zweite Frau, was mich wieder zurück zur Ausgangsfrage brachte: Wo war sie?

»Haben Sie denn keine Angst, dass er uns finden könnte?«, fragte ich unruhig. Wenn seine zweite Frau einen Grund hatte, vor ihm zu fliehen, sollten wir wahrscheinlich dasselbe tun.

Rose verließ ihre stille Gedankenwelt und setzte ihr maskenhaftes Lächeln auf. »Warum sollte ich Angst vor ihm haben?«

Als seine ehemalige Frau sollte sie doch wissen, wozu er imstande war. Ihr sollte seine Boshaftigkeit bewusst sein, doch sie zeigte keine Anzeichen von Furcht. Dabei hatten Coal und Sybil von Mord gesprochen und nun verstand ich auch, dass es wahrscheinlich die erste und nicht die zweite Frau war, der die Drohung gegolten hatte. Wie konnte ich ihr das zu verstehen geben? Ich wollte sie nicht verletzen, aber sie musste es wissen. Deswegen entschloss ich mich, es so ruhig wie möglich zu sagen, obwohl mir das Herz dabei bis zum den Hals schlug: »Er ... er plant Ihre Ermordung, Rose.«

Sie schaute mir direkt in die Augen. Mir lief es eiskalt den Rücken herunter.

»Die hat er schon längst vollführt«, erwiderte sie kühl und ohne eine einzige Miene zu verziehen. Da kam mir ein schrecklicher Gedanke.

»Wollen Sie damit sagen, dass Sie … tot sind?« Meine Stimme wurde ganz leise. War sie etwa ein weiterer Geist?

Rose lachte laut auf und wurde umgehend wieder ernst. »Auf dem Papier, ja. John hat meine Existenz beendet. Er war nicht Manns genug, es auf physische Weise fertigzubringen, daher gab er sich mit dem bürokratischen Weg zufrieden. Dadurch hat er sichergestellt, dass ich zu nichts zurückkehren konnte, als ich von meiner kleinen Reise durch Frankreich nach London heimkam. Ich hatte weder Geld noch eine Identität. Er ist ein ziemlicher Feigling, daher kann ich mich nicht dazu bringen, ihn zu fürchten.«

Ihr Bericht warf nur noch mehr Fragen auf. John Coal mochte undurchschaubar sein, doch waren seine Handlungen nicht gänzlich willkürlich. So verworren seine Gründe waren – ich war mir sicher, dass es diese gab. Dadurch sank meine Furcht allerdings nicht im Geringsten. »Er kann schrecklich grausam und kalt sein, doch feige wirkt er auf mich keineswegs.«

Erneut lachte Rose lediglich.

»Die Pointe scheint an mir vorbeigegangen zu sein«, sagte ich verbittert.

»Wenn man ein Leben wie das meine gelebt hat, gibt es nur wenige Dinge, die einem Angst machen. Den Humor in allem Weiteren zu erkennen, hilft dabei, seinen Verstand nicht zu verlieren.« Sie legte ihre burgunderfarbene Hand auf meine. »Hab keine Angst, meine Liebe. Bei mir bist du sicher, denn John Coal ist nichts weiter als ein erbärmlicher, kleiner Mann.«

Coal als »klein« zu bezeichnen, fiel mir schwer und auch »erbärmlich« schien den mitleidslosen Riesen nicht besonders treffend zu beschreiben, doch Rose schien sich ihrer Sache sicher zu sein und das gab mir zumindest ein wenig Zuversicht.

»Das ist jetzt aber genug. Du solltest dich ein wenig hinlegen. Es ist wahrscheinlich nur die Erschöpfung, die dich in John ein unbezwingbares Biest erkennen lässt. Wenn du wieder bei Kräften bist, werden dir meine Ausführungen viel logischer erscheinen.«

Erst wollte ich protestieren, doch Rose zog mich zu sich aufs Bett und als ich darauf niedersank, überkam mich das volle Ausmaß meiner Müdigkeit. Dem Schlaf konnte ich mich nicht länger widersetzen. Es war der Gedanke daran, nicht länger allein zu sein, der mich beruhigte und mir dabei half, in die Traumwelt zu driften.

Kapitel 7

Lügner und Liebende

Zum Abend hin füllte sich das Haus mit Frauen, die nach der Arbeit nach Hause kamen. Unter ihnen gab es Schneiderinnen, Fabrikarbeiterinnen, Waschfrauen und Verkäuferinnen. Letztere waren die Königinnen unter ihresgleichen, da ihre Anstellung wesentlich modischer war und weitaus weniger Gefahren barg. Es waren die Waschfrauen, deren Arbeitsplatz am schädlichsten für die Gesundheit zu sein schien, denn ihre Arme waren von den Fingerspitzen bis zu den Schultern bedeckt von Brandnarben und Blasen. Ihre Gesichter waren rot von der Hitze und den Dämpfen der Reinigungschemikalien, die Hemden und Bettzeug wieder so weiß machten wie frisch gefallenen Schnee. Ich erinnerte mich an das Nachthemd, dessen ich mich entledigt hatte, ohne einen Gedanken daran zu verschwenden, wer es ursprünglich so weiß gemacht hatte. Könnte es eines der Mädchen aus dem Wohnheim gewesen sein, die nach zwölf oder mehr Stunden Arbeit erschöpft ins Bett fielen, ohne ihr Abendbrot anzurühren? Vielleicht war es auch eines der wenigen, die noch genug Kraft hatten, sich in der kleinen Stube im Erdgeschoss zu versammeln,

gemeinsam eine Flasche Portwein zu trinken und über Dinge zu lachen, die eher traurig als lustig waren. Violet erzählte beispielsweise von einer ihrer Kolleginnen aus der Streichholzfabrik, deren Zähne grün-weiß im Dunkeln zu leuchten begonnen hatten. Die anderen Mädchen glaubten ihr nicht, allein beim Gedanken an so eine Absurdität kicherten sie ungehalten. Als ich Violets Hand streifte, wusste ich, dass es die Wahrheit war und dass Violet ihre Angst hinter einem breiten Grinsen versteckte, während ihr bewusst war, dass ihr womöglich ein ähnliches Schicksal blühen könnte. Zähne, die im Dunkeln leuchteten, kündigten nämlich ein jähes Ende an. Es war die Belastung durch weißes Phosphat, welches für die Produktion von Streichhölzern genutzt wurde, die die Zähne des Mädchens aus Violets Geschichte zum Leuchten brachte, während sie ebenso dazu führte, dass der Kiefer zu gammeln begann. Violet versuchte, ihre wahren Gefühle zu verbergen, doch ich war nicht die Einzige, die die Wahrheit kannte. Lily, die neben ihr saß und selbst als Schneiderin ihr Geld verdiente, war äußerst besorgt, denn sie wollte ihre Freundin nicht verlieren. Die beiden Frauen hatten bereits lange Diskussionen zu dem Thema gehabt, doch Violet hatte keine anderen Talente und war auch nicht sonderlich geschickt mit Nadel und Faden. Das war deutlich geworden, als Lily sie ihrem Vorgesetzten vorgestellt hatte und die anderen Mädchen daraufhin noch mehr Überstunden machen mussten, um Violets ungeschickte Arbeit auszubessern. Anschließend musste sie zur Streichholzfabrik zurückkehren und hatte seither nie wieder versucht, ihre Arbeit dort aufzugeben. Leider trugen die beiden Frauen keine Handschuhe und ich bereute es, meine Nase in ihre privaten Angelegenheiten gesteckt zu haben. Besonders, da ich so erfuhr, dass die Beziehung der beiden über Freundschaft hinausging. Ich hätte ihre Hände wirk-

lich nicht berühren sollen und war froh, dass sie nichts davon wussten.

Ganz im Gegensatz zu Rose.

Während die anderen fünf Bewohnerinnen Späße machten und mit jedem Glas herzlicher darüber lachten, schaute ich schüchtern auf meine Hände und spürte, wie die Frau, die mich bei sich aufgenommen hatte, mein Gesicht genau beobachtete. Als ich zu ihr hochblickte, lächelte sie, wie sie es immer tat. Sie wollte ich lesen, war jedoch gezwungen, in den Gedanken anderer Informationen über sie zu sammeln und erfuhr dabei bloß von den Lebens- und Leidensgeschichten der anderen. Keine schien mehr über Rose zu wissen als das, was sie mir von sich erzählt hatte. Sie war von ihrem Mann betrogen und verlassen worden. Das traf allerdings auf die meisten der Frauen im Wohnheim zu, allesamt waren sie zurückgelassen, schlecht behandelt und verraten worden. Nachdem ich einen Einblick in ihre Gedanken und Erinnerungen bekommen hatte, konnte ich mich ihren scheinbar sorglosen Unterhaltungen nicht anschließen und verstand auch nicht, wie sie trotz allem so fröhlich sein konnten.

Lily war einst eine Zofe am Grosvenor Square gewesen. Ihre Arbeitstage waren lang und hart. Nicht selten fiel sie in den Schlaf, noch bevor sie ihre Kammer erreichte, und wachte tags drauf im Flur oder auf der Treppe auf. Trost fand sie einzig in der Zuneigung des Hausherrn. Doch als dieser heiratete, setzte seine Frau sie auf die Straße und stellte sicher, dass kein anderes angesehenes Anwesen sie je wieder einstellte. Ohne die Möglichkeit, für ihren eigenen Unterhalt zu sorgen, wurde sie im Wohnheim aufgenommen, doch sie blieb nicht lange eine Last. Durch harte Arbeit konnte sie schon bald für sich selbst aufkommen und ihre Miete bezahlen. Außerdem traf sie Violet.

Bald nahm ich die Stimmen gar nicht mehr richtig wahr und konzentrierte mich auf das flackernde Licht der Öllampe, deren blasser Schein lange Schatten an die leeren Wände des kleinen Raumes malte. Bis auf einen langen Tisch, einige Holzstühle und ein ramponiertes, orange-braunes Sofa auf kurzen, dünnen Beinen, auf dem mehr Frauen Platz genommen hatten, als vom Hersteller angedacht gewesen sein musste, war sonst nichts in der Stube. Ich konnte nicht anders, als an John Coal zu denken, der viele Sofas, viel von allem hatte und dennoch unglücklicher zu sein schien als die hiesigen Bewohnerinnen.

»Und warum bläst du bitte Trübsal?«, fragte Violet plötzlich und trat mit ihrem viel größeren Fuß gegen meinen. Sie war insgesamt eine sehr große, kräftige Frau mit breiten Schultern, schmaler Hüfte und einem harten Gesichtsausdruck, der nur weicher wurde, wenn sie Lily anschaute oder einen Witz zum Besten gab.

Ich schaute hilfesuchend zu Rose.

»Beachte sie nicht, Violet«, setzte Rose ein und erfüllte mein Herz mit Dankbarkeit. »Sie kann nicht mit dir lachen, weil sie deine Trauer sieht«, fügte Rose hinzu und erstickte die Verbundenheit damit im Keim.

»Ist das so?« Violet schien es persönlich zu nehmen und erhob sich von dem Sofa, auf dem neben ihr drei weitere Mädchen eingequetscht gewesen waren. Rose und ich saßen an der gegenüberliegenden Seite des Tisches auf Holzstühlen. »Und welche Trauer könnte das wohl sein?«

Ich lehnte mich zurück und die Lehne des Stuhls bohrte sich unangenehm in meinen Rücken. Violet krempelte langsam ihre Ärmel hoch, als wollte sie mich mit bloßen Händen zu Staub zermahlen. Leider hatte ich nicht das Gefühl, dass eine der ande-

ren sie aufhalten würde – ihrem Lächeln nach zu urteilen, würde Rose sie sogar noch ermutigen.

»Violet, du machst ihr Angst«, sagte Lily sanft und berührte die Hand ihrer Freundin, doch diese schüttelte sie ab.

»Tu ich das, ja?« Violet trat um den Tisch herum und stemmte die Fäuste gegen ihre Hüfte. »Verrate mir doch bitte, was genau das für eine Trauer sein soll.«

Sie gab sich Mühe, vor den anderen Frauen und besonders vor Lily stark zu wirken. Wenn ich die Wahrheit aussprach und ihren Ruf zum Bröckeln brachte, würde sie mir das sicherlich übel nehmen.

Als ich gerade den Mund öffnete, trat Lily zwischen uns und versuchte Violet zu überreden, sich wieder zu setzen. Sie war die Einzige, die die große Frau besänftigen konnte, und als es ihr gelang, schaute sie mich mit sanften und müden Augen an, die älter wirkten als das Gesicht, zu dem sie gehörten.

»Lass dich von Violets Gerede nicht einschüchtern. Sie spricht häufig, bevor sie denkt«, sagte Lily ermunternd und nahm meine Hand – daraufhin stieß ich einen spitzen Schrei aus. Aus dem Augenwinkel konnte ich erkennen, dass Rose ihr Lächeln beibehielt, während alle anderen erschrocken zusammenfuhren. Obwohl ich wusste, dass mich das alles nichts anging, konnte ich meinen Mund nicht vom Sprechen abhalten.

»Sie tun ihr weh!«, schrie ich, als ob Lily nicht einfach nur meine Hand genommen, sondern ein Messer reingerammt hätte. Ihre Gedanken und Gefühle strömten auf mich ein, ohne dass ich etwas dagegen tun konnte.

»Das Korsett ist zu eng, es erdrückt sie. Der Wein schadet Ihnen beiden!«, rief ich und mir kamen die Tränen. Lilys Augen weiteten sich, scheppernd fiel ihre Tasse zu Boden. Der Wein

darin spritzte wie Blut auf den Saum ihres alten Kleides. Lilys Unterlippe begann zu zittern, sie entzog mir ihre Hand und ohrfeigte mich damit.

»Was ist passiert? Was hat sie gemacht?« Violet rannte zu uns und blickte zwischen Lily und mir hin und her. Als Lily zu weinen begann, griff Violet meine Schultern und schmiss mich vom Stuhl zu Boden. Der harte Aufprall stieß mir die Luft aus den Lungen. Violet sprang auf mich. Alles passierte so schnell, dass ich noch nicht einmal Zeit hatte mich zu wehren.

»Das arme Kind …«, wimmerte ich kläglich vom Boden aus und verstummte, als Violet mit geballter Faust zum Schlag ausholte. Gerade rechtzeitig packten zwei andere Frauen Violet und zogen sie von mir runter, bevor sie mir irgendwelche Knochen brechen konnte.

Keuchend setzte ich mich auf und beobachtete, wie weitere Mädchen in das Wohnzimmer strömten, die Unruhe hatte sie wohl geweckt.

»Für so törichte Behauptungen reiß ich dir den Kopf ab!«, tobte Violet und versuchte loszukommen, doch die anderen beiden Frauen hielten sie mühsam zurück.

Lily stand in der Mitte des Raumes und weinte, zu ihren Füßen lag die zerbrochene Tasse und eine Pfütze aus Wein. Ich kauerte in der Ecke und war froh, fast unversehrt zu sein. Zwischen den vielen unbekannten Gesichtern konnte ich Rose plötzlich nicht mehr entdecken.

Benommen nahm ich wahr, wie mich jemand auf die Beine zog und mir mit einem Taschentuch die blutige Lippe sauber wischte. Es war eine Frau im Nachthemd, die wohl zu den Wachgewordenen gehörte. In der Zwischenzeit setzten zwei Mädchen Violet auf das Sofa, die sich endlich wieder beruhigt hatte. Lily

wurde nach oben gebracht und die restlichen Mädchen räumten auf, wischten den Wein weg, sammelten die Scherben ein und stellten die Möbel wieder an ihren Platz.

»Es tut mir leid«, murmelte ich der jungen Frau zu, die mich am Oberarm festhielt, damit ich nicht in Ohnmacht fiel oder die Flucht ergriff. Ihr Ausdruck war nüchtern und zeigte weder Sympathie noch Verurteilung.

»Du bist Rose' Gast, oder?«, fragte sie mit einem Anzeichen von Misstrauen in der Stimme und ihr Griff um meinen Arm wurde fester.

»So ist es, Ma'am«, antwortete ich und vermied den Blickkontakt.

»Ich bringe dich in ihr Zimmer. Du tätest besser daran, dort zu bleiben. Wir haben auch ohne Unruhestifter schon genug um die Ohren«, sagte sie.

»Dürfte ich vielleicht ganz kurz einige Worte mit Violet wechseln?«, fragte ich mit Bedacht. »Ich verspreche dann auch, aus Ihren Augen zu verschwinden.«

»Wenn du das für weise hältst«, erwiderte sie skeptisch und ließ mich los.

Unsicheren Schrittes ging ich auf das Sofa zu. Die zwei Mädchen um sie herum wurden unruhig, bereit, die große Frau zu ergreifen. Aber diese starrte nun nur noch mit leerem Blick ins Nichts.

»Violet«, sagte ich leise. »Es war nicht meine Absicht, mich einzumischen, aber ich konnte es nicht verhindern. Jetzt, da ich es weiß, möchte ich Sie bitten, auf sie aufzupassen. Es wird nicht nur das Leben des Kindes in Gefahr sein, wenn Lily sich nicht vorsieht.«

Diese Warnung war alles gewesen, was ich übermitteln wollte, doch als ich mich wegdrehte, schoss Violets Hand hoch und sie packte mich am Ärmel.

»Wie viel Zeit bleibt noch?«, verlangte sie mit heiserer Stimme zu wissen.

»Ein Monat, vielleicht weniger.«

Ihr Gesicht war völlig weiß geworden. Die Augen funkelten voll zurückgehaltener Tränen. »Wie konnte sie es so lange geheim halten? Und ... warum hat sie ausgerechnet dir davon erzählt?«

»Es ist nicht ihr Erstes, daher wusste sie, was sie tat. Doch ich hoffe, dass es dieses schafft, zum Wohl von Lily selbst–.«

Violets lautes Schluchzen unterbrach mich.

»Was Ihre andere Frage betrifft, so hat sie mir nichts verraten, ich ... habe einfach nur richtig geraten ...« Mit diesen Worten riss ich mich von ihr los und eilte aus dem Zimmer, wie ich es dem Mädchen versprochen hatte, das mit verschränkten Armen und missbilligendem Blick am Eingang stand. Leise, aber bestimmt schloss sie die Tür hinter mir.

Wie so oft, war meine Anwesenheit unerwünscht. Es war wohl das Beste, Rose für ihre Hilfe zu danken und mich zu verabschieden.

»Ich habe alles getan, was du angewiesen hast!«

Unmittelbar nach meinem ersten Schritt über den Flur erstarrte ich. Eine männliche Stimme riss mich aus meinen Gedanken und ließ mir das Blut in den Adern gefrieren. Ihr Tonfall war tief und wütend. Mein ganzer Körper erstarrte und ich taumelte zurück gegen die geschlossene Tür.

Der Mann, vor dem ich solche Angst hatte, war hier. Er sprach mit jemandem, den ich nicht sehen konnte. Die beiden standen beim Hauseingang. John Coal war wohl gerade erst eingetreten. Sein Gegenüber stand mit dem Rücken zur Treppe, hinter der das Wohnzimmer lag, aus dem ich kam. Vorsichtig näherte ich

mich dem Eingang. Eine burgunderfarbene Schulter ragte in mein Sichtfeld.

»Doch sie ist noch immer nicht zurückgekehrt. Wir hatten eine Vereinbarung, Rose! Also wo ist meine Frau?«

Rose lachte sanft. »Ich fürchte fast, John, du hast dir noch nicht genug Mühe gegeben«, sprach sie amüsiert.

Ein lauter Knall ertönte und ich sprang fast in die Luft vor Schreck. Als ich um die Ecke lugte, erkannte ich, dass Coal mit seiner Faust auf das spiralförmige Ende des Geländers eingeschlagen hatte.

»Wie kann ich mir noch mehr Mühe geben?«, knurrte er Rose an, die auf der ersten Stufe stand und dadurch auf Augenhöhe mit dem großen Mann war.

»Wenn du bereits an deine Grenzen gestoßen bist, dann kannst du die Dinge so lassen, wie sie sind. Doch dann wird Marianne dich für immer hassen. Sie denkt jetzt bereits, du seist ein Monster«, antwortete Rose freudig.

»Ich hätte niemals auf dich hören dürfen!«, zischte Coal und trat einen Schritt von ihr weg.

»Es ist kein angenehmes Gefühl, von demjenigen, den man liebt, gehasst zu werden«, führte Rose aus. »Nun weißt du, wie ich mich fühle.«

»Du hast mich nie geliebt«, schnaubte er. »Der einzige Mensch, dem du Liebe hast zugutekommen lassen, warst du selbst.«

»Was sehr weise von mir ist, findest du nicht? Schließlich werde ich mich nie verraten oder der Welt verkünden, ich sei tot.«

John Coal ergriff sie am Kragen ihres burgunderfarbenen Kleides und zog sie unsanft zu sich herunter. Sie zuckte noch nicht einmal, als er sie gegen die Wand drückte und ihrem Gesicht ganz

nah kam, während aus seinem Mund grausame Beschimpfungen und Drohungen kamen.

»Mr. Coal«, sagte ich leise und mit zitternder Stimme, als ich meinen Instinkten zum Trotz in ihr Territorium eindrang.

Verblüffenderweise ließ er sofort von Rose ab. Seine Augen weiteten sich. »Was tust du hier?« Bevor ich antworten konnte, wandte er sich Rose zu und donnerte: »Was hast du ihr angetan?«

Er war außer sich vor Wut. Ich fasste mir an die Lippe und wischte frisches Blut weg, unterdessen sprang Rose' Lächeln an seinen Platz zurück und es schien die einzige Antwort zu sein, die von ihr zu erwarten war. Ich hatte Angst, er könnte ihr etwas antun, wenn er keine anständige Ausführung erhielt, und das konnte ich nicht zulassen. Unabhängig davon, was zwischen den beiden und seiner anderen Frau Marianne vorgefallen war – unabhängig davon, was er mit mir machen würde.

»Nichts, sie hat nichts getan!« Ich griff nach seinem Arm und versuchte ihn von Rose wegzuziehen, doch er hatte gar kein Interesse mehr an ihr, denn nun packte er meine Schultern.

»Es tut mir leid«, sagte er und schaute mir tief in die Augen. Herzzerreißende Verzweiflung lag darin. War das nur eine weitere seiner Launen, hinter der sich der Mann, vor dem ich weggelaufen war, lediglich kurzweilig versteckte?

Rose lachte leise und einen Augenblick später traf eine Faust John Coals Kiefer. Der Stoß riss ihn von mir fort und zwang ihn, einen Schritt zurück zu machen.

»In diesem Haus gestatten wir Männern nicht, uns ihren Willen aufzubinden. Dafür bleibt euch der Rest der Welt!«, grölte Violet, zu der die Faust gehörte.

Die anderen Frauen waren aus der Stube gekommen und standen mit wütenden Gesichtern hinter mir. Sie richteten ihren Zorn

auf die einzige Person männlichen Geschlechts im Gebäude. In diesem Moment war John Coal der Repräsentant aller Männer, die ihnen Leid zugefügt hatten. Dies war ein Ort, den sie sich erkämpft hatten, und sie machten durch ihre Haltung deutlich, dass sie ihn samt allen Einwohnern – sogar samt mir – schützen würden. Im Vergleich zu den Nöten, die außerhalb dieser Festung lagen, schien unsere vorherige Meinungsverschiedenheit unbedeutend.

Doch war John Coal nicht die Art von Mensch, der anerkennen würde, was andere ihm diktierten. Dabei war irrelevant, ob ihm Mann oder Frau gegenüberstand, er war schlicht zu standhaft und zu stolz. Er wischte sich mit der einen Hand das Blut von der Lippe und griff mit der anderen in seinen Mantel. Als er sie wieder hervorzog, lag eine Pistole darin. Noch richtete er sie lediglich auf den Boden, doch das reichte schon zum Schüren von Angst. Einige Frauen holten wie im Chor scharf Luft, andere – so wie Violet – blieben tapfer. Violet legte ihre Hand auf meine Schulter und zog mich zu sich.

»Wir stehen zu unseresgleichen«, sagte sie mit heiserer Stimme, die ihre Angst verriet. Ich bewunderte sie immer mehr. »Die Kleine ist etwas Besonderes und ich soll verflucht sein, wenn ich sie Abschaum wie dir überlasse!«

Ihre Finger bohrten sich in meine Schulter und ich spürte ein leichtes Zittern von ihnen ausgehen. Ich konnte kaum glauben, dass jemand bereit war, sich für mich einzusetzen und dazu auch noch als »besonders« zu bezeichnen. So jemanden durfte ich nicht in Gefahr bringen und auch nicht ihre Freunde.

»Mr. Coal«, sagte ich leise. »Ich werde mit Ihnen nach Hause kommen.«

Überraschung zeichnete sich auf seinem und Violets Gesicht ab.

»Nein«, widersprach sie und zog mich noch näher an sich heran. »Er kann uns nicht alle erschießen«, stellte Violet fest und baute sich vor ihm auf wie eine Henne, die ihre Küken beschützte.

Sie hatte recht, er konnte sie nicht alle erschießen, und sobald er keine Kugeln mehr hätte, würden sich die Frauen auf ihn stürzen und ihn umbringen. Bald darauf würde die Polizei vor ihrer Tür stehen und alle, die hier lebten, verhaften und nach einer kurzen, ungerechten Verhandlung an die Galgen führen. Ein Haus voller gefallener Frauen würde geringe Chancen haben, wenn die Anschuldigung der Mord eines Gentlemans war. Mein weiterer Aufenthalt würde zu ihrer Verdammnis werden. Das konnte ich nicht zulassen.

»Also gut«, sagte John Coal mit der gewohnten Ruhe. »Lass uns gehen.«

Er ließ seinen Blick über die Gesichter der Frauen schweifen und schaute Rose einen Moment länger an als alle anderen. Dann steckte er zögerlich die Pistole zurück in das Halfter unter seinem Mantel und trat hinaus auf die Straße. Geduldig hielt er mir die Tür auf.

»Es gibt andere, die Ihren Schutz nötiger haben als ich«, sagte ich so leise, dass nur Violet mich hören konnte. Ich nahm ihre Hand von meiner Schulter und drückte sie.

»Danke«, sagte ich dem gesamten Haus und setzte ein tapferes Gesicht auf, als ich John Coal nach draußen folgte. Zum ersten Mal, seit ich sie getroffen hatte, lächelte Rose nicht.

Die Nacht war über London gekommen und ich atmete die kalte Luft auf der trostlosen Straße ein. Der Himmel sah aus, als ob jemand dunkelgraue Aquarellfarben auf ein zerknülltes Taschentuch gekippt und über eine Leinwand getupft hatte.

Obwohl bloß die verschwommene Sichel des Mondes hoch über den Dächern prangte, hatte sich niemand die Mühe gemacht,

die Straßenlaternen anzuzünden. Die Fenster um uns herum waren so schwarz wie die Gebäude. John Coal selbst war kaum mehr als eine Silhouette, die mich an den Geist aus dem Manor erinnerte. Mit seiner Umgebung verschmolz der Mann nahezu perfekt. Es war das schwach reflektierte Licht des Mondes auf seinem Zylinder und Mantel, das mir half, ihn zu erkennen und seinem schnellen Schritt zu folgen. Doch als ich ihn fast eingeholt hatte, ging er noch zügiger und lief mitten durch eine Pfütze. Schmutziges Wasser spritzte auf mein Kleid. Da es Rose' war und ich es ihr unversehrt wiedergeben wollte, zog ich hörbar die Luft ein.

Er murmelte etwas, das wahrscheinlich eine Entschuldigung sein sollte, und seufzte, als ob ich seine größte Last wäre. Sein Verhalten verärgerte mich so sehr, dass ich die Hände zu Fäusten ballte. Zum ersten Mal in meinem Leben stieß mein Mitgefühl gegenüber einem anderen Menschen beinahe an seine Grenzen.

»Sir«, sagte ich erzürnt. Ich konnte sein egoistisches Verhalten nicht länger hinnehmen. »Mir wäre es recht gewesen, wenn sich unsere Wege getrennt hätten. Dies hatte ich gehofft, durch meine Flucht vor Ihnen deutlich zu machen. Doch es scheint, mein Vorgehen war zu subtil oder es mangelt Ihnen schlichtweg an dem Anstand, der einem Gentleman angemessen wäre. Anstatt in einem Wohnheim zu bleiben, das mein erstes richtiges Zuhause hätte werden können und voller Menschen war, die vielleicht eines Tages zu meiner Familie geworden wären, laufe ich mit Blasen und Wunden an den Füßen hinter Ihnen her. Dabei scheinen Sie meine Gesellschaft nicht einmal zu wollen. Einzig aus Selbstsucht und völliger Gleichgültigkeit gegenüber dem Wohl anderer lassen Sie nicht von mir ab.«

Er hielt an und wandte sich zu mir um. Mein Puls beschleunigte sich. Ich erinnerte mich an die Pistole unter seinem Mantel

und fragte mich, ob ich nicht besser Stillschweigen bewahrt hätte. Doch anstatt mich anzugreifen, schaute er zum Mond auf, dessen schwaches, silbernes Licht sein Profil sanft berührte. Seine Augen leuchteten in dem weichen Licht – oder war es eine Träne, die hervorgekommen war?

»Es war nie meine Absicht, dich so zu erschrecken, dass du vor mir wegläufst«, sprach er nachdenklich. »Ich habe nie gewollt, dass du in Rose' Arme flüchtest. Vor dir steht nicht der Mann, der ich bin, sondern einzig seine Trauer.« Trotz der Reue in seiner Stimme glaubte ich ihm kein Wort. Aus seinem Mund kamen nur widersprüchliche Lügen.

»Sie können sich nicht benehmen, wie es Ihnen beliebt, unabhängig davon, welche Gründe Sie haben mögen. Jeder hat seine Last zu tragen. Es gibt Menschen, die es weitaus schwerer haben als Sie, und genau diese Menschen haben Sie heute mit Ihrer Pistole bedroht«, erwiderte ich noch wütender.

Er senkte schuldbewusst den Kopf. »Es gibt nichts, was ich sagen kann, um mich gegen deine Anschuldigungen zu verteidigen.« Er seufzte schwer. »Es gibt wohl nur einen Weg, es wiedergutzumachen. Ich ... muss dich gehen lassen.« Er hielt inne, als sein Atem immer schneller zu werden schien. »Love, wenn du nicht mit mir kommen möchtest, werde ich dich nicht zwingen«, sagte er, ohne mich dabei anzuschauen. Zum ersten Mal sprach er mich mit meinem Namen an. »Doch du musst mir versprechen, dich Rose niemals wieder zu nähern. Sie ist gefährlich.« Er schnaubte. »Welch Ironie, du denkst schließlich dasselbe von mir, nicht wahr?« Sein Ausdruck wurde noch ernster. »Du musst mir einfach glauben, dass sie viel gefährlicher ist, als ich es je sein könnte.«

»Ich fürchte, das müssen Sie mir beweisen«, zischte ich. Auf seine unberechenbaren Stimmungsschwankungen wollte ich nicht erneut hereinfallen.

John Coal nahm die Pistole aus dem Halfter und richtete sie auf den Silbergiganten im Himmel. Sein Finger drückte den Abzug einmal, zweimal, dreimal, doch es erklang nichts als ein kaum hörbares Klacken.

»Diese Pistole mit nichts als Luft im Lauf ist eine ziemlich präzise Metapher für mich und die Gefahr, die ich darstelle.«

Einen Moment lang starrte ich ihn an und als ich dann endlich sprach, war das Einzige, was ich hervorbrachte, ein armseliges: »Warum?«

Seine Schultern sanken hinab. »Ich fürchte, das kann ich dir nicht sagen, und es macht auch keinen Unterschied mehr. Du bist frei, Love. Geh, wohin du willst. Ich werde meine Suche nach Marianne einstellen. Daher brauche ich deine Dienste nicht mehr.«

Unsicher sah ich ihn an. Wo sollte ich hin? Wenn das Coal Manor keine Möglichkeit mehr war und ich nicht ins Wohnheim durfte, weil Rose dort lebte, blieb mir nur noch die Anstalt. Ich hatte gestern noch gesagt, dass ich dorthin zurückwollte, aber ich war mir diesbezüglich nicht mehr sicher. Es war ein furchtbarer Ort. Wenn auch etwas weniger furchtbar als das Leben auf der Straße.

»Vielleicht werde ich wieder in der Anstalt aufgenommen?«, schlug ich dennoch schweren Herzens vor.

»Nein«, entgegnete John Coal und machte einen Schritt auf mich zu. Sein Schatten legte sich über mich. »Rose war diejenige, die mich angewiesen hat, dort nach dir zu suchen. In der Anstalt bist du vor ihr nicht sicher.«

Ich wollte ihn fragen, was Rose von mir wollte, doch ich zögerte aus Angst, ihn zu verärgern oder womöglich noch dazu zu bringen, seine Meinung zu ändern.

»Ich besitze ein kleines Cottage in der Nähe von St. Ives in Cornwall«, kam er mir zuvor. »Dort wohnt niemand außer einem alten Freund von mir. Geh dorthin und vergiss London.« Er trat noch einen Schritt vor und ich war gezwungen, in seine traurigen, hellblauen Augen zu schauen. »Ich kann eine Kutsche anheuern, die dich zum Waterloo Bahnhof bringt. Von dort fährst du noch heute mit dem Zug weiter nach Cornwall. Würde dir das zusagen?«

Cornwall. Das klang zu schön, um wahr zu sein.

»Was würde ich dort tun?«, fragte ich skeptisch.

»Was auch immer dir beliebt. Du kannst den ganzen Tag malen, wenn du magst. Cornwall hat sehr schöne Landschaften zu bieten.«

Wie eigenartig, dass er ausgerechnet Malerei erwähnte. Es war einer meiner Träume gewesen, als ich noch klein gewesen war. Damals hatte ich noch weniger gehabt als jetzt und hatte mir vorgestellt, eine Welt zu malen, die schöner war als die vor mir. Das hatte ich mittlerweile ganz vergessen. Dürfte ich wirklich ein angenehmes Leben in Cornwall führen? Meine Gedanken verflochten sich in immer wilderen Szenarien und ich wollte ihm viele Fragen stellen, doch mir war bewusst, dass er auf keine davon eine zufriedenstellende Antwort geben würde. Und eigentlich spielte seine Meinung keine Rolle. Um fortzukommen von all dem Leid, war mir mittlerweile jedes Mittel recht. Auch wenn es hieß, dass ich John Coals Hilfe annehmen müsste. Zwar würde ich so noch immer nicht von ihm wegkommen und womöglich sogar in seiner Schuld stehen, doch reizte mich diese selbstsüchtige Entscheidung mehr als all meine anderen Möglichkeiten.

Nichts wünschte ich mir sehnlicher als ein ruhiges Leben. Falls es schiefging, blieb mir jederzeit die Flucht und je weiter John Coal von mir entfernt war, desto wahrscheinlicher war deren Erfolg. Daher murmelte ich lediglich ein leises: »Danke.«

Er nickte und besiegelte so den Vertrag zwischen uns. Ich würde weit weggehen, sodass weder er noch Rose mich haben könnten. Die Abmachung schien eher zu meinen Gunsten zu sein als zu Rose' oder Coals und mir fiel es schwer zu glauben, dass alles tatsächlich genau so funktionieren würde. Doch ich hatte nichts zu verlieren.

Wir setzten unseren Weg schweigend fort, doch John Coals Schritte wurden zunehmend langsamer – es wirkte fast so, als wäre das Erreichen unseres Ziels nicht in seinem Interesse. Sicherlich war er nicht traurig darüber, dass ich ihn bald verlassen würde. Oder war ich ihm etwa auf eine seltsame Art und Weise ans Herz gewachsen? Ich konnte meine Interpretationsversuche bezüglich John Coal getrost einstellen, denn ich musste ihn nicht mehr verstehen. Schon bald würde ich ganz weit von ihm weg sein. Die sandigen Strände von St. Ives gemeinsam mit den riesigen Möwen, grünen Hügeln und wunderschönen Klippen erwarteten mich. Mit einem Mal fragte ich mich, woher ich eine so genaue Vorstellung der Gegend hatte, wenn ich doch nie dort gewesen war … Vermutlich hatte ich sie in der Gedankenwelt von jemand anderem gesehen.

Völlig verloren in meinen Grübeleien stieß ich fast mit John Coal zusammen, der plötzlich stehen geblieben war vor einem breiten Haus, das gänzlich aus Holz bestand und viele Fenster im ersten Stock, aber nicht ein einziges im unteren hatte. Es war der starke Geruch von Vieh, der mich aus Cornwall zurückbrachte zu den düsteren Straßen Londons. Durch einen Spalt zwischen den

horizontalen Holzbalken erkannte ich die Kurve eines samtigen Pferderückens.

John Coal klopfte an dem Tor und es dauerte nicht lange, bis ein kleines Portal zum Durchschauen in der Mitte der großen, gewölbten Tür geöffnet wurde. Zwei buschige Brauen mit darunterliegenden winzigen Augen erschienen dahinter. Kurz darauf schlug das kleine Portal zu und Schlüsselgeklirr erklang. Das Tor ging knarrend auf und vor uns stand ein alter Mann mit buckligem Rücken. Sein Mund und die Augen wurden nahezu völlig verdeckt von dem dichten, grauen Bart und den Brauen. Lediglich die runde Nase ragte aus dem Mopp seines widerspenstigen, silbernen Haars hervor.

Der alte Mann und Coal wechselten nicht ein Wort miteinander. Ihre gesamte Unterhaltung führten sie über die Blicke, die sie einander und mir zuwarfen. Anschließend geleitete der alte Mann uns stark humpelnd hinein und vorbei an einer weiteren Tür, die zum Innenhof führte. Dort befand sich eine Vielzahl an Ställen mit den unterschiedlichsten Pferden. John Coals schwarze Stute erwartete ihren Herrn mit erhobenen Ohren und einem freundlichen Schnauben. Sie warf den Kopf und die Mähne in die Luft, als der große Mann an sie herantrat.

»Schön dich zu sehen, altes Mädchen«, begrüßte er das Biest und klopfte sanft auf seine muskulöse Schulter, woraufhin das Tier die Nüstern gegen seinen Kopf drückte und ihm ein sanftes Lächeln entlockte. Ich betrachtete den liebevollen Austausch mit wachsender Verwirrung, da ich nun eine weitere Facette John Coals kennenlernte, der beim Anblick seiner behuften Gefährtin jegliche Andeutung von Boshaftigkeit vergessen zu haben schien. Obwohl sie groß und eindrucksvoll war, trat ich näher, in der Hoffnung, Anzeichen für die Magie zu entdecken, die John Coal

zu einem besseren Menschen machte. Das Tier hob den Kopf und die Ohren und schaute mich aus großen, braunen Augen an. Ich konnte kaum glauben, dass dies das Monster war, welches mich durch die engen Gassen gejagt hatte. Die Stute wirkte schüchtern und sanft. Leicht berührte ich sie an den Nüstern, sie waren warm und weich. Das Pferd blieb ganz still, während ich ihm die Stirn streichelte.

»Sie ist wunderschön, findest du nicht auch?«, merkte John Coal leise an.

»Ja«, hauchte ich, fasziniert von der Kreatur. Als ich zu ihm schaute, lächelte er mich sanft an und ich spürte, wie sich in meiner Brust etwas zusammenzog. Dieser Gesichtsausdruck sollte ausschließlich Marianne zustehen.

»Love«, sagte er vorsichtig und schien einen neuen Gedanken einleiten zu wollen, doch beendete ihn nicht, da der alte Mann verkündete, dass die Kutsche bereit war. John Coals Worte schienen verloren gegangen zu sein und er machte keine Anstalten, sie wiederzufinden. Sein Gesichtsausdruck verhärtete sich und ich musste mir eingestehen, dass es so wohl besser war.

Zuvorkommend, aber weitaus kälter als noch vor einem Moment half er mir in die Kutsche. Nachdem ich auf dem gepolsterten Ledersitz Platz genommen hatte, sprach ich das Problem mit dem Kleid an, da ich nach wie vor der Meinung war, es müsste an seinen rechtmäßigen Besitzer zurückgegeben werden.

»Es ist nicht Rose' Kleid, sondern das von Marianne – sie trug es bei unserem ersten Treffen. Rose hat einen grausamen Sinn für Humor.« Erneut kehrte Trauer in seine Augen ein. »Ich weiß nicht, wie es in Rose' Besitz gekommen ist. Aber es ist nur ein weiterer Grund für dich, unverzüglich die Stadt zu verlassen, bevor sie es verhindern kann. Rose tendiert dazu, alles zu bekommen,

wonach es ihr beliebt, es sei denn, das Objekt ihrer Begierde ist so weit weg, dass sie es gar nicht erreichen kann. Genau das wirst du sein, denn nur wir beide wissen, wohin deine Reise führt.«

So wie er es formulierte, stellte sich mir kurz die Frage, ob der Kutscher vielleicht angeheuert wurde, um mich umzubringen, aber dann gab John Coal mir zehn Pfund. Das war wohl nicht die Art von Geld, die man jemandem überreichte, der gleich getötet werden sollte. Außerdem lächelte er mich so traurig an, als er die Kutschentür schloss, dass sich mein Misstrauen in Luft auflöste. Dieses Lächeln war wie ein Fenster zu seiner Seele und zeigte einen Mann, der seinen Willen zu kämpfen verloren hatte. John Coal gab auf.

Kapitel 8

Pflicht und Vertrauen

Die Kutsche ratterte die Straße runter und die matt erleuchtete Außenwelt floss langsam an meinem Fenster vorbei. Meine Augenlider begannen mit jedem Klipp-Klopp der Hufe schwerer zu werden, doch ich weigerte mich einzuschlafen. Ich musste meine Umgebung im Blick behalten, daher war mir der Versuch des Kutschers, eine Unterhaltung einzuleiten, mehr als willkommen.

»Mr. Coal ist ein guter Mann, nicht wahr, Ma'am?«, rief der offensichtlich verwirrte Fahrer mir von seinem Platz aus zu. Glücklicherweise wartete er allerdings auf keine Antwort. Es hätte eine Reise nach Schottland und nicht bloß zur nächsten Bahnstation erfordert, um alle Argumente aufzuzählen, die seiner Aussage widersprachen. »Noch nie in meinem Leben ist mir ein anständigerer Mensch mit einem größeren Herzen begegnet«, fuhr er fort. Ich brauchte meine Verblüffung nicht zu unterdrücken, da er mich nicht sehen konnte.

»Welche seiner vielen Wohltaten würden Sie besonders hervorheben?«, rief ich zurück und hoffte, dass die Geräusche der sich bewegenden Kutsche den Sarkasmus in meiner Stimme übertönten.

»Ich kann mich kaum entscheiden, Ma'am«, grölte der Mann liebevoll. »Ich nehme aber an, dass es wohl seine Bemühungen waren, mir eine neue Arbeit zu finden, nachdem ich ihm wegen meiner Beinverletzung nicht mehr als Butler dienen konnte. Sie müssen wissen, er hat mich gar nicht gehen lassen wollen und beteuerte stets, dass ich noch genauso gute Dienste leistete wie zuvor, doch mein Stolz erlaubte es mir nicht zu bleiben. Ein Butler, der kaum laufen kann, ist kein Butler. Daraufhin fand Mr. Coal mir diese Anstellung.«

»Was für ein Unfall ist Ihnen widerfahren?«, fragte ich verwundert darüber, nun noch einen widersprüchlichen Bericht über John Coal zu erhalten.

»Es war ein Feuer, Ma'am«, rief der Mann mit düsterer Stimme. »In Coal Manor.«

»Ein Feuer? Wie kam es dazu?«

»Mrs. Rose Coal soll es Gerüchten zufolge gelegt haben, Ma'am. Dabei gilt sie als verstorben. Es ist höchst kurios«, antwortete er.

»Das kann nicht sein«, rief ich und erinnerte mich an den makellosen Zustand des Gebäudes. »Das Coal Manor zeigt keinerlei Anzeichen eines Brandes.«

»Was davon übrig geblieben ist, ist zweifelsohne gut erhalten. Das Erdgeschoss wurde aber in Gänze zerstört. Mr. Coal entschloss sich, es nicht zu restaurieren, da die Architektur des Erdgeschosses ihn wohl zu stark an das Desaster erinnerte, um ihm zu gestatten, je wieder sorglos durch dessen Gänge und Korridore zu schreiten. Glücklicherweise sind die Tragwände intakt geblieben und es bestand keine Einsturzgefahr, weshalb der Master anwies, es zu begraben. Ihnen muss aufgefallen sein, dass das Manor auf einem kleinen Hügel steht? Was einst der Balkon war, ist nun der Eingang. Alles wurde von offizieller Seite genehmigt, denn Mr.

Coal war schon immer sehr gründlich in seinen Handlungen. Er würde niemals seine Untergebenen durch fahrlässiges Verhalten in Gefahr bringen wollen.«

Endlich hatte ich jemanden gefunden, der meine Fragen beantwortete, obwohl es mir schwerfiel, seinen Ausführungen zu glauben. Ich wollte noch mehr wissen, doch plötzlich hallte in meinem Kopf eine Stimme wider. *Schau unterhalb*, hatte der Geist mich angewiesen und doch war es mir nicht gelungen, dem Folge zu leisten. Coal war mir in die Quere gekommen, aber ich hatte es auch nicht hartnäckig genug versucht. Was würde aus dem Geist werden? Was würde aus John Coal werden? Würde er weiterhin in seinem Schloss leben, bis der Kummer sein Herz verschlang?

Ich lehnte die Stirn gegen das kalte Glas des Fensters und schaute zu, wie die Themse an uns vorüberzog. Ihre Wellen schimmerten wie die Juwelen in Mariannes Frisierkommode, die niemals wieder jemand tragen würde, während ich auf dem Weg nach Cornwall war, geschickt von einem abscheulichen, reichen Mann. Mich erwarteten Sicherheit und Sorglosigkeit.

Wir fuhren auf die London Bridge. Die wenigen kleinen Laternenlichter wiesen uns den Weg – wie einsam sie in der Dunkelheit wirkten, und doch würden sie tapfer bis ins Morgengrauen leuchten. Unter einer solchen Lampe lagen sich zwei Silhouetten in den Armen und schauten gemeinsam in die Ferne.

Es muss schön sein, jemanden an seiner Seite zu haben, dachte ich und schaute genau auf die beiden Menschen, die sich trotz der späten Stunde nicht trennen wollten. Mit einem Mal erkannte ich, dass beide ein Kleid trugen. Eine von ihnen hatte eine schlanke Figur mit etwas rundlicherem Bauch, die andere breite Schultern und eine schmale Hüfte.

»Halten Sie an!«, rief ich und sprang aus der Tür auf den harten Untergrund, noch bevor das Fahrzeug zum Stehen gekommen war.

Die beiden bemerkten mich, als ich auf sie zulief, und ließen sich gegenseitig unverzüglich los.

»Love!«, stieß Violet verblüfft aus und ich war erleichtert, dass ihre Stimme freundlich klang.

»Ich bin so froh, Ihnen hier zu begegnen«, keuchte ich, als ich sie erreichte. »Es gefiel mir nicht, wie wir auseinandergegangen sind.«

»Wir dachten, er hätte dich mitgenommen«, gab Violet zu und legte ihre Hand auf meine Schulter, als wollte sie sichergehen, dass ich keine Illusion war.

»Das hat er, doch dann hat er mich gehen lassen. Es ist alles sehr verwirrend und ich kann seine Beweggründe nicht ganz verstehen, doch ich gehe davon aus, dass ich nun frei bin«, versuchte ich zu erklären.

»Ich freue mich zu hören, dass dieser Tunichtgut dich hat laufen lassen«, rief Violet und schlug mit der Faust in die offene Handfläche.

»Ich auch«, murmelte ich. »Und ich habe das Gefühl, ich schulde Ihnen eine Entschuldigung für all die Unannehmlichkeiten, die ich Ihnen bereitet habe.«

»Ganz und gar nicht«, erwiderte Lily warm. »Obwohl ich nicht weiß, wie du es geschafft hast, meine Umstände zu erraten, nehme ich an, dass es wohl zu unserem Besten war.«

In dem Moment bemerkte ich die große Tasche zu ihren Füßen.

»Verlassen Sie London?«, fragte ich überrascht.

»Ich fürchte ja«, erwiderte Lily. »Ich kann nicht weiter hierbleiben. Die Hauptstadt ist nicht gnädig gegenüber unverheirateten Müttern und Violet hat mich überzeugt, dass ich mein eigenes Kind lieben darf ungeachtet meiner Lage.« Sie wandte ihren Blick zum Wasser. »Ich hätte es nicht überlebt, noch eines zu verlieren …«

»Kommt Violet mit Ihnen mit?«, fragte ich besorgt, obwohl es wahrscheinlich unverschämt war.

Lily lächelte sanft. »Nein, ich gehe nach Schottland nach Hause zurück und wir haben gerade so genug Geld für ein Ticket zusammenbekommen.«

»Was sollte ich zudem in Schottland?« Violet zuckte mit den Schultern. »London braucht seine Streichholzmacherinnen.«

»Aber ...« Nervös blickte ich von ihr zu Lily und wieder zurück. Ich hatte die Gefühle in ihren Herzen gesehen, diese konnten mit Leichtigkeit mit denen verheirateter Paare mithalten – ja, sogar gegen sie gewinnen. »Aber Sie lieben sie doch, Miss Violet. Sie können sie nicht so einfach gehen lassen.«

»Genau dann, wenn man jemanden liebt, muss man sie gehen lassen«, widersprach mir Violet.

»Nein. Wenn man jemanden findet, den man liebt, muss man mit aller Kraft an demjenigen festhalten, denn so jemanden gibt es kein zweites Mal«, entgegnete ich mit Nachdruck.

Violet nahm meine Hand und schaute lächelnd zu mir herab. »Die Liebe dreht sich nicht um die Person, die diese gibt, sondern um diejenige, die sie empfängt. Ich mag nicht die Klügste sein, doch das weiß ich bestimmt«, sagte sie mit weisen und unendlich traurigen Augen. Durch das Festhalten meiner Hand verriet sie mir so viel mehr als durch ihre tapferen Worte. Die überwältigenden Gefühle, die sie durch die Berührung mit mir teilte, brachten Tränen in meine Augen. War es das, was Coal tat? Ließ er Marianne los? Das erschien mir nicht richtig, denn solch selbstlose Gefühle waren ein seltenes Geschenk und ich konnte nicht glauben, dass irgendjemand bereit war, sich ihrer zu entledigen. Violet musste an Lilys Seite bleiben – nicht sich selbst zuliebe, sondern weil Lily niemanden auf der Welt finden würde, der sich so sehr um sie sorgte wie die große, stürmische Frau neben ihr. Ich hatte möglicherweise Marianne im Stich gelassen, doch ich würde dasselbe nicht Lily und Violet antun.

In diesem Augenblick auf der London Bridge stellte ich mit Erschrecken fest, dass John Coal mich ebenso sehr brauchte wie Lily Violet. Er mochte nicht mein Freund sein und er war auch kein anständiger Mensch, doch die Verzweiflung in ihm ähnelte der von Lily und Violet und niemand sollte mit so einem Gefühl im Herzen alleingelassen werden. Mein Platz war nicht in Cornwall. Er war in London, denn ich konnte den Mann nicht seinem Leid ausliefern oder diesen beiden Frauen erlauben, getrennte Wege zu gehen.

»Lily. Violet«, sagte ich und sie blickten zu mir auf. »Diese Kutsche …« Ich zeigte auf den Kutscher und seine zwei Pferde. »… wird Sie beide zum Waterloo Bahnhof bringen. Sie können gehen, wohin es Ihnen beliebt, und dort von vorne anfangen, ohne dass jemand über Sie urteilt oder Sie zwingt, in einer giftigen Streichholzfabrik zu arbeiten.«

Sie lachten herzlich über meine Rede.

»Das ist die Wahrheit! Wirklich«, beteuerte ich mit aufsteigender Verzweiflung. Warum glaubte mir nie jemand? »Ich sollte eigentlich ans Meer fahren, wo mich ein eigenes Haus mit Garten erwarten würde, aber Ihre Zwecke sind weitaus dringlicher!«

Nun kriegte sich Violet gar nicht mehr ein. »Ein eigenes … Haus mit …« Sie lachte so sehr, dass sie den Satz nicht beenden konnte.

»Aber ja, und dort dürfte ich den ganzen Tag malen!« Ich gestikulierte nun wild mit den Händen, in der Hoffnung, an Überzeugungskraft zu gewinnen.

»Malen!«, stieß Violet mit Tränen in den Augen hervor. Lily lachte ebenfalls ungehemmt. »Steht dort auch schon eine güldene Kutsche, gezogen von Einhörnern bereit?«

»Nein, es gibt keine Einhörner«, entgegnete ich ernst.

Die beiden Frauen prusteten von Neuem los.

Mir blieb nur noch ein Argument. Ich holte das mittlerweile zerknüllte Papiergeld heraus. »Wenn Sie mir nicht glauben, dann

doch wenigstens dem hier!« Ich faltete die zehn Pfund auf und die Freundinnen verstummten.

Von dem Geld könnten sie sich einige Monate ohne zu arbeiten ernähren und auch Miete zahlen. Es war eine große Summe, dergleichen ich noch nie zuvor besessen hatte.

»Das willst du uns schenken?«, fragte Violet nun ganz kleinlaut.

»So viel können wir nicht annehmen«, widersprach Lily.

»Müssen Sie aber, andernfalls werfe ich es in die Themse«, verkündete ich erhobenen Hauptes. Umgehend riss Violet mir das Papier aus der Hand.

»In die Themse gehört es nun wirklich nicht.« Die robuste Frau presste den Schein an ihre Brust, als wäre er ein unschuldiges Kind.

»Da wir das nun geklärt haben, folgen Sie mir bitte.« Ich machte eine einladende Handbewegung zur Kutsche. Violet tauschte einen Blick mit Lily, schnaubte anerkennend und lief voraus. Die schwangere Frau war weniger schnell und packte mich an der Hand.

»Warum tust du das für uns?« Sie schaute mir eindringlich in die Augen.

»Es gibt so viele Gründe.« Ich lächelte sie aufmunternd an. »Zum einen wartet in London noch eine wichtige Aufgabe auf mich und zum anderen möchte ich, dass Sie wieder an das Gute in den Menschen zu glauben beginnen und Ihrem Kind die Hoffnung lehren. Nur weil Ihr ehemaliger Hausherr Sie und Ihre gemeinsame Tochter verraten hat, heißt das nicht, dass Sie niemandem mehr trauen dürfen.«

Lily erwiderte mein Lächeln.

»Du bist wirklich sonderbar«, sagte sie seufzend.

»Mag sein«, stimmte ich zu. »Richte dem Kutscher meinen Dank aus und sag ihm, ich kehre zu dem anständigsten Menschen mit dem größten Herzen der Welt zurück. Das wird ihn sicher freuen!«

»Aber ...«, gelang es Lily noch zu sagen, bevor ich mich abrupt umdrehte und in die entgegengesetzte Richtung lief.

Die Konsequenzen meiner selbstlosen Handlung wurden mir erst bewusst, als ich die dunkle Stadt ganz allein und mitten in der Nacht durchquerte. Ich wusste gar nicht, ob der Mann, für den ich eine bequeme Zukunft aufgegeben hatte, meine Unterstützung überhaupt noch wollte.

Auf dem langen Weg hatte ich eine Menge Zeit, um darüber nachzudenken, was ich getan hatte und wie ich es John Coal erklären würde. Im Gegensatz zur Stadt waren meine Gedanken ganz und gar nicht ruhig und es war die Ruhe um mich herum, die mich noch unruhiger werden ließ. Ich hörte Geräusche, die gar nicht da waren. Fußschritte auf dem Pflasterstein, jemandes Mantel raschelte, ein Lachen, welches auch der durch die Gassen pfeifende Wind gewesen sein könnte. Sobald ich stehen blieb, verstummten alle Laute.

Auch wenn die Straße menschenleer war, wurde ich das Gefühl nicht los, beobachtet zu werden. Mir lief ein kalter Schauer über den Rücken. Nachdem ich die dicht besiedelten Bezirke Southwark, Lambeth und Wandsworth verlassen und das weniger bewohnte Putney mit den gespenstischen Bäumen und einsamen Herrenhäusern erreicht hatte, wurde das Gefühl stärker. Immer mehr beschleunigte ich mein Tempo, bis ich fast rannte. Mittlerweile hörte ich deutlich, dass der Klang weiterer Schritte über den meinen lag. Das war keine Einbildung.

An einer Weggabelung entschied ich mich, nach links anstatt nach rechts zu gehen, was sich bald als Fehler herausstellte. Die Bäume zu beiden Seiten wurden größer und dichter, sie verdeckten das schwache Licht des Mondes und tränkten den Weg vor mir in Dunkelheit. Die Zivilisation samt den Straßenlaternen hatte ich lange hinter mir gelassen. Meine Umgebung erkannte

ich nun als Putney Heath, in dessen Inneren niemand meine Schreie hören würde. Die Schritte hinter mir wurden lauter.

Wenn John Coal hinter mir her wäre, hätte er sich ganz bestimmt erkennbar gemacht. War es daher etwa Rose? Ihre Motive waren mir unklar, weshalb ich noch größere Angst vor ihr hatte. Allein, dass mein Verfolger keinen einzigen Laut von sich gab, machte ihn unheimlich, wer auch immer es war.

Hinter den Bäumen zu meiner Linken erkannte ich schimmerndes Wasser. Die seidige Oberfläche eines Sees reflektierte den Mond und Nebel stieg darüber auf. Die Bäume schienen mich zu umzingeln, als wären sie die Gefolgsmänner meines Jägers, ihre dünnen Äste peitschten gegen meine Unterarme. Plötzlich platschte es unter mir und meine Füße wurden trotz der Stiefel sofort nass. Panisch sah ich nach unten, ich war in einen Sumpf gelaufen und ging dennoch weiter. Schon bald stand mir der Schlamm bis zu den Knien, mit jedem Schritt verausgabte ich mich mehr und mehr, bis ich kaum noch weiterkam. Mit rasendem Herzen drehte ich mich um und erblickte am Ende des Weges einen dunklen Schatten. Während die Bäume und Büsche sich im sanften Wind wiegten, bewegte sich die Gestalt nicht. Vielleicht hatte mein Verfolger mich zwischen den tief hängenden Ästen aus den Augen verloren. Mein Herz schlug noch schneller, die kalte Luft stach wie ein Dolch in meine Kehle.

Bitte sieh mich nicht, flehte ich stumm, doch die Silhouette begann sich mir zu nähern. Ich hatte so große Angst, dass mich beinahe meine Sinne verließen. Aber solange ich noch Kraft in meinen Gliedern hatte, würde ich nicht aufgeben.

Ich kämpfte mich weiter vorwärts, bald wurde der Grund unter meinen Füßen härter und der Sumpfspiegel sank, bis ich wieder auf festem Boden rannte. Der Schlamm an meinen Beinen und dem Kleid behinderte mich kaum, denn die Welt um mich

herum schien geschmolzen zu sein und rauschte an mir vorbei. Alles, was ich wahrnahm, war das Knirschen der Erde unter meinen Sohlen. Alles, was ich hörte, waren meine Schritte und die meines Verfolgers hinter mir. Meine Gedanken waren einzig auf meine Flucht konzentriert.

Der gerade und schmale Pfad war umgeben von hohem Gras und dichtem Gestrüpp, doch die Bäume wurden seltener und ich konnte meine Umgebung im schwachen Mondlicht besser erkennen.

Plötzlich löste sich einige Schritte vor mir eine weitere Silhouette aus den Schatten und schnitt mir den Weg ab. Ruckartig blieb ich stehen und fiel dabei fast über meine eigenen Füße. Hektisch schaute ich über die Schulter und stellte fest, dass die andere Silhouette auch angehalten hatte. Ich war umzingelt.

»Love!«, rief John Coal vor mir und ich erstarrte zur Salzsäule. Ein letztes Mal schaute ich zurück. Der Pfad hinter mir war verlassen. Von der anderen Person fehlte jede Spur. Erschöpft und erleichtert zugleich lief ich auf Coal zu, doch da raschelte es plötzlich in dem Gebüsch neben uns. Vor Schreck klammerte ich mich an den großen, dunklen Mann, als ein schwarzes Pferd aus dem Dickicht trottete und sich treu neben seinen Herrn stellte. Ich atmete auf.

»Du brauchst jetzt keine Angst mehr haben«, sagte Coal sanft und legte seine Hand behutsam auf meine Schulter. »Ich bin bei dir.«

»Waren Sie es?«, fragte ich nervös. »Folgen Sie mir bereits seit London?«

»Ja«, gestand er und zog mich an sich. »Ich wollte dich bis zum Bahnhof begleiten, um sicherzugehen, dass alles wie geplant verläuft. Als du die Kutsche an die beiden Frauen gegeben hast, bin ich dir gefolgt, um herauszufinden, wohin die neue Reise geht.« Mit einer Hand rieb er sich angespannt die Stirn. »Warum hast du Geoffrey nicht gebeten, dich zu fahren?«

»Ich wollte dem älteren Herrn mitten in der Nacht keine Umstände bereiten«, flüsterte ich. »Wer ... war die andere Person?«

»Ich glaube, du weißt es.«

»War sie es? War es Rose?«

»Ja.«

Mir war noch immer mulmig zumute, doch ich verspürte nicht mehr diese lähmende Angst. Seit wann hatte dieser Mann begonnen, mir ein Gefühl von Sicherheit zu vermitteln? »Warum haben Sie sich nicht früher zu erkennen gegeben?«

»Es war nicht meine Absicht, mich einzumischen, Love. Ich hatte versprochen, dich ziehen zu lassen, und das war es, was ich tat. Selbst als du Putney erreicht hast, wagte ich nicht zu hoffen ... Woher sollte ich wissen, dass du auf dem Weg zu mir bist?«

»Aber warum war sie hinter mir her?«

»Ich kann dir nicht sagen, was in ihrem kranken Kopf vorgeht«, erwiderte er kalt. »Wenn sie aber versucht hätte, dir etwas zu tun, hätte ich sie erschossen. Diesmal ist meine Pistole geladen.«

Als ich versuchte, ihn wegzuschieben, bemerkte ich, wie eng umschlungen er mich hielt.

»Sie ist wahnsinnig«, raunte er und in diesem Moment drangen seine Emotionen endlich nach außen. Seine Umarmung gewann an Kraft und seine Finger bohrten sich in meine Arme. »Sie ist der Grund, warum ich Marianne verloren habe.«

»Lassen Sie los«, keuchte ich und er folgte meiner Anweisung. Ich stolperte und fiel beinahe zu Boden, da ich nicht erwartet hatte, so plötzlich befreit zu werden.

»Rose hat gesagt, dass Marianne nicht zurückkehren möchte, weil sie denkt, Sie seien ein Monster«, erwiderte ich und war nicht mehr sicher, ob ich die Auffassung noch teilte.

»Das Einzige, was Marianne von mir fernhalten könnte, ist ihr Tod, denn sie hat mich noch mehr geliebt als ich sie.« Er ballte die Hände zu Fäusten. »Du weißt, wie verzweifelt ihr Verschwinden mich gemacht hat, und dennoch gibt es niemanden, der in der Lage ist, stärker zu lieben als sie.« Sein Tonfall verriet, dass ihm das Herz blutete.

»Aber vielleicht ist sie doch nur–«

»Glaub, was du willst«, unterbrach er mich seufzend. »Doch wenn ich weitersuche, wenn ich weiterhin hoffe, werde ich wahnsinnig.«

Seine schwarze Stute senkte den Kopf, als spürte sie die Trauer ihres Herrn. Ich wollte ihn trösten, doch ich wusste nicht wie. Er mochte sich geschlagen gegeben haben, doch dasselbe traf nicht auf mich zu. Ich würde Marianne finden, wenn ich auch noch nicht wusste wie.

»Warum bist du zurückgekommen, Love?«, fragte er leise und in seiner Stimme erklang deutlich neue Hoffnung.

»Weil Sie mich brauchen«, antwortete ich. Mein Herz schlug stärker, als mich Stolz über mein Handeln erfüllte.

Ein ehrliches Lächeln legte sich über seine Lippen, obwohl die Traurigkeit seine Augen nicht gänzlich verließ. »Nach allem, was du über mich erfahren hast, bist du noch immer bereit, an meiner Seite zu bleiben?«

Meine Wangen glühten trotz der kalten Nachtluft. War meine Entscheidung dumm gewesen? Wäre es besser gewesen, wenn ich doch nach Cornwall oder mit Lily und Violet nach Schottland gegangen wäre, wo mich niemand finden würde?

»Wie dumm von dir«, bestätigte John Coal meine Befürchtungen, wirkte aber froh über meine Entscheidung. Dies war Beweis genug für mich, dass ich richtig gehandelt hatte.

Kapitel 9

Gefühle und Geheimnisse

»Das glaubst du mir nie, Mary!«, rief ich, als ich das Dienstmädchen beim Zurechtlegen der frisch gewaschenen Bettlaken ausfindig machte. Ich hatte sie überall gesucht, weil ich ihr etwas außerordentlich Lustiges zu berichten hatte. Vor lauter Gekicher musste ich mich allerdings sehr bemühen, deutlich zu sprechen.

»Sebastian wollte Eiswürfel in das Wasserglas des Hausherrn werfen«, quiekte ich nach Luft ringend. »Sie rutschten ihm aber weg und landeten in Mr. Coals Tee!«

Mary gab sich alle Mühe nicht loszuprusten, konnte aber ein leichtes Zittern in ihren Schultern nicht unterdrücken.

»Sein Gesichtsausdruck war –«, setzte ich an, doch da kam Sebastian zur Tür herein. Wutentbrannt blickte er mich an.

»Miss Love …«, zischte er drohend und gab mir damit zu verstehen, dass ich nun besser die Beine in die Hand nehmen sollte.

Bevor er mich zu fassen bekam, rannte ich lachend davon. Auch wenn die Wunden an meinen Füßen verbunden worden waren, war das Auftreten noch immer schmerzhaft. Der lange Weg von London nach Putney hatte die Heilung der Schnitte nicht gefördert. Sebastian zu ärgern, war aber ein wenig Schmerz wert.

Es dauerte nicht lange, bis er das Tablett mit den leeren Tellern vom Frühstück einem anderen Bediensteten in die Hand drückte und mir nachkam, aber sein steifer und enger Anzug schränkte seine Beweglichkeit noch mehr ein als mein vielschichtiges Kleid die meine. Im langen, hallenden Korridor kamen wir an einem großen Spiegel vorbei und darin erhaschte ich einen Blick auf uns beide. Sebastian lief, als wäre ein Besen an seinem Rücken befestigt, und ich war ein rollender Ball aus grünen und marineblauen Rüschen.

Der Hall unserer klackernden Absätze auf dem Marmor traf im Foyer auf ein wesentlich ruhiger schreitendes Paar Füße. Den autoritären Rhythmus der schweren Schritte erkannte ich sofort. Im Foyer angekommen, griff ich das Geländer, schwang mich aus dem Korridor geschickt auf die Treppe und verlangsamte meinen Gang zu dem einer feinen Dame. John Coal kam mir entgegen und ich begrüßte ihn mit einem freundlichen Lächeln. Er antwortete mit einem Kopfnicken, während der arme Sebastian herumwirbelte und begann, die Treppe hochzulaufen. Den Hausherrn bemerkte er erst sehr spät und kollidierte beinahe mit ihm, zu meiner leichten Enttäuschung hielten beide abrupt inne und stießen nicht zusammen. Sebastians Gesicht wurde tiefrot, er stotterte eine Entschuldigung und schwang zur Seite wie eine Tür. Coal ging wortlos an ihm vorbei, sein Blick sprach jedoch Bände. In der Zwischenzeit hielt ich mir mit beiden Händen den Mund zu, um nicht laut loszulachen.

»Sebastian«, sagte Coal nahezu beiläufig.

»Sir?«

»Falls du trotz deines engen Zeitplans einen freien Augenblick haben solltest, wäre ich dir sehr verbunden, wenn du die heutige Zeitung bringen könntest. Sie war leider nicht in meinem Arbeits-

zimmer. Lass dich aber keinesfalls hetzen«, sprach Coal mit genauso wenig Emotionen in seiner Stimme wie in seinem Gesicht.

»Ja, Sir, nein, Sir, sofort, Sir«, stotterte der Unterbutler, während der Farbton seiner Wangen von Tomate zu Rote Beete wechselte. So schnell, wie er gekommen war, verschwand er in dem gewölbten Korridor.

Als Coal sich endlich mir zuwandte, war ich zur Repräsentantin vorbildlichen Verhaltens geworden. Meine Körperhaltung war kerzengerade, meine Hände vor mir ineinander verschlungen und meinem unschuldigen Ausdruck wohnte das richtige Maß an Unverständnis inne. »Gutes Personal ist heutzutage sehr schwer zu finden, nicht wahr?«

»Hast du deinen Spaß?«, erwiderte er trocken.

»Oh, ja!«

»Zauberhaft.« Er setzte seinen Weg ins Wohnzimmer fort und ich erhaschte einen Blick auf das kleine Lächeln, das er nicht niederringen konnte. Da mein Wohl zurzeit abhängig war von meiner Nähe zu Coal, weil Sebastian wahrscheinlich mit einem harten und stumpfen Gegenstand hinter irgendeiner Ecke lauerte, folgte ich dem Hausherrn. Während er sich auf eins der cremefarbenen Sofas setzte, drehte ich eine Runde durch das große Zimmer. Sebastian brachte geräuschlos die Zeitung. Auch wenn er darauf bedacht war, nichts als Professionalität auszustrahlen, spürte ich, dass jede Zelle in seinem Körper sich danach sehnte, mich zu erwürgen. Bevor er seinem gewalttätigen Verlangen unterliegen konnte, schickte Coal ihn fort.

Als ich mein Kleid an den vielen immer gleichen Beistelltischen und Sofas vorbeimanövrierte, wurde ich den Gedanken nicht los, dass die Einrichtung dem Zweck diente, eine Vielzahl an Gästen zu empfangen. Das Mobiliar war so aufgebaut, dass

der Besuch sich in kleinere Gruppen aufteilen konnte, um Karten zu spielen oder Unterhaltungen bei einer Tasse Tee zu führen. Gleichzeitig standen die Sitzinseln dicht genug beieinander, um niemanden auszuschließen. John Coal wirkte allerdings nicht wie jemand, der gerne Gäste empfing.

»Ich spüre, wie sich von deinem Starren ein Loch in meinem Gesicht bildet«, merkte er an, ohne von der Zeitung aufzuschauen.

»Ich habe lediglich die prächtige Einrichtung bewundert und mich gefragt, wann die ersten Bietenden zur Versteigerung hereingebeten werden.«

Erneut kämpfte sich ein Lächeln auf seine Lippen. »Meine Frau bevorzugte große Gesellschaft.«

»Welche Ihrer zwanzig Frauen könnte das wohl gewesen sein?«, fragte ich und hoffte darauf, ihm diesmal vielleicht sogar ein Lachen zu entlocken, doch meine Worte hatten einen gegenteiligen Effekt. Seine Mundwinkel fielen zu ihrer üblichen Position und seine Augen verengten sich. Ich bezweifelte, dass es an dem Artikel lag, von dem er noch immer nicht hochschaute. »Die erste.«

»Sie scheint noch immer einen starken Einfluss auf Sie auszuüben.« Die Neugierde packte mich.

Geräuschvoll faltete er die Zeitung, legte sie beiseite und warf mir einen eisigen Blick zu. Ich zuckte zusammen und war froh, dass zwischen uns ein Meer aus Sofas lag.

»Würdest du die Geschehnisse von vor zwei Tagen gerne ausführlich besprechen?«, schlug er vor. »Ich wollte zwar warten, aber es wirkt, als hättest du dich bereits bestens erholt.« Er erhob sich und kam auf mich zu. Auch ich setzte mich wieder in Bewegung und umkreiste die Möbel so, dass deren Anzahl zwischen

uns konstant blieb. Ich hatte das Gefühl, dass es sicherer war, wenn er mich nicht einholte.

»Es gibt da tatsächlich einige Aspekte, die mich brennend interessieren«, gab ich zu.

»Dann werde ich mein Bestes geben, sie zu erklären«, willigte er ein und fügte am Ende seines Satzes eine leichte Verneigung hinzu, um zu betonen, dass sein Benehmen heute vorbildlich war. Ich traute ihm nicht.

»Keine weiteren Lügen?«

»Hm.« Er schaute nachdenklich zur Decke. »Das kann ich wohl nicht versprechen, ich werde sie jedoch auf ein Minimum reduzieren.«

»Das bringt mir leider nichts, Sir«, stellte ich fest und seufzte enttäuscht.

Er hielt abrupt an und ich tat es ihm gleich. Misstrauisch erwartete ich seinen nächsten Zug.

»Also gut«, sagte er in einem wesentlich ernsteren Tonfall. »Du darfst drei Fragen stellen, die ich ehrlich beantworten werde. Gib dir Mühe, damit es die richtigen sind.«

Ich beäugte ihn skeptisch und war unsicher, ob ich ihm glauben konnte. Vielleicht sollte ich etwas fragen, worauf mir die Antwort bereits bekannt war, um ihn zu testen – etwas über das Feuer zum Beispiel, doch dann würde ich eine wertvolle Frage verschwenden. Darüber hinaus war es vielleicht nicht clever, meine Karten offenzulegen und ihm zu offenbaren, dass ich von dem Feuer wusste.

»Rose hat mir verraten, dass Sie Ihre zweite Frau gesetzeswidrig geheiratet haben, da Sie und Rose nicht geschieden sind. Ist Marianne deswegen davongelaufen?«

»Als ich meine zweite Frau heiratete«, antwortete er und versuchte merklich seine Gefühle im Zaum zu halten, »hatte man meine erste Frau bereits für tot erklärt.«

Das vertraute Gefühl von Angst kam in mir hoch. »Weil Sie ... weil Sie versucht haben ...?«

»Nein«, sagte er und schaute mir in die Augen. »Ich habe noch nie versucht sie umzubringen. Auch wenn sie mir viele Gründe dazu gegeben hat, gab es tatsächlich eine Zeit, in der ich davon überzeugt war, Rose zu lieben. Für jemanden, der sie getroffen hat, ist das sicherlich keine große Überraschung, denn die Frau hat sowohl Schönheit als auch Charme im Überfluss.«

Er wartete darauf, dass ich dies bestätigte, und ich nickte langsam.

»Auch ohne ihre Hand berührt zu haben, muss dir aufgefallen sein, dass dies nichts weiter als eine Fassade ist. Dass ihr Herz, wenn sie überhaupt eines hat, kalt und gefühllos ist«, führte er aus und Falten legten sich über seine Stirn.

Ich wollte ihn fragen, woher er wusste, dass ich ihre Hand nicht berührt hatte, doch ich wollte ihn nicht unterbrechen.

»Sie hat mir das Herz gebrochen und gab vor, gestorben zu sein. Es hat eine lange Zeit gedauert, bis die Freude wieder in mein Leben trat und sie kam zu mir in der Gestalt von Marianne. Sie war nicht wunderschön und sie wusste auch nicht, wie man sich in der Gesellschaft zu benehmen hat, doch sie war lebendig und hatte ein Herz, das die ganze Welt in sich trug«, sagte er und es wirkte, als ob sein Blick durch mich hindurchging. Seine Brauen rückten näher zusammen. »Doch Rose hat sie mir genommen. Es war, als ob sie in den Schatten gelauert und darauf gewartet hätte, bis ich mich erholte, um mir jeglichen Hoffnungsschimmer sofort wieder zu entreißen!«, brüllte er plötzlich und ballte die Hände zu Fäusten, bis die Knöchel weiß wurden. »Sie kann nicht behaupten, sie wäre meine Frau, denn ich besitze ihre Todesurkunde. Wenn sie sich aus ihrem Versteck an die Öffentlichkeit traut, wird sie für ihre Verbrechen hängen müssen. Marianne wusste das – sie wusste

alles, was es von mir zu wissen gab, lange bevor wir heirateten. Sie hätte mich nie von sich aus verlassen.«

Die Abscheu in seinem Tonfall war erschreckend, doch ich zwang mich, meine Fassung schnell wiederzuerlangen. Es gab noch so viel, was ich in Erfahrung bringen wollte. »Wie ist Rose angeblich gestorben?«

»Sie ist ertrunken.« Sein Blick traf meinen und er schien mir eine stille Warnung zu senden, dass ich nicht weitergraben sollte. Ich konnte aber nicht anders.

»War es ...«

»Da ist deine letzte Frage, überlege dir also gut, was du sagst.«

Erschrocken stellte ich fest, dass sich nicht nur die Anzahl meiner Fragen auf eins reduziert hatte, sondern auch die der Möbelstücke zwischen uns. Während ich bewegungslos zugehört hatte, war er mir immer näher gekommen. Plötzlich griff er mit einer Hand nach der Rückenlehne des Sofas und sprang darüber hinweg, sodass er direkt vor mir landete. Anstatt mich mit den Händen zu schützen, versteckte ich diese hinter meinem Rücken, obwohl ich Handschuhe trug und nicht das volle Ausmaß seiner Wut zu Tage kam. Es könnte allerdings nur eine Frage der Zeit sein, bis seine Laune zu Zorn umschwang. Ich musste aufpassen.

»Warum war es Ihnen so wichtig, dass ich weit weg bin von Rose?« Das war die Frage, die mich am meisten beschäftigte, denn ich verstand nicht, wie ich eine so entscheidende Rolle in ihrer Auseinandersetzung erlangt hatte.

Er seufzte und es wirkte, als würden alle Anzeichen von Wut seinen Körper mitsamt der ausgeatmeten Luft verlassen. Seine hellblauen Augen standen in starkem Kontrast zu seinem dunklen, beinahe schulterlangen Haar und schauten mich auf einmal unschuldig an. Trotz der tiefen Schatten unter seinen Augen –

Anzeichen von mehr als nur einer schlaflosen Nacht – hatte John Coal ein hübsches Gesicht mit harten, aber edlen Zügen. Er hatte sich seit einigen Tagen nicht mehr rasiert, zuletzt wahrscheinlich vor meiner Flucht. Seine Lippen waren dünn und nahezu farblos. Die Suche nach seiner Frau schien auf seinen Appetit zu schlagen, denn seine Wangenknochen standen etwas mehr hervor, als es für sein Aussehen natürlich wäre. Ich erwischte mich dabei, wie ich sein Gesicht genau anschaute und jedes Detail wahrnahm, während er schwieg. Es gehörte sich nicht so zu starren, doch ich konnte nicht anders. Vor mir schien der echte John Coal zu stehen, ohne die üblichen Mauern, und ich fürchtete, wenn ich blinzelte, könnte er verschwinden. Dies war womöglich der Moment, in dem ich nach seiner Hand hätte greifen sollen, um zu erfahren, ob das Feuer in seinen Gedanken ihn noch quälte, oder ob es ausreichend zurückgegangen war, um darüber hinwegzuschauen. Doch ich hatte Angst, etwas zu entdecken, was ich besser nicht sehen sollte.

»Weil sie es sich in den Kopf gesetzt hat, mir alles wegzunehmen, was mir wichtig sein könnte«, sagte er leise und hob eine Hand an meine Wange. Langsam strich er an der Linie meines Kiefers entlang, bis seine Finger unter meinem Kinn lagen und es leicht anhoben, sodass ich ihm in die Augen schauen musste. Seine Worte und sein Verhalten durchfuhren mein Herz wie ein Dolch, noch bevor ich deren Bedeutung begriff. Beinahe unmerklich kam er mir näher. Langsam lehnte er seinen Kopf vor …

»Mr. Coal!«

Der scharfe Ausruf voller Anschuldigung ließ uns beide abrupt aufblicken. Sybil stand in der Doppeltür auf der anderen Seite des Raumes und schaute Coal mit weit aufgerissenen, wütenden Augen an. Obwohl sie weit weg war, erkannte ich, dass

ihre Hände zitterten, und das schien nicht am Gewicht des Tabletts mit der Limonadenkaraffe und zwei Gläsern zu liegen. Mary kam hinter ihr herein. Ihre Hand schnellte zu ihrem Mund und die junge Frau huschte sofort wieder raus, mitsamt den Keksen, die sie hatte bringen wollen.

Coal nahm seine Hand von meinem Gesicht und richtete sich auf, doch er wich nicht von mir zurück, was Sybil vielleicht beschwichtigt hätte. Auch zeigte er keine Anzeichen von Reue.

Während der Hausherr langsam die Hände hinter dem Rücken zusammenlegte, marschierte Sybil schnurstracks auf uns zu. Ihre Augen loderten. Sie stellte das Tablett auf den nächsten Tisch, griff die Karaffe und schüttete deren Inhalt mit Schwung in John Coals Gesicht. Ich schaute stumm und starr zu, als die Limonade von seiner Nase und den nassen Haarsträhnen auf sein Jackett tropfte. Er hatte keine Anstalten gemacht, sie aufzuhalten, obwohl ihre Bewegungen aufgrund der schweren Karaffe dafür langsam genug gewesen wären. Er hatte sich bloß leicht abgewandt, damit die saure Flüssigkeit nicht in seine Augen gelangte und vielleicht auch, um ein wenig weiter von mir wegzutreten, damit ich nichts abbekam. Als er sich wieder zu ihr drehte, spürte ich die Wut in ihm brodeln, doch er schien nicht gewillt, sie zu entfesseln.

Wie konnte er gegenüber ihrem Verhalten so nachsichtig sein, wenn er keinerlei Hemmungen hatte, mir seine Wut entgegenzuwerfen, obwohl ich noch nie etwas auch nur annähernd so Impertinentes getan hatte?

»Sybil«, sagte er leise, seine Gereiztheit unterdrückend.

Die Frau, die bis eben noch von unerklärlichem, blankem Zorn getrieben worden war, schien schlagartig wieder zur Besinnung zu kommen. Ihr Gesicht wurde weiß, sie holte ein Taschen-

tuch aus dem Ärmel hervor und begann, den Hausherrn damit trocken zu tupfen, doch er schlug ihre Hände weg.

»Entschuldige, John«, gab die Frau weinerlich von sich. »Du weißt, wie mein Gemüt ist, ich kann es nicht kontrollieren.«

»Dann ist es an der Zeit, dass du es lernst.«

Ausgerechnet er musste das sagen …

Sybil stotterte eine weitere Entschuldigung, schaute dann aber zu mir rüber. Still und leise stand ich hinter Coal, doch etwas brachte ihre Wangen dazu, wieder zu erröten. Hass vereinnahmte ihr Gesicht und jeder Muskel in ihrem Körper schien sich anzuspannen.

»Du!«, brüllte sie und trat einen Schritt auf mich zu, doch Coal ließ sie nicht vorbei. Er blieb wie ein Fels zwischen uns stehen.

»Sie hat nichts damit zu tun«, gab er ihr fest entschlossen zu verstehen.

»Doch, das hat sie«, rief Sybil, der Wahn ergriff von ihr Besitz. »Sie nimmt dich mir weg! Du darfst mich nicht alleinlassen, ich kann nicht allein bleiben mit der Trauer!«

Sie packte ihn am Kragen und warf sich in seine Arme. Er hielt sie an den Handgelenken und drückte die Frau von sich weg.

»Ist es das?«, fragte er und gebot seiner Wut schließlich ein Stück Einheit. »Du fürchtest, dass ich trotz allem mein Glück finde? Wäre es dir lieber, ich zergehe vor Kummer?«

»Dein sogenanntes Glück wird dich schwächen«, kämpfte ihre Stimme gegen seine an. »Weißt du nicht, was passiert, wenn du dieses Gefühl zulässt?«

Coal blieb einen Moment lang still, während die Schatten in seinem Gesichtsausdruck tiefer wurden. Durch die große Fensterfront fielen goldene Sonnenstrahlen auf seinen Rücken, während sein Gesicht in der Dunkelheit unterging. Sybils manische Augen hingegen waren perfekt ausgeleuchtet.

»Es wirkt, als hättest du vergessen, wozu Rose fähig ist«, fuhr sie fort, als Coal ihr nicht widersprach. »Du scheinst zu meinen, es würde sich alles fügen, wenn man das Problem nur lange genug ignoriert. Das wird es aber nicht. Sie wird wiederkehren und sie wird dir alles wegnehmen, genau wie zuvor. Mir bleibt nichts mehr, dir aber anscheinend schon. Besonders jetzt, da du neue Hoffnung gefasst zu haben scheinst. Vergiss nicht, dass es genau das ist, was sie möchte. Sie möchte, dass du dich in Sicherheit wiegst, weil es dich verletzbar macht. John, es gibt keine Hoffnung, solange diese Frau da draußen ist. Setz dein Wohl nicht für eine kurze Verführung aufs Spiel!«

»Du sollst deine Worte bedachter wählen«, zischte er sie an, als es ihm schwerer zu fallen schien, die Kontrolle zu bewahren. Sybil zerrte noch immer an John Coals Kragen, während er sie an den Handgelenken festhielt und versuchte, den Schaden an seiner Kleidung zu reduzieren und der Frau zugleich nicht wehzutun. Letztere schien umgekehrt keine Bedenken zu haben.

»Du kannst doch nicht einfach alles vergessen, was vorgefallen ist!«, rief die Haushälterin in einem schmerzlich schrillen Ton.

»Im Gegenteil«, gab er entschlossen zurück. »Ich hätte es schon längst tun sollen. Love war es, die mich angewiesen hat, eine dritte Frau zu nehmen, und das war der weiseste Rat, den ich je bekommen habe. Ich hätte Rose nicht die Genugtuung geben sollen, an ihren Spielchen teilzunehmen.«

»Aber Marianne ...«

»Marianne gibt es nicht mehr«, knurrte er. Das Zugeständnis schien ihn viel Kraft zu kosten, denn seine Schultern begannen zu zittern. »Ich weigere mich, andere und mich selbst noch weiter damit zu quälen.«

Die Haushälterin wirkte genauso erschrocken über diese Verkündung wie ich. Durch den Schock war Sybil sprachlos und er

nahm ihr jegliche Basis für weitere Diskussionen. Ihr wahnsinniger Zorn verflüchtigte sich und machte Platz für Verwirrtheit. Sie ließ ihn los und er sie.

»Das könnte meine letzte Chance sein«, flüsterte er.

»Was bringt Sie dazu anzunehmen, dass ich mit einer solchen Verbindung einverstanden wäre?«, hob ich die Stimme, da ich nicht länger schweigen konnte. Auch wenn ich die vorangegangene Diskussion nur bedingt nachvollziehen konnte, war es mein gutes Recht, mich hier einzubringen. Was fiel ihm ein, eine solche Entscheidung zu treffen? War ich nicht mehr als ein Spielzeug für ihn? Nichts weiter als eine Ablenkung, damit er nicht mehr an seine Frau denken musste, die er schwor über alles zu lieben? Was für ein lächerlicher Mann! Er war ebenso dumm wie Sybil, die der Auffassung zu sein schien, dass ich eine gedankenlose Schwachsinnige ohne eigenen Willen war. Ich hatte nicht vor, mich von ihm verführen zu lassen. Man konnte mich zwar als verrückt bezeichnen, aber doch nicht so verrückt. »Wie können Sie behaupten, Marianne zu lieben, und dann plötzlich meinen, dass Ihre Liebe mir gilt? Woher sollen diese Gefühle bitte stammen?«

Beide Köpfe wandten sich mir zu.

»Ich habe nie gesagt, dass ich aufgehört habe, Marianne zu lieben, oder dass ich mich plötzlich in dich verliebt habe«, erwiderte Coal simpel.

Wollte er mich als Köder nutzen, um Rose hervorzulocken? Wozu solche Strapazen auf sich nehmen, wenn er doch genau wusste, wo sie zu finden war?

»Ich bin keine Figur in dem Spiel, das Sie zuvor erwähnt haben«, rief ich wütend. »Gerne helfe ich Ihnen, wie ich nur kann, wenn Sie mir denn endlich verraten wie, doch erwarte ich

im Gegenzug dafür Respekt – Sie haben kein Recht, sich mir gegenüber so zu benehmen, wie Sie es getan haben, Mr. Coal.«

Sybil schaute erwartungsvoll Coal an und hoffte wahrscheinlich, dass er mir genauso seine Meinung sagen würde wie zuvor ihr, doch statt Boshaftigkeit kam erneut Kummer über ihn. »Du verstehst das nicht.«

»Ich verstehe viel mehr, als Sie mir zuzutrauen scheinen«, sagte ich standhaft. »Wenn ich auch sonst nicht über vieles Bescheid weiß, so liegt meine Expertise im Erkennen von Gefühlszuständen und diese verändern sich nicht so schnell, wie Sie es gerne hätten. Ich habe keine Zweifel, dass Sie Gründe haben für Ihr Benehmen, doch das erteilt Ihnen nicht die Berechtigung, frei über mich zu verfügen – auch wenn Sie der Meinung sind, dass ich nicht viel wert bin.«

John Coal schloss für einen Moment die Augen. »Du bist ein liebes Mädchen, Love, und deshalb möchte ich dir die Details ersparen«, sprach er mit gedämpfter Stimme weiter. »Bitte mich nicht darum, sie zu offenbaren, denn daraus kann großer Schaden entstehen.« Er wirkte erschöpft und zerbrechlich, als er diese Worte von sich gab. In dieser Diskussion hatte er seine Grenzen erreicht und ich traute mich nicht, weiter zu fragen. Mein Zögern führte zu einer längeren Pause, in der Coal um mindestens ein Jahr zu altern schien.

»Entschuldigt mich«, sagte er. Kälte machte sich in meiner Brust breit. Er war bereits halb zur Tür, als er sich noch einmal umdrehte. »Und Sybil«, sprach er mit Nachdruck, »lass Love in Ruhe.«

Die Haushälterin und ich blieben zurück, während seine Schritte in der Ferne verklangen. Doch gleich als sie nicht mehr zu hören waren, packte Sybil meinen Arm.

»Bleib fern von ihm!«, forderte sie mich auf. Es fiel mir schwer zu beurteilen, ob der Wahnsinn wieder Besitz von ihr ergriffen hatte,

ob sie noch sie selbst war oder ob die beiden in Wirklichkeit eins waren. »Ich habe John großgezogen, ich war wie eine Mutter zu ihm, ich war an seiner Seite, als Rose ihn verriet, und ich wich nicht von ihm, als sein Leid über Mariannes Verschwinden ihn zu zerstören drohte – niemand wird zwischen ihn und mich kommen.«

»Sie klingen aber nicht wie eine Mutter«, sagte ich und versuchte ruhig zu bleiben. »Eine Mutter würde ihrem Kind Glück wünschen«, beteuerte ich und erinnerte mich an meine eigene, die nie etwas dergleichen getan hatte.

Ohne ein weiteres Wort zu äußern, gab sie mir eine so heftige Ohrfeige, dass ich nicht nur rückwärts stolperte, sondern auch einen Moment brauchte, um meine Orientierung wiederzuerlangen. Ich hielt mir die Wange und den Kiefer, denn beide schmerzten ungemein.

»S-Sie haben mich geschlagen«, brachte ich ungläubig hervor, während mir Tränen des puren Schmerzes in den Augen brannten.

Plötzlich wehte ein starker Wind durch das Wohnzimmer und schmiss nicht nur den Vorhang umher, sondern auch Sybils Kleid. Ihr strenger Dutt lockerte sich und die langen grauen Haare wirbelten um ihr Gesicht.

»Was ... was soll das?«, fragte die Frau ängstlich, als der Windstoß zwar sie und den Raum erfasste, aber nicht mich.

»Sie haben ihn verärgert«, schlussfolgerte ich und stellte gerührt fest, dass es doch noch jemanden gab, der sich um mich sorgte. Wenn es auch nur eine ungreifbare, gruselige Kreatur war.

Fieberhaft blickte Sybil umher. »Wen?«

»Den Geist, der dieses Manor heimsucht.«

»Geist?« Die Stimme der Frau nahm einen Tonfall an, den ich nicht erwartet hatte. Sie klang aufgeregt.

Der Wind zog vorüber und an seiner statt zeigte sich mir die Gestalt. Ihr Gesicht war so dunkel und emotionslos wie immer, doch etwas war anders. Die Schatten in seinem Gesicht schienen sich vertieft zu haben. Er starrte die Frau mit leeren, toten Augen an.

»Francis? Mein Junge!«, gab sie mit zittriger Stimme von sich und drehte sich dann zu mir herum. Ihre Gesichtszüge verhärteten sich. »Wo ist er? Sag es mir!«

»Genau neben Ihnen«, antwortete ich und schaute in seine dunklen Augen. Mich wunderte bei Sybil nichts mehr – auch nicht, dass sie euphorisch auf Geister reagierte.

»Ich habe es gewusst! Ich wusste, dass er nicht fortgegangen ist!«, stieß sie hervor. Tränen bildeten sich in ihren Augen, sie drehte sich herum und schaute, ohne es zu wissen, direkt in das Gesicht der ominösen Gestalt. Sie tastete nach dem Gespenst, doch ihre Finger glitten durch seine schattige Form hindurch. »Warum kann ich ihn nicht sehen?« Ihre Stimme versagte, ihre Hand begann nun ebenfalls zu zittern. »Sag ihm, dass ich ihn liebe. Sag ihm, dass nicht ein Tag vorüberzieht, ohne dass ich an ihn denke.«

»Er kann Sie hören.« Mein Körper wurde taub und mir zog sich das Herz zusammen. Es spielte keine Rolle, dass mir diese Frau gerade eine saftige Ohrfeige verpasst hatte oder dass sie gemeine Dinge zu mir gesagt hatte. Alles, was ich ihr gegenüber empfinden konnte, war Mitleid, denn ich hatte den Grund für ihre Tobsuchtsanfälle erfahren: Sie hatte ihr Kind verloren. John Coal war es, auf den sie ihre Gefühle richtete, und er hatte es zugelassen, da er ihre Geschichte kannte und auf diese Weise den Schmerz der Frau lindern wollte. Das war wahrscheinlich auch der Grund, warum er so nachsichtig mit ihr gewesen war, warum er ihre Anfälle tolerierte. Es war seine Art, ihr Trost zu spenden, denn er wusste wie kaum ein anderer, was es hieß, eine

geliebte Person zu verlieren. Trotz seines eigenen Verlustes hatte er die Stärke in sich gefunden, um für sie da zu sein. Ich hoffte, dass meine Schlussfolgerungen stimmten, denn das würde Hoffnung darüber zulassen, dass er doch keine so schreckliche Person war. Mit einem Mal wurde mir bewusst, dass ich eine Frau über Mutterschaft belehrt hatte, die selbst viel mehr darüber wusste als ich – wie so oft war ich dem Irrglauben verfallen, dass ich alle Antworten hätte, während in Wirklichkeit Coal recht behielt. Ich verstand nichts. Das war kein schönes Gefühl. Aber war dies tatsächlich der Geist ihres Kindes? Wie konnte Sybil sich so sicher sein? War der Mutterinstinkt so stark ausgeprägt?

»Francis«, schluchzte Sybil, während der Geist reglos vor seiner angeblichen Mutter stand. Seine Arme hingen leblos herab, sein vages Gesicht war dunkel und emotionslos. »Mein Francis.«

»War es Rose?«, fragte ich vorsichtig.

Bevor Sybil antworten konnte, wurde das Gesicht des Gespenstes erneut eine grausige Grimasse. Es musste wohl die Erwähnung des Namens gewesen sein, die seinen Mund zu einem furchtbaren Lächeln verzerrte, das von einem Wangenknochen zum anderen reichte. Seine Augen wurden zu langen, dünnen Schlitzen und seine Brauen ragten hoch bis zum Haaransatz. Sein Anblick ließ mich erzittern, doch zumindest bestätigte er, dass Rose etwas mit seinem Tod zu tun haben musste.

»Was hast du gesehen? Was ist geschehen?« Sybil wandte sich mir besorgt zu.

»Nichts, er …« Ich versuchte mir etwas einfallen zu lassen, das der Frau Trost spenden könnte, wenn es auch bedeutete, dass ich sie anlügen müsste. »Er hauchte, dass er dich liebte, und verschwand.«

Die Tränen liefen nun wie entfesselt über Sybils Wangen und sie zog das in Limonade getränkte Taschentuch erneut hervor, um

sie wegzuwischen. In der Zwischenzeit schaute ich in die grauenhafte Grimasse des Geistes und gab mir große Mühe, meine Eindrücke nicht zu teilen.

»*Such* ...«, war das einzige Wort, das es ihm gelang von sich zu geben, bevor er zu verkohlen begann und zu Asche zerfiel. Mir wurde bewusst, wie viel Kraft es ihn kosten musste, mit mir zu kommunizieren, und ich fühlte mich plötzlich so, als ob ich seine Zeit und Kraft verschwendete. Er brauchte meine Hilfe und war womöglich sogar im Begriff, mich zu unterstützen, doch alles, wozu ich unsere Verbindung bisher genutzt hatte, war das Öffnen von Türen. Vor einiger Zeit hatte er mich darum gebeten, unterhalb zu schauen. Diese simple Aufgabe hatte ich nicht bewerkstelligt. Was, wenn er wenig Zeit hatte? Was, wenn ich schnell handeln musste? Es wirkte, als ob ich zwischen vagen Hinweisen hin und her stolperte, unfähig, die einzelnen Stücke zu verbinden – vielleicht hatte ich auch einfach nur Angst davor? Das Geheimnis um Marianne zu lüften, war ein Versprechen, das ich gegeben hatte, doch bisher war ich nichts als ein Bauer im Schachspiel anderer. Das musste aufhören. Ich musste schärfer nachdenken und schneller handeln.

Kapitel 10

Tränen und Taten

Während Sybil noch immer mit dem Geist sprach, der ihr Sohn sein mochte oder auch nicht, verließ ich das Zimmer und begab mich auf die Suche nach John Coal. Das war kein leichtes Unterfangen in einem so großen und verwinkelten Herrenhaus und so fragte ich alle Bediensteten, die mir unterkamen, ob sie den Mann gesehen hatten.

Schließlich fand ich ihn im Turm des westlichen Flügels. Es war ein eigenartiger, achteckiger Raum mit drei Fenstern, die einen wunderschönen Ausblick auf das hässliche Brombeerfeld um das Manor herum zuließen. Der Turm war nicht in Gebrauch. Außer einem kaputten dreibeinigen Stuhl, einem umgedrehten, kleinen und staubbedeckten Tisch und einem Teppich, dessen blumiges Muster von Beige bis zu einem blassen Orange reichte, war sonst nichts in dem Zimmer. Trotz der nachlässigen Art seiner Behandlung wirkte der Turm hell und freundlich aufgrund des vielen Lichts, welches durch die Fenster floss. John Coal passte mit seiner finsteren Kleidung und dem noch finsteren Gesichtsausdruck, den er gen Garten richtete, nicht recht in dieses Bild.

Meine Ankunft billigte er keines Blickes, seine volle Aufmerksamkeit galt Sibyl, die zu meinem Erstaunen bereits hier war.

»Sie hat Francis gesehen, John, Francis!«, rief die Haushälterin aufgeregt und noch immer mit Tränen in den Augen. Obwohl John Coal ihre Begeisterung nicht zu teilen schien, zerrte sie freudig an seinem Ärmel.

»Hat sie das?«, gab er mit teilnahmsloser Stimme von sich.

»Er ist als Geist zurückgekehrt«, fuhr Sibyl nicht im Geringsten entmutigt fort. »Er ist wohl hier, um Rache zu üben. Ist das nicht wundervoll?«

»In der Tat beinhaltet das Konzept von Rache gewisse Reize«, gab der Hausherr andächtig zu. »Allerdings muss ich zugeben, dass es eher die Idee von Rache ist, die meinen Enthusiasmus erweckt, und weniger deren tatsächliche Ausübung.«

Ich freute mich innerlich über John Coals Beobachtung, denn das konnte nur bedeuten, dass er langsam den Kampf gegen die dunklen Gefühle in seinem Herzen aufnahm – oder zumindest hoffte ich das.

»Verstehst du denn nicht?«, setzte Sibyl erneut an und der Wahn ergriff zunehmend von ihr Besitz. »Er ist wiedergekehrt – mein Junge ist wiedergekehrt und er wird sie bestrafen! Wir müssen sie zu ihm bringen!«

»Sybil.« Coal drehte sich leicht zur Seite, um seinen Arm aus ihrem Griff zu befreien, und lehnte sich gegen das Fensterbrett. »Warst du es nicht, die mich angewiesen hat, meine Gefühle zu kontrollieren? Sollte nicht dasselbe für dich gelten?«

»Es ist doch aber Francis!«, erwiderte Sybil. Vor kaum einer Stunde hatte sie John Coal auf seine Schwäche aufmerksam gemacht, als es um seine Frau ging, offenbarte nun aber selbst noch hässlichere Züge, da die Rede von ihrem Sohn war.

»Vielleicht erinnerst du dich, wie genau die Wege deines Sohnes und meine sich getrennt haben? Folglich ist es wohl kaum verwunderlich, wenn meine Gefühle ihm gegenüber nicht ekstatischer Natur sind?«

»Du hegst trotz aller Geschehnisse einen Groll?«, wandte Sybil ein.

»Ich würde es nicht als Groll bezeichnen«, erklärte Coal ruhig, »sondern eher als starkes Gefühl, von jemandem betrogen worden zu sein, der mir vieles zu verdanken hatte.«

»Sie hat ihn in ihr Netz gelockt«, verteidigte Sybil ihn mit manischen Augen.

»Ich bezweifle keinen Moment lang, dass sie genau das getan hat«, erwiderte Coal. »Es erfordert dennoch zwei Parteien und seine Loyalität mir gegenüber hätte über seine jungenhafte Schwärmerei für meine Frau siegen müssen.«

»Das hat sie«, stieß Sybil hervor. »Deswegen hat er es dir gestanden und das ist es, wofür sie ihn bestraft hat.«

»Die Tatsachen sind mir bekannt und eben deshalb habe ich dich nicht fortgeschickt«, stellte er simpel fest. »Nimm jedoch nicht an, dass es mir gefällt, wie ein Trottel behandelt worden zu sein.«

In diesem Moment schien er meine Anwesenheit endlich wahrzunehmen. Sein Blick verfinsterte sich, bevor er sich von der Fensterbank erhob und zu mir kam. Die Berührung meiner Wange jagte ein Kältegefühl durch mich hindurch, doch bevor ich es weiter analysieren konnte, zog er seine Hand wieder weg.

»Ich habe darüber nachgedacht und es ist wohl an der Zeit, dass ich dich tatsächlich wegschicke.«

Eine Sekunde lang dachte ich, die Ansprache gälte mir. Das Kältegefühl breitete sich weiter aus.

»Nein. Nein, John, das geht auf keinen Fall. Nicht jetzt, da ich weiß, dass mein Sohn sich hier aufhält!« Sybil wurde blass und panisch.

Meine Hand wanderte zu meiner Wange und ich stellte fest, dass diese leicht geschwollen war. Drohte er meinetwegen, Sybil zu entlassen? War das der letzte Tropfen gewesen? »Das ist nicht weiter schlimm und wird schnell vergehen«, sagte ich leise, weil ich nicht der Grund sein wollte, weswegen die verzweifelte Frau noch mehr Nöte auf sich nehmen musste.

»Sybil, ich fürchte, dein Zustand hat mittlerweile dramatische Züge angenommen, die selbst ich nicht länger tolerieren kann. Nebulöse Gedanken scheinen es dir schwer zu machen, deine Pflichten in diesem Haushalt zu erfüllen.« Er hatte begonnen, mit strengem Nachdruck zu sprechen, doch dieser verflüchtigte sich, bis seine Worte nur noch fürsorglich klangen. »Wie würde es dir gefallen, zur Erholung an einen Ort zu gehen, der wesentlich ruhiger ist – Brighton oder Bath zum Beispiel?«

»Nein, John, das kannst du nicht machen!«, wetterte sie und kam mit erhobenen Fäusten auf uns zu.

»Das reicht jetzt!«, brüllte er, noch bevor sie uns erreicht hatte. Die Frau blieb wie angewurzelt stehen. »Ich habe genug damit zu tun, selbst einen klaren Kopf zu bewahren. Mittlerweile weiß ich nicht einmal mehr, ob ich dir vertrauen kann oder ob nicht auch du mit Rose gemeinsame Sache machst!«

»Wie ... kannst du das nur sagen?« Sybils Stimme zitterte. Zwei Tränen kullerten ihre blassen Wangen hinab.

»Wie sonst willst du mir dein Verhalten gegenüber Love erklären?« Er hielt inne. »Geh auf dein Zimmer, Sybil«, sagte er mit brüchiger Stimme.

Die arme Frau starrte ihn noch einen Moment reglos an. Dann verließ sie schluchzend den Raum, als schritte sie zum Galgen.

»Bitte urteilen Sie nicht in ihrem Moment der Schwäche über sie. Das Fehlverhalten resultiert aus ihrer Verletztheit und zeigt, dass sie Fürsorge braucht«, erklärte ich energisch.

Er lächelte mich an. »Sind wir nicht alle verletzt? Und brauchst nicht du die meiste Fürsorge von uns allen?«

Die Wendung der Unterhaltung überraschte mich und ich wunderte mich, seit wann er meine Gefühle berücksichtigte. Während ich in Gedanken verloren war, nahm er meine Hand und ich zuckte trotz des Handschuhs zurück.

»Love«, sagte er. »Ich werde nicht zulassen, dass dir etwas passiert. Du bist hier sicher.«

Eine Welle von Bildern und Klängen überkam mich, als ich mich an die Warnung des Geistes erinnerte, dass nicht alles so war, wie es schien. Ich erinnerte mich, wie Sybil Coal angeprangert hatte, mich verführen zu wollen, wie er mich umarmt oder nicht umarmt hatte in Rose' Zimmer, wie er mich heute beinahe geküsst hatte.

Die Konsequenz all dessen war, dass ich meine Hand aus seiner riss und einen Schritt zurücktrat. Es war eine kleine Geste, doch sie rief etwas in ihm hervor. Vielleicht hatte er sich die Mühe gemacht, die Situation für einen Moment aus meinen Augen zu sehen, vielleicht war es auch nur eine weitere Scharade, aber er ließ seine Hände fallen und machte ebenfalls einen Schritt rückwärts.

»Ich verspreche«, sagte er mit einer Stimme, der ich fast schon zu glauben bereit war, »ich werde dir nichts tun.«

»Bedeutet das, dass ich mich zurückziehen kann?«, fragte ich noch immer misstrauisch. Er mochte momentan sein bestes Benehmen an den Tag legen, doch kannte ich auch seine ande-

ren Seiten und fürchtete einen plötzlichen Launenumschwung. Wodurch diese bedingt waren, konnte ich nicht mit Gewissheit sagen, also war Vorsicht geboten.

»Aber natürlich«, sagte er scheinbar überrascht von meiner Frage und machte ein Gesicht, das unschuldiger kaum sein konnte.

Als ich die Tür erreicht und er sich keinen Zentimeter bewegt hatte, traute ich mich, meine Stimme erneut zu heben. »Ich würde Sie bitten, John Coal etwas von mir auszurichten«, sagte ich zu John Coal. »Wenn Sie ihn sehen, teilen Sie ihm bitte mit, dass ich nichts dagegen einzuwenden hätte, einen Tag mit ihm zu verbringen, da ich ihn gern kennenlernen würde. Vielleicht hilft uns das, sein Leid im Herzen zu besiegen. Denken Sie, dass Sie ihm das so sagen können?«

»Ich werde es versuchen«, versprach er. Die Art, wie er es sagte, deutete darauf hin, dass die Nachricht angekommen war.

Das Resultat unseres Gesprächs war nicht das erhoffte, doch es ließ dennoch auf einen Fortschritt schließen. Wenn ich geduldig wäre, hätte ich das zu schätzen gewusst, doch ich war es nicht und war gewillt, ein schnelleres Vorankommen mit allen Mitteln zu fördern.

»Ich weiß nicht, ob das eine gute Idee ist, Miss Love«, teilte mir Mary ängstlich mit, während die Öllampe in ihrer Hand hin und her schwankte und den Nebel um uns herum beleuchtete. Wir traten von der Eingangsterrasse auf den überwucherten Pfad, der um das Manor herum- und an den Brombeerbüschen vorbeiführte. Es war gerade erst kurz nach ein Uhr und ich fürchtete, dass der Hausherr womöglich noch nicht zu Bett gegangen war,

doch Mary wäre ohne Lampe nicht mitgekommen. Der Nebel war allerdings so dicht, dass ich mir keine Sorgen machen musste. Das Licht strahlte nur eine Armlänge der Quelle voraus.

»Deine Meinung wurde zur Kenntnis genommen und nach eingehender Prüfung unter ›I‹ für ›ignoriert‹ abgelegt«, erwiderte ich und führte sie den Weg um das Gebäude herum entlang. Kleine Steine und Äste knisterten unter unseren Füßen, als wir uns vom Haupteingang entfernten und uns durch das Brombeergebüsch kämpften. Ich konnte die oberen Stockwerke des Anwesens nicht richtig erkennen und hoffte, dass ich dennoch die Stelle unter Rose' Fenster finden würde, die der Geist mir bei unserem ersten Austausch gezeigt hatte.

»Miss Love, also wirklich, wenn der Hausherr uns erwischt, wird er mich ohne Empfehlungsschreiben davonjagen.«

»Ohne Empfehlungsschreiben?« Ich gab vor, schockiert zu sein. »Dieses Monster!«

»Liege ich recht in der Annahme, dass Ihr Hohn dazu dient, die Unsicherheit zu verschleiern?«, fragte Mary und erschütterte mein Ego mit diesem fatalen Schlag.

»Ganz und gar nicht«, stotterte ich und versuchte mir etwas Gescheites einfallen zu lassen, um besagte Unsicherheit noch weiter zu verbergen. »Ich bewundere lediglich deinen Optimismus, Mary, denn wenn Mr. Coal uns entdeckt, wird er uns einfach umbringen, woraufhin wir als Geister zurückkehren werden wie Francis.«

»Stimmt es tatsächlich, dass es auf dem Gelände spukt?«

»Aber ja, er ist sogar direkt neben dir.«

Mary zog scharf den Atem ein und wirbelte herum, als ob sie in der Lage wäre, ihn zu erkennen.

»Das war ein Scherz«, log ich. Der Geist war tatsächlich hinter ihr und ich musste zugeben, dass er mir Angst einjagte – allerdings

bestand keine Notwendigkeit, Mary mit diesem Wissen zu belasten. Je öfter ich in die Gedankenwelt eines Menschen eintauchte, desto stärker blieb meine Verbindung zu der Person auch noch lange nach der letzten Berührung. Daher spürte ich deutlich das Ausmaß von Marys Furcht, obwohl sie diese zu verbergen versuchte.

»Hören Sie auf mit dem Unsinn, andernfalls gehe ich wieder ins Haus und lasse Sie hier allein zurück.«

Ein Vogel schrie in der Ferne und Mary sprang auf mich zu und warf ihre Arme um meinen Hals.

»Das bezweifle ich«, sagte ich. »Du hast doch viel zu viel Angst, um ohne mich um das Gebäude und vorbei an den vielen gruseligen Vögelchen zu laufen.«

»Warum habe ich mich nur darauf eingelassen?«, seufzte Mary und ließ mich los.

»Weil du ein guter Mensch und als solcher dazu bestimmt bist, von so fiesen Personen wie mir ausgenutzt zu werden«, erklärte ich. Wenn Mary ein bisschen weniger ängstlich wäre, würde sie meinen Humor mehr zu schätzen wissen.

»Da wir grade von fiesen Personen sprechen«, entgegnete Mary vorwurfsvoll und ich fürchtete zu wissen, worauf sie hinauswollte. »Sind Sie ... ist der Hausherr ... sind Sie beide ... haben Sie ...«

Ich ließ sie viele solcher Halbsätze formulieren, obwohl ich ihre Andeutung schon längst verstanden hatte. So ging ich sicher, dass das Gespräch für sie genauso unangenehm war wie für mich.

»Nein«, sagte ich schließlich, nachdem ich sie genügend gequält hatte. »Ich weiß nicht, was in ihn gefahren ist, doch von meiner Seite ging die Situation nicht aus und ich bin enttäuscht, dass du mir unterstellst, ich könnte John Coal küssen wollen!«

Als Mary erleichtert aufatmete, bemerkte ich, dass der Geist hinter ihr seine Blickrichtung geändert hatte. Sein Kopf drehte

sich langsam und steif nach links. Mit einem Zeigefinger an meinem Mund gab ich Mary zu verstehen, dass sie still sein sollte. Meine Augen zusammenkneifend versuchte ich durch den Nebel hindurchzuschauen, doch dieser war so dicht, dass ich kaum den nächsten Brombeerbusch erkannte.

»Ist dort jemand?«, flüsterte Mary und legte ihre kalte Hand um meine. Unsere Gedanken verbanden sich und ihre Panik durchfuhr mich wie ein Blitz. Allerdings galt ihre größte Angst nicht sich selbst, sondern mir! Es war ein so paralysierendes Gefühl, dass ich meine Beine erst wieder bewegen konnte, nachdem ich ihre Hand abgeschüttelt hatte. Nicht nur war sie mit mir gekommen, obwohl ihr Körper fast taub vor Angst war, sondern es war auch noch mein Wohl, um das sie sich am meisten sorgte. Hätte ich doch nur nicht vergessen, meine Handschuhe anzuziehen. Als sie verstand, was passiert war, warf sie mir einen untröstlichen Blick zu.

»Hör bitte auf, so unerträglich liebenswert zu sein«, zischte ich. »Da fühle ich mich im Vergleich ja verdorben.«

»Das hoffe ich. Fühlen Sie sich mindestens so verdorben wie Ihre Idee, nachts hier herumzuschleichen!«, zischte sie zurück.

»Ich fühle mich so verdorben wie John Coal.«

»Fantas–«

Ich drückte meine Hand auf ihren Mund und starrte in den Nebel. Eine Silhouette war darin erschienen – auf sie musste der Geist reagiert haben. Mit aller Kraft entriss ich Mary die Öllampe und schmiss sie, soweit ich nur konnte. Das Glas zerbrach und das Licht erlosch.

Unter meiner Handfläche brannte Marys schneller, panischer Atem.

Ich zeigte auf die Silhouette, die auf das Geräusch hin erstarrt war, doch Mary schien sie nicht zu erkennen und kurz darauf war der Schatten im Nebel bereits verschwunden. Mir kam ein schrecklicher Gedanke. Was, wenn es sich um noch eine Kreatur handelte, die nicht von dieser Welt war? Ich erinnerte mich daran, wie mein erstes Aufeinandertreffen mit Francis verlaufen war. Was, wenn das neue Wesen weniger friedlich war? Mit einem Mal war ich sehr froh, dass Mary nicht wie ich Gedanken lesen konnte, sonst wäre sie womöglich in Ohnmacht gefallen.

»Das war wohl nur Einbildung«, teilte ich ihr mit und setzte meinen Weg fort. Nun war ich noch mehr als zuvor darauf bedacht, unsere Arbeit schnellstmöglich zu verrichten und zum Haus zurückzukehren. Die schlechte Sicht erschwerte die Aufgabe allerdings und ich hatte Schwierigkeiten, die Stelle unter dem Fenster zu finden. Den Geist konnte ich nicht fragen, da Mary sonst wissen würde, dass ich sie angelogen hatte. Ihr blindes Vertrauen erfüllte mich mit Wärme und Schuldgefühlen zugleich.

»Irgendwo hier muss es sein«, flüsterte ich, um den Anschein zu erwecken, ich wüsste, was ich tat.

»Was suchen Sie?«, fragte das Dienstmädchen leise.

»Einen Eingang zum Erdgeschoss, dem echten Erd– Au!«

»Was ist passiert?«

»Ich habe meinen Finger an etwas geschnitten, wahrscheinlich ein Brombeerstachel.«

Bevor Mary ihre Theorie mit mir teilen konnte, durchstieß ein hallender Schuss die Luft. Mir blieb fast das Herz stehen. Meine Begleiterin wurde von mir weggezerrt und mir entfuhr ein Aufschrei, als eine doppelläufige Pistole neben ihrem Kopf auftauchte – eine, die der von John Coal ähnelte, doch nicht seine

sein konnte. Als der Nebel sich leicht verzog, erkannte ich, dass die Silhouette sowohl kleiner als auch dünner war als der Hausherr.

»Lass mich los, du Dummkopf!«, rief Mary und schlug auf ihren Angreifer ein. Die andere Person ließ einen schmerzlichen Ausruf verlauten, zog aber die Waffe zurück und machte keine weiteren Anstalten, Mary anzugreifen. Ich war beeindruckt, dass das Dienstmädchen, dessen Knie bis eben noch geschlottert hatten, plötzlich so furchtlos war, und dann erkannte ich Sebastians Stimme. Von Mary geschlagen zu werden, markierte einen neuen Tiefpunkt auf seinem Eroberungszug ihres Herzens. Vielleicht war er es ja gewesen, den ich im Nebel gesehen hatte? Davonzulaufen, anstatt der Ursache auf den Grund zu gehen, passte zu ihm.

»Mary? Miss Love? Was bringt Sie mitten in der Nacht her?«, fragte der Unterbutler hektisch atmend.

»Mich würde viel eher interessieren, was du hier draußen treibst? Und dann auch noch bis an die Zähne bewaffnet!«, bestand Mary. Sebastian zuckte zusammen, als ihm klar wurde, dass er die Liebe seines Lebens verärgert hatte.

»Ich bin hier, weil Mr. Coal mich darum gebeten hat, das Gelände zu bewachen. Er wies mich an, einen Warnschuss abzufeuern, sollten mir Eindringlinge unterkommen, oder diese zu erschießen, falls sie mich angriffen. Die anderen männlichen Bediensteten patrouillieren seit einigen Nächten ebenfalls abwechselnd auf dem Grundstück«, sagte Sebastian und versuchte dabei stolz zu klingen, doch es war offensichtlich, dass er nicht wusste, was er vor wem schützte. Seinem Zittern nach zu urteilen, hatte der Arme auch noch Angst.

»Wie eigenartig«, stieß Mary hervor. Ihre Stimme war so hoch, sie musste etwas im Schilde führen. »Mr. Coal hat uns gebeten,

ihm Wein aus dem Keller zu bringen. Weißt du zufällig, wo der Eingang ist?«

»Das hat er?« Sebastian schaute misstrauisch drein. Er schien nicht ganz so trottelig zu sein, wie er immer wirkte. »Der Hausherr hat zu so später Uhrzeit zwei Frauen zum Weinholen geschickt?«

Mary zögerte, da sie ein viel zu guter Mensch war, um zu lügen. Meine Expertise war gefragt. »Ganz recht, denn keiner der anderen Angestellten war mutig genug aufgrund der grausigen Geräusche und des dichten Nebels. Da meldeten Mary und ich uns kurzerhand freiwillig.«

»G-grausige Geräusche?«, wiederholte Sebastian.

»Du musst sie auch gehört haben. Da war beispielsweise das Bersten von Glas …«, sagte ich so schaurig wie möglich und hoffte, dass seine Einbildung den Rest tätigen würde.

»I-ich habe das Bersten von Glas ebenfalls vernommen«, stotterte Sebastian und senkte seine Stimme zu einem Flüstern. »Und da war ein Licht, das durch den Nebel glitt.«

Es war eine Erleichterung zu erfahren, dass tatsächlich er die Silhouette gewesen war. Als ich näher an ihn herantrat, sah ich wie ängstlich sein Gesicht war und auch das von Mary, obwohl sie wusste, dass ich die Lampe geworfen hatte.

»E-es besteht keinerlei Grund zur Sorge, ich b-bin bewaffnet«, sagte Sebastian und hielt die Pistole hoch. »Falls uns irgendjemand zu nahe kommt, werde ich denjenigen genauso erschießen, wie ich Sie beide beinahe erschossen hätte«, verkündete er erhobenen Hauptes.

»Das hättest du in der Tat beinahe«, erwiderte Mary vorwurfsvoll. Sebastian wurde so blass, dass er vom Nebel kaum noch zu unterscheiden war. Die Pistole versteckte er umgehend hinter seinem Rücken.

»Eine Pistole ist eine effektive Waffe gegen Menschen und wilde Tiere, weniger jedoch, wenn die Bedrohung nicht von dieser Welt stammt«, gab ich zu bedenken.

Sebastians Augen wurden groß. Mittlerweile war er dermaßen erfüllt von Angst, dass er uns wohl kaum aufhalten oder ausfragen würde. Womöglich könnte er sogar helfen? Wir mussten uns beeilen, denn Coal hatte den Schuss bestimmt ebenfalls gehört und würde sicher rauskommen, um nachzusehen, was diesen provoziert hatte – er war nicht so ein Feigling wie Sebastian.

»Bestimmt weißt du, wo der Kellereingang ist? Wir lassen den Hausherrn nur ungern warten.« Ich lächelte hoffnungsvoll.

»Nein, das sollte man wirklich nicht. Den Weg kenne ich natürlich und vielleicht wäre es b-besser, wenn ich Sie b-beide begleite, da Sie ja s-so große Angst zu haben scheinen?« Sebastian rückte näher zu uns und schaute über seine Schulter.

»Das wäre sehr nett von dir«, sagte ich freudig. »Mary und ich wissen einen starken Mann an unserer Seite sehr zu schätzen, nicht wahr, Mary?«

»Ja, das tun wir«, stimmte meine treue Komplizin zu.

Sebastian gab ein nervöses Lachen von sich und es erforderte einiges an Stottern, um ein »Das ist doch nicht der Rede wert« zu formulieren.

Der Unterbutler brachte uns zu einem Eingang, der uns seiner Meinung nach zum Keller bringen würde, jedoch weit weg war von der Stelle, wo Mary und ich gesucht hatten. Francis' Geist ließ ich unter Rose' Fenster zurück, wo er mit leerem Blick an die Mauer starrte. Das hinterließ kein gutes Gefühl bei mir, doch ich war sehr gespannt darauf zu erfahren, was sich hinter der kleinen Holztür auf der anderen Seite des Manors verbarg. Der Eingang war kaum erkennbar, weil er fast völlig von Brombeerbüschen verdeckt wurde.

Das Gestrüpp schob der Unterbutler für uns zur Seite und holte einen großen, rostigen Schlüssel aus seiner Tasche. Damit öffnete er die Tür und wir stiegen eine enge Wendeltreppe aus rauem Gestein hinab. An deren Ende lag ein kleiner, enger Raum, der kaum genug Platz für uns drei bot. Da ich die Lampe kaputt gemacht hatte, war unsere einzige Lichtquelle eine Schachtel Streichhölzer, die wir alle gleichzeitig anzündeten. Doch in dem Keller war nichts. Er war leer. In dem kurzen Zeitfenster, das die brennenden Streichhölzer zuließen, inspizierte ich jede Ecke und jeden Stein. Doch alles, was ich fand, waren haufenweise flüchtende Kellerasseln. Ich konnte es kaum glauben. Das ergab keinen Sinn!

Als die Streichhölzer erloschen, blieb ich reglos stehen und dachte nach. Wenn in dem Keller nichts zu finden war, warum war Coal so versessen darauf gewesen, ihn vor mir zu verbergen, und warum war es nur ein kleiner Raum und nicht ein ganzes Stockwerk? Vielleicht hatte er den Inhalt dieses Raumes anderswo versteckt? Vielleicht gab es noch einen weiteren Eingang?

»Ich nehme an, der Wein ist aus?«, sagte Sebastian und ich spürte, wie der Argwohn in ihm aufstieg. Er wusste nun, dass wir ihn austricksten, doch war gewillt, bis auf Weiteres mitzuspielen. Meine Hoffnung war, dass er uns nicht verraten würde, da er sonst auch Mary schaden würde.

Da kam mir ein Gedanke! Als Sebastian die Streichhölzer angezündet hatte, musste er seine Handschuhe abgenommen haben, da diese sonst Feuer gefangen hätten.

»Sebastian, ich würde gerne wieder hochgehen, würdest du meine Hand nehmen, damit ich nicht stolpere?«, fragte ich mit süßlicher Stimme. Da er gut erzogen war, konnte er nicht ablehnen. Es dauerte nicht lange, bis seine Hand die meine in der Dunkelheit fand und mir freie Sicht in seine Gedanken eröffnete.

Seine Liebe für Mary spülte über mich hinweg wie eine gigantische Welle. Das Gefühl war so stark und aufrichtig, dass meine Knie schwach wurden und die Tränen mir in den Augen brannten. Es war sowohl wunderschön als auch übelerregend. Verliebtheit war wohl eher Fluch als Segen. An der dicken Wand aus seinen Gefühlen für Mary vorbeizukommen, erforderte äußerste Konzentration, da der Mann kaum an etwas anderes zu denken schien. Was ich darüber hinaus entdeckte, war starke Loyalität John Coal gegenüber, der sie meiner Meinung nach nicht verdiente. Außerdem war da noch ein wenig Abscheu mir gegenüber, nicht weil ich ihn oft ärgerte, sondern weil ich Mary in Gefahr brachte. Das konnte ich ihm noch nicht einmal übel nehmen.

Ich fand so einiges in seiner Gedankenwelt, doch nichts davon deutete auf hilfreiches Wissen bezüglich eines zweiten Kellers hin. Als ich seine Hand schon fast losgelassen hatte, entdeckte ich ein Stück einer schwachen Erinnerung, die nur wenige Stunden alt sein konnte. Sebastian hatte dabei zugesehen, wie einige der Bediensteten große Boxen in den Turm des westlichen Flügels gebracht hatten. Allesamt waren diese von weißem Stoff verdeckt gewesen. Womöglich lag ich recht in der Annahme, dass John Coal den Inhalt des Kellers umgelagert hatte. Es gab etwas, das er mich nicht finden lassen wollte. Ich war nun nur noch versessener darauf, es zu suchen.

»Danke, Sebastian«, sagte ich beim Hinaufgehen der Treppen und ließ seine Hand los. »Du warst äußerst hilfreich.«

Ohne darauf zu warten, dass Mary und Sebastian mir nachkamen, schob ich das Brombeergestrüpp weg und rannte den Pfad, den wir gekommen waren, zurück. Unter Rose' Fenster stand noch immer der Geist und schaute die Wand an. Als ich näher kam, wirbelte er herum und schnellte mit unmenschlicher

Geschwindigkeit auf mich zu. Zum Stehen kam er wenige Zentimeter vor meinem Gesicht. Über mir schwebend hob er einen Arm und zeigte auf die Hausfassade.

»*Schau ... unterhalb*«, heulte er und es schien ihn viel weniger Kraft zu kosten als sonst.

»Das habe ich«, erklärte ich. »Dort war nichts.«

»*Schau unterhalb!*«, bestand er und ich spürte, wie die Angst ihre kalten Finger um mein Herz legte und es zusammendrückte.

»D-das habe ... ich.«

»*Schau unterhalb!*« Sein Heulen wurde zu einem durchdringenden Schrei und ich schlug mir beide Händen auf die Ohren. Mein Herz pochte und ich wusste nicht, was ich tun sollte. Konnte er mir wehtun?

»Wir können nicht einfach ohne Miss Love gehen, Sebastian!«, ertönte Marys Stimme aus dem Nebel.

»Sie ist bestimmt zum Haus gelaufen«, beteuerte der Unterbutler.

Ich wollte ihnen zurufen, dass sie fernbleiben sollten, doch wenn ich nur einen Mucks von mir gab, würde Mary sofort an meine Seite eilen.

»*Schau un–*« Der Geist hatte wieder zu schreien begonnen, doch ohne seinen Ausruf zu beenden, löste er sich plötzlich in Luft auf und an seiner statt ergriff eine kalte Hand die meine. John Coals angespanntes Gesicht erschien vor mir.

»Love?«

Er jagte mir einen noch größeren Schrecken ein als der Geist. Ich entriss ihm meine Hand, bevor die Gefühle in seinem Herzen mich verbrennen konnten, und stolperte rückwärts. In dem Nebel konnte ich John Coal nicht mehr erkennen.

»*Schau ... unterhalb*«, tönte wieder das Heulen des Geistes. Ich stieß mit dem Rücken gegen die Wand des Manors, als der Grund zu beben begann. Der Boden unter meinen Füßen bekam Risse und tat sich auf.

Kapitel 11

Besitz und Bedürfnis

Umgeben von einer Staubwolke und dem krachenden Lärm des berstenden Grunds, brach ich durch das unter der Oberfläche liegende Fenster. Das Geröll zerschmetterte das Glas, bevor es mich schneiden konnte. Obwohl die mit mir rutschende Erde meinen Sturz abfing, landete ich ziemlich unsanft in einer großen Eingangshalle und hustete meine Atemwege frei vom aufgewirbelten Sand. Sie ähnelte dem Foyer im oberen Stockwerk, außer dass sie dunkel, feucht und tot war. Das wenige Licht, welches durch das Loch hinter mir strömte, fiel auf einen bunten Pilz, der die verbrannten Überreste eines Teppichs zerfressen hatte. Verkohlte Tapete hing in Fetzen von der Wand und hatte sich in kleinen Flocken über den Boden verteilt. Außerdem waren überall Glasscherben der Fenster, zerlumpte Vorhänge und riesige Gemälde, die von den Wänden gefallen waren. Die Teile der Bilder, die nicht Opfer des Feuers geworden waren, hatte die Feuchtigkeit zerstört, sodass nur noch die modrigen Holzrahmen zurückgeblieben waren. In der Mitte der Halle thronte ein Kronleuchter aus Holz und Messing, bedeckt von zerschmolzenem Wachs. Die massive Kette lag wie eine Schlange daneben und erinnerte mich

an die Ketten aus der Anstalt. Insgesamt erinnerte mich der trostlose Ort an die Anstalt.

Es überraschte mich, dass John Coal ein ganzes Stockwerk begraben hatte, anstatt es zu restaurieren. Wobei er dasselbe mit seinen Gefühlen tat. Wie konnte er zulassen, dass sein majestätisches Anwesen auf einem maroden Grab stand? Versteckte er hier unten etwas? Ein Schauer durchfuhr mich. Ich wollte nicht an diesem Ort bleiben, wandte mich um und versuchte wieder durch das Loch nach oben zu klettern, doch mit jedem Griff kam mir mehr Erde entgegen, sodass das Loch immer kleiner wurde. Wenn es sich völlig schloss, würde mich niemals jemand finden. Ich begann nach Mary zu rufen, die nicht weit sein konnte, doch meine Stimme hallte lediglich von den nackten Wänden wider. John Coal war direkt hinter mir gewesen, er konnte ebenfalls nicht fern sein. Erst zögerlich, dann lauter rief ich seinen Namen, doch keine Menschenseele antwortete.

Ernüchtert schaute ich mich in der Halle um und wurde das Gefühl nicht los, dass ich darin nicht allein war. Da sich das Loch verkleinert hatte, war meine Umgebung dunkler geworden.

»Hallo?«, gab ich vorsichtig von mir.

War Marianne hier? War sie die ganze Zeit über hier eingesperrt gewesen wie Mr. Rochesters Frau in *Jane Eyre*?

Ich trat in die Mitte des Raumes und drehte mich um meine eigene Achse, bis ich plötzlich in Francis' Grimasse starrte. Beide Hände schlug ich mir gleichzeitig auf den Mund und unterdrückte so einen Schrei. Der Geist war wieder da, und ich war schon fast dankbar für seine Anwesenheit.

»Warum sind wir hier?«, fragte ich den dunklen Mann.

Sein Arm hob sich und er zeigte auf einen völlig dunkel daliegenden Korridor. Ich hatte keine Lampe oder Streichhölzer, statt-

dessen aber große Angst – ein Gefühl, das ich mehr als alles andere hasste, da es mir meine Schwäche bewusst machte. Der Geist allerdings schien hier unten stärker zu sein als in den oberen Stockwerken. Seine Bewegungen verliefen geschmeidiger und seine Form war klarer zu erkennen, der Anzug hatte an Details dazugewonnen. Ich konnte Knöpfe und ein Muster im Stoff erkennen. Seine Gesichtszüge waren zwar noch immer vage, doch irgendwie auch deutlicher. Zudem fürchtete ich mich mehr vor ihm als zuvor.

John Coal hatte beteuert, dass ich bei ihm sicher war, doch das war eine Lüge gewesen. Nirgendwo war ich sicher, noch nicht einmal die Anstalt hatte die Gefahren dieser Welt von mir fernhalten können.

Die gespenstische Form wollte, dass ich weiterlief, und ich wollte ihre Geduld nicht auf die Probe stellen. Der Korridor, durch den Francis mich führte, wirkte endlos und ein eigenartiger Zug hallte durch die Räume und Flure, an denen wir vorbeikamen. Wie eine warnende Sirene sang der Wind leise in der Ferne, während ich immer tiefer in die Dunkelheit lief. Ich hörte, wie sich vor mir eine Tür öffnete. Die rostigen Scharniere quietschten, als hätten sie Schmerzen. Dahinter lag eine steile Treppe, die mich noch weiter in den Untergrund führte. Der Weg wurde enger und die Wände schienen mich immer weiter einzuschließen. Meinen Sinnen befahl ich, sich der Angst nicht zu unterwerfen, als plötzlich der Klang meines Namens als Echo zu mir vordrang.

»Bist du das, Francis?«, flüsterte ich.

»Nein«, sagte er mit beständiger Stimme, die fast schon menschlich klang. »Es ist jemand anderes.«

Erneut hörte ich meinen Namen von den Wänden hallen, lauter diesmal.

»Wer ist es dann?«, gab ich mit Mühe und Not von mir.

»Love? Love!«, rief die dritte Stimme erneut und schien immer näher zu kommen.

Ein schwaches Licht strömte durch den engen Korridor und wurde gemeinsam mit den Rufen immer stärker. Nun kamen auch noch Fußschritte dazu.

»Love, wo bist du?«, rief eine männliche Stimme.

»Mr. Coal!«, stieß ich hervor. Noch nie hatte ich mich so darüber gefreut, ihn zu sehen. »Hier bin ich!«

Das Licht wurde immer heller, bis es mich schließlich blendete. Eine starke Hand sank auf meine Schulter und die Finger bohrten sich etwas zu stark in meinen grünen Ärmel.

»Geht es dir gut?«, fragte der Mann besorgt.

Es dauerte einen Moment, bis sich meine Augen an die Helligkeit gewöhnt hatten und ich in seinem Gesicht erkannte, wie beunruhigt er dreinblickte. Er hatte lang gebraucht, um mich zu erreichen. Womöglich hatte er ein größeres Loch graben müssen …

»Ich denke schon«, war meine Antwort und sie schien ihm zu genügen. Seine Hand auf meiner Schulter entspannte sich ebenso wie sein Gesicht.

»Was tust du hier unten?«, fragte er auf die nackten Wände schauend. »Was hoffst du zu finden?«

»Francis hat mich gebeten, ihm zu folgen«, antwortete ich und wandte mich dem Geist zu. »Wie weit ist es noch?«

»Hinter dieser Tür«, erwiderte er und hob seinen Arm, um auf das andere Ende des Korridors zu zeigen. Im Schein von John Coals Öllampe konnte ich gerade noch eine schwere Metalltür erkennen.

Der Hausherr folgte meinem Blick und trat zwischen den Geist und mich, als ob er mich vor ihm abschirmen wollte. »Francis, was willst du von Love? Du weißt, dass ich sie dir niemals

überlassen werde, unabhängig davon, wie wütend du auf Rose oder mich auch sein magst.«

»Auf dich bin ich nicht wütend, John«, sagte der Geist und ich wiederholte seine Worte für den Mann, der sie nicht hören konnte.

»Was willst du dann, Francis?«

»Ich will die eine Sache, die ich schon immer gewollt habe«, sagte ich, nachdem der Geist gesprochen hatte.

»Rose«, nahm Coal an.

»Rose«, bestätigte der Geist.

»W-was hast du mit ihr vor?«, fragte ich nichts Gutes ahnend.

Seine Antwort war eine noch schrecklichere Grimasse. Die Öllampe begann zu flackern und ein Windstoß wirbelte den Saum von John Coals Mantel umher. Darunter verbargen sich ein schwarzes Hemd, eine schwarze Hose sowie ein am Gürtel befestigter Dolch.

Im nächsten Augenblick war das grässliche Gesicht des Geistes direkt vor meinem. Unwillkürlich stieß ich einen scharfen Schrei aus und erschreckte damit John Coal. Er packte mich und zog mich an sich heran. Seine Arme legten sich fest um meinen Rücken.

»Lass sie in Ruhe, Francis«, sagte er in tiefem Tonfall, der mir mehr Angst machte als der Wutausbruch des Geistes.

»Von euch beiden brauche ich keinen. Die, die ich will, ist Rose. Bringt sie her und sperrt sie in dieser Kammer dort ein, so wie sie es mit mir gemacht hat.« Der Zorn in seiner Stimme stieg weiter an. »So wie sie es mit mir gemacht hat!«, wiederholte er drohend.

Mühsam drückte ich mich von John Coal weg, hielt aber dennoch seinen Arm, da ich das Gefühl hatte, der Boden unter meinen Füßen würde langsam flüssig werden.

»W-willst du damit sagen …« Ich stockte, als mir die Erkenntnis kam, was sich hinter der Tür verbarg und warum der Geist hier unten stärker war. »Du bist hier unten eingesperrt gewesen …«

»Seit dem Brand«, beendete der Geist meinen Satz, da ich es nicht zu bewerkstelligen vermochte. Er hob den Arm wie ein Zeigeschild und richtete ihn auf die schwere Metalltür. Unter meinen Fingern spannten sich John Coals Armmuskeln an.

»Befindet er sich dort?«, fragte Coal scharfsinnig.

»Ja.« Meine Stimme war kaum als Flüstern zu bezeichnen.

»Es ist die eine Tür, die ich nicht öffnen kann«, gestand die körperlose Form. Sein Gesicht wurde wieder leer und emotionslos.

Als ich an die Tür herantrat, um sie genauer anzuschauen, stockte mir der Atem. Coal blieb dicht bei mir und erkannte es genauso schnell wie ich. Wir tauschten einen Blick aus. Die Tür war nicht verschlossen. Es gab gar kein Schloss und sie war noch nicht einmal eingerastet. Ich schob sie ein klein wenig auf, doch plötzlich schlug sie zu und ich zog meine Finger schnell weg, bevor sie zerquetscht werden konnten.

»Nein!«, kreischte der Geist. »Wie kannst du es wagen, sie zu öffnen, wenn du nicht sie bist!«

Mir blieb keine Zeit zu übersetzen. Der Druck eines starken Luftschubs kam auf mich zu. John Coal musste ihn auch gespürt haben, denn er stieß mich zur Seite und wurde selbst davon erfasst. Er prallte so stark gegen die Wand, dass der Untergrund vibrierte und die Lampe klirrend zu Bruch ging. Ich erstarrte beim Geräusch seines langsam zu Boden sinkenden Körpers. Der Angriff hatte mir gegolten, warum hatte er mich beschützt? Angst und Panik schnürten mir die Kehle zu, als ich mich zu ihm niederkniete. Ihn zu berühren, traute ich mich nicht. Was, wenn …

»Mr. Coal?« Meine Stimme zitterte.

Er stöhnte und mein Herz setzte einen Schlag aus vor Erleichterung. Er war noch bei Bewusstsein und zog sich laut an der Wand streifend hoch in eine senkrechte Position. Ich hörte, wie zwei schwere Tropfen auf dem Boden landeten. War das sein Blut?

»Mistkerl«, murmelte er. »Du willst Rose?«, erhob er die Stimme. »Du kannst sie haben und ich hoffe, du folterst sie für all das Leid, das sie über mich und all jene, die sie kannten, gebracht hat!«

Mir zog sich die Brust zusammen. Dies war keine seiner Masken, sondern der aufrichtige Wunsch, der Frau zu schaden.

»Rose ist alles, wonach ich verlange«, stimmte der Geist zu. »Sie muss in der Kammer eingesperrt und dem Tode überlassen werden, ebenso wie ich.«

»Nein!«, schrie ich entsetzt. »Rache wird nur noch mehr Leid und Hass mit sich bringen – haben Sie beide Rose nicht einst geliebt? Waren nicht Sie es, Mr. Coal, der beteuert hat, dass Rache nur in der Theorie verlockend wirkt, in Wahrheit jedoch Unsinn ist? Francis, du hast sie so sehr geliebt, dass du deinen Freund verraten hast. Es war dir gleich, dass sie verheiratet war, du warst bereit, alles für sie aufzugeben!«

»Sie hat meine Gefühle ausgenutzt!«, beteuerte der Geist. »Sie hat mich weggesperrt und allein gelassen. Mir blieb genug Zeit, um meine Liebe ihr gegenüber in den reinsten Hass umzuwandeln.«

Es erforderte große Anstrengung, die Worte des Geistes zu wiederholen und noch größere, Coals Antwort zu vernehmen: »Ich werde sie dir bringen.«

»Nein! Lassen Sie sich darauf nicht ein!«, protestierte ich.

»Rose gehört dir«, versprach Coal, ohne mich zu beachten.

»Das können Sie nicht so einfach ...«, setzte ich an, doch der Hausherr war anscheinend während des kurzen Gesprächs wieder

zu Kräften gekommen. Beherzt packte er mich am Arm und zerrte mich in Richtung des Ausgangs. In völliger Dunkelheit gingen wir zurück.

Der Rückweg erschien endlos und meine Beine wurden mit der Zeit müde, doch John Coal zog mich ohne Rücksicht hinter sich her. Jeder einzelne seiner Schritte erforderte drei meiner und so stolperte ich ihm nach, bis etwas unter meinen Sohlen knirschte.

»Warten Sie«, sagte ich und er hielt tatsächlich an.

»Was ist?«

»Wir hätten schon lange die Treppe erreichen müssen«, überlegte ich laut. Als ich einen kleinen Schritt zur Seite machte, zertrat ich ein weiteres Stück dessen, was auf dem Boden lag. Es klang wie dünnes Glas, die Art von Glas, die bei der Produktion von Öllampen genutzt wurde. Nein, das konnte nicht sein ... Ich schüttelte John Coals Hand ab und streckte meine beiden aus, um mich entlang der Wand zu tasten. Zuerst spürte ich nur die raue Textur des groben Gesteins, doch dann glitt meine Handfläche über eine glatte, kalte Oberfläche. Der Geruch von Eisen erreichte meine Sinne.

»Die Metalltür«, stellte ich fest.

Coal regte sich in der Dunkelheit und ich vernahm, wie sein Mantel raschelte, als er auf mich zukam.

»Es muss sich um eine andere Tür handeln«, sagte er schroff.

»Aber ...« Ich zögerte, da mein Herz begann schneller zu schlagen und die Furcht meine Sinne einnahm. »Unter meinen Schuhen sind die Überbleibsel Ihrer Öllampe.«

Coal blieb einen Moment lang völlig still.

»Vielleicht sind wir irgendwann falsch abgebogen«, gab er zu bedenken.

Wir waren kein einziges Mal überhaupt abgebogen und das wusste er auch.

»Das ist doch lächerlich«, bellte er und begann erneut, mich hinter sich her zu zerren. Wir gingen lange Zeit und dann knirschte es wieder unter meinen Sohlen. Dazu musste ich nichts sagen. Er hielt von sich aus an.

»Wie kann das sein?«, murmelte er. »Frag ihn, wie wir hier rauskommen können.«

»Er ist nicht mehr hier.« Meine Stimme war heiser geworden.

»Was willst du damit sagen?«, rief er und packte mich an den Schultern.

Meine Stimme verließ mich nun ganz und ich fing an zu weinen. Die Angst vor dem Dunkel, der Stille und John Coals Wut überwältigte mich.

»Es tut mir leid«, sagte er wesentlich sanfter, doch das bot mir wenig Trost. »Weine nicht, Love.«

Ich versuchte mir die Tränen wegzureiben, aber sie hörten nicht auf zu fließen. Es war alles zu viel. So viele Lasten hatte ich bis hierher getragen, doch ich konnte sie nicht länger hochhalten – womit hatte ich das alles nur verdient? Ich hatte niemandem etwas getan. Mein einziger Fehler war es, anders zu sein, mehr zu wissen und zu fühlen als andere. Mitleid zu empfinden, konnte doch aber kein Verbrechen sein. Warum wurde ich dafür bestraft? Warum konnte nicht jemand meine Hand nehmen, mich aus der Dunkelheit führen und mir helfen, den Grausamkeiten der Welt entgegenzutreten? Wenn jemand für mich da wäre, könnte ich es ertragen.

Als hätte Coal meine Gedanken gehört, legte er die Arme um mich und drückte mich an seine Brust. Er stützte sein Kinn auf meinen Kopf und flüsterte immer und immer wieder, dass es ihm leidtat, bis ich nicht anders konnte, als ihm zu glauben. Ich wollte

ihm glauben, ich wollte denken können, dass er eine gute Seite hatte. Wenn er und ich hier gemeinsam sterben würden, könnte ich Trost darin finden, dass ich meine letzten Augenblicke mit jemandem verbracht hatte, der mich nicht gänzlich hasste, der sich wenigstens ein wenig um mich sorgte, als Dank dafür, dass ich versucht hatte ihm zu helfen.

»Es tut mir leid, dass ich nichts tun konnte«, flüsterte er. Wahrscheinlich stellte er sich vor, dass er Marianne in seinen Armen hielt an meiner statt.

»Was ist ihr zugestoßen?« Endlich stellte ich die Frage, der er so lange aus dem Weg gegangen war. Vielleicht war er ja nun, da wir an der Schwelle zu unserem Tod standen, bereit, die Wahrheit über ihr Verschwinden zu offenbaren.

Er entließ mich aus seiner Umarmung und lehnte sich seufzend gegen die Steinwand. »Willst du wirklich alles wissen?«

»Ja, bitte«, bestand ich. Lügen hatte ich genug gehört.

Er schien einen Moment lang darüber nachzudenken. Dann seufzte er erneut. »Du hast es so gewollt.«

Kapitel 12

Vergangenheit und Vergebung

Nach dem Tod eines entfernten Onkels kam ich in den Besitz eines kleinen Einkommens und investierte in die Eisenbahnindustrie. So erlangte ich ein beträchtliches Vermögen. Es war Glück und nicht Wissen, das meine gehobene Stellung sicherte, und ich verdiente sie eigentlich gar nicht. Meine einzige Errungenschaft bestand darin, zum richtigen Moment aufzuhören und mich im Alter von 25 Jahren zur Ruhe zu setzen. Obwohl ich mich aus allen geschäftlichen Angelegenheiten zurückzog, blieb ich ein aktives Mitglied der Eisenbahngesellschaft und war bei allen wichtigen Ereignissen, wie Jungfernfahrten und Eröffnungen neuer Bahnhöfe, geladener Gast. Ohne diese Ereignisse wäre mein Leben gänzlich leer gewesen. Dennoch hatte ich weder den Mut noch die nötigen Fähigkeiten, ein eigenes Unternehmen zu gründen oder irgendeine andere nützliche Beschäftigung zu finden. Wie bereits gesagt war ich durch enormes Glück an mein Vermögen gelangt und wollte den Verlust meines Komforts nicht riskieren.

Als wohlhabender Junggeselle zog ich eine Vielzahl an Leuten an. Die meisten von ihnen versuchten mich zu überzeugen, Inves-

titionen in ihre Projekte zu tätigen, doch niemand konnte mein Interesse wecken. Viele Frauen suchten auf Bällen und Dinnerpartys den Kontakt zu mir, einige waren noch aufdringlicher als die Männer mit den dummen Geschäftsideen. Da ich aber selbst nicht dumm war, wusste ich genau, worauf sie aus waren, und unterband ihre Bemühungen, sobald ich konnte – alle außer einer. Im Alter von 27 akzeptierte ich die Tatsache, dass es wahrscheinlich das Beste war, jemanden zur Frau zu nehmen. Meine einzige Bedingung war, dass sie mich nicht zu Tode langweilen durfte. Diejenige, der meine Aufmerksamkeit zuteilwurde, war Rose. Ihre Mittellosigkeit war mir bekannt, doch war die Frau wesentlich erträglicher als alle anderen Mitglieder ihres Geschlechts. Sie war geheimnisvoll und ihr Charme zog mich an. Zum ersten Mal lief ich einer Dame nach und es war ein erfrischendes Gefühl, da ich sonst immer die Flucht ergriffen hatte. Meine Gedanken kreisten nur noch um Rose, ich war sicher, dass genau das Liebe war. Rose selbst begrüßte die Aufmerksamkeit. Unsere Heirat gab meinem Leben wieder einen Sinn: Rose glücklich zu machen.

Zu der Zeit kam der Sohn meiner Haushälterin zu Besuch. Er war ein talentierter junger Mann mit großen Ambitionen. Nach dem vorzeitigen Tod von ihrem Ehemann hat Sybil hart gearbeitet und jeden Penny zur Seite gelegt, um ihren Sohn zur Schule zu schicken und ihm die Möglichkeit zu gewähren, eine Karriere fernab vom Bedienstetendasein anzustreben. Sybil ist seit meiner frühen Kindheit in meiner Familie angestellt gewesen. Ich war nur ein wenig älter als Francis und da die beiden getrennt voneinander waren, richtete sie ihre Mütterlichkeit auf mich.

Als ich hörte, dass der Junge zur Universität gehen wollte, war es eine Selbstverständlichkeit, dass ich ihm half, und die Bemühungen waren nicht verschwendet. Francis war ein hart arbei-

tender Knabe mit einer Leidenschaft für das Ingenieurswesen. Sein großes Ziel war es, den Antrieb der Dampflokomotive zu verbessern. Der Junge war clever, hatte vielversprechende Ideen und ich beneidete ihn für seinen Enthusiasmus. Da er wusste, dass ich Verbindungen in das Eisenbahngeschäft hatte, bat er mich um Hilfe und Führung beim Erwerben von Geldmitteln für seine Projekte und Erfindungen. Das Glück meines Ehelebens hatte mich verweichlicht und ich wollte jeden in meinem Umfeld daran teilhaben lassen, deswegen sagte ich ihm großzügig zu, eigenhändig für die finanziellen Gegebenheiten zu sorgen. Damit glaubte ich mein Geld in den besten Händen.

Es stellte sich allerdings heraus, dass sein Interesse nicht nur meinen monetären Mitteln galt, sondern in noch größerem Ausmaß meiner Frau. Lange Zeit wusste ich nicht, was hinter meinem Rücken vor sich ging, auch habe ich nie erfahren, wie das alles begonnen hat.

Francis war ein anständiger Mensch, dessen bedeutendstes Talent und enormste Schwäche jedoch die Leidenschaft war. Schon bald fühlte er sich hin- und hergerissen zwischen seiner Loyalität mir gegenüber und seinen Gefühlen für Rose. Es gelang ihm nicht, die Lüge aufrechtzuerhalten. Er wollte mich um Vergebung bitten, sich den Konsequenzen stellen und Rose zur Frau nehmen, wenn ich mich von ihr scheiden lassen sollte, doch seine Intentionen stimmten nicht mit Rose' überein. Sie wollte weiterhin die Gattin eines reichen und einflussreichen Mannes bleiben. Die Aussicht auf eine Ehe mit einem ambitionierten, aber armen Ingenieur reizte sie nicht. Ihr war allerdings entgangen, dass ich nahezu mein gesamtes Vermögen in Francis' Projekt investiert hatte, denn dieses erforderte den Bau einer großen Fabrik, bevor überhaupt der Antrieb selbst gebaut werden konnte. Es blieb noch

genug von meinem Vermögen, um das Anwesen weiterzuführen, aber bei Weitem nicht genug, um Geld zum Fenster hinauszuwerfen. Dabei liebte Rose genau das so sehr. Juwelen, Kleider, Bälle und Dinnerpartys – ohne diese war ihr Leben unvollständig. Ich bezweifle, dass ihr diese Situation je bewusst geworden ist.

Bald offenbarte Francis mir gegenüber die anrüchigen Handlungen, doch ließ Rose es so aussehen, als wäre sie das Opfer gewesen. Sie beteuerte, dass er sie erst gezwungen und dann mit der Tat erpresst hätte. Ohne für sein Recht einzustehen, verschwand der Angeprangerte einfach, was ihn schuldig aussehen ließ. Mittlerweile bin ich der Auffassung, dass dies genau sein Ziel war und er bereit war, ihr zuliebe in einem schlechten Licht dazustehen.

Sybil flehte mich an, keine voreiligen Schlüsse zu ziehen, ohne mir beide Seiten angehört zu haben. Doch wie sollte ich mir beide Seiten anhören, wenn nur eine anwesend war? Darüber hinaus wusste Sybil genau, dass das Wort meiner Frau für mich ausschlaggebend war. Zumindest war es das, wovon ich mich selbst zu überzeugen versuchte. Denn der Samen des Zweifels war gesät und blühte auf, als Sybil mir das Tagebuch ihres Sohnes brachte. Dieses beinhaltete eine detaillierte Aufzeichnung der Affäre, ebenso wie die Beschreibung seiner Gefühle. Das zu lesen, war, als ob mir jemand mein Herz aus dem Brustkorb gerissen hätte. An diesem Tag starb ich innerlich und schwor Francis zu töten, wenn er mir je erneut unterkommen sollte. Das versetzte Sybil zwar einen Schlag, doch sie liebte mich auch dann noch – schließlich waren sie und ich eine Familie. Wahrscheinlich war sie bis dahin die einzige Familie, die ich je gehabt hatte.

Rose gestattete ich ein letztes Gnadengesuch. Ruhig fragte ich sie, ob all das stimmte, und sie wies die Vorwürfe zurück. Sie schrie und weinte, sie ging auf ihr Zimmer und schlug mir die Tür vor

der Nase zu. Immer wieder betonte sie, dass ich das Schlimmste war, was ihr je passiert ist. Am nächsten Morgen war auch sie verschwunden und zurück blieb nur ein Brief. Darin schilderte sie ihren Entschluss, sich selbst in der Themse zu ertränken, wenn ich sie nicht retten kam, doch dürfte ich nur kommen, wenn ich bereit war, ihr zu vergeben.

Mein erster Impuls war es, sofort zu der angegebenen Stelle zu eilen. Auch wenn ich sie hasste, so wollte ich keineswegs, dass sie starb – vielleicht liebte ich sie aber auch einfach noch und ertrug den Gedanken daran nicht. Obwohl ich das Gefühl nicht loswurde, dass mich mein Verstand verließ, hatte ich doch eine intelligente Eingebung. Dieser folgend begab ich mich zu Rose' Frisierkommode und öffnete die mittlere Schublade, wo sie den Schmuck aufbewahrte, den ich ihr geschenkt hatte. Sie war leer. Eine Frau, die es sich in den Kopf gesetzt hatte zu ertrinken, hätte ihre Diamanten nicht mitgenommen. Sie liebte sich selbst viel zu sehr, als dass sie in die Themse springen würde. Es war ein Test, ein Hinterhalt, und ich hatte genug von ihren Spielchen. Von diesem Tag an lebte ich als Witwer. Ich besuchte keine weiteren Bälle oder Dinnerpartys und hielt mich von allen Ereignissen fern, die etwas mit der Eisenbahn zu tun hatten. Rose und ich waren sieben Monate lang verheiratet gewesen und diese sieben Monate hatten mich in die Knie gezwungen.

Die Einzige, die an meiner Seite blieb, war Sybil. Wir hatten beide eine geliebte Person verloren und das schien uns zu verbinden. Sybil hat mich nie darum gebeten, mit ihr nach Francis zu suchen. Dies war wohl ihre Art, Verständnis zu zeigen, schließlich war er derjenige, der meine Ehe ruiniert hatte. Vielleicht wusste sie aber auch, wo er sich aufhielt. Ich zeigte Verständnis, indem ich nicht nachfragte. Wie eine Mutter kümmerte sie sich um

mich, während fast alle anderen Bediensteten mich verließen, da ich zu einer Hülle meiner selbst geworden war und für sie unberechenbar wirkte. Sie hatten Angst vor mir. Und wer konnte es ihnen verübeln?

Tapfer stellte sich Sybil all meinen Launen, sie ertrug mein Schimpfen und mein Jammern, sie stellte sicher, dass ich genug aß. Es war ihre Fürsorge, die mich wieder ins Land der Lebenden brachte. Vielleicht verstehst du nun, warum ich sie gewähren ließ, als sie dem Wahnsinn verfiel. Das war ich ihr schuldig.

Rose war im Sommer fortgegangen und als ich zum ersten Mal wieder das Haus verließ, lag draußen Schnee. Ich ging in die Stadt und es kam mir eigenartig vor, wie belebt die Straßen waren. Die Menschen gingen ihren täglichen Geschäften nach und keinen kümmerte mein Leid, da sie genug eigenes hatten – die Welt hatte sich ohne mich weitergedreht. Ich fühlte mich allein und war es womöglich schon immer gewesen, verstand aber erst jetzt das volle Ausmaß.

Einige Tage hintereinander kam ich in die Stadt, um durch die Straßen zu streifen, als sähe ich die Menschen und Gebäude Londons zum ersten Mal. Auf meinen Spaziergängen begegnete ich einer jungen Frau. Sie trug ein simples, graues Kleid und einen Gesichtsausdruck, der älter und weiser wirkte, als sie tatsächlich sein konnte. Das Mädchen schien arm zu sein, doch war sie sauber und in guter Verfassung. In dem Meer aus Fremden war sie die Einzige, die sich traute, mich anzusprechen. Ob sie im Austausch für einige Pence in meine Zukunft schauen dürfte, fragte sie. Es war Marianne. Ich kann mich nicht mehr daran erinnern, was sie danach zu mir sagte, doch mir kam das Gefühl, dass sie spürte, was ich durchgemacht hatte. Wir redeten und mir schien es, als verstünde sie mich, als hätte sie mich durch-

schaut – etwas, das noch nicht einmal Sybil gelungen war. Ich fragte die junge Frau, ob sie einen Ort zum Schlafen hatte, doch sie protestierte und beteuerte, nicht diese Art von Frau zu sein. Es erforderte viel Überzeugungskraft, bis sie mir glaubte, dass ich es nicht so gemeint hatte. Mir bereitete es Sorgen, dass die kleine, unschuldige und liebenswerte Dame auf den rauen Straßen der Metropole lebte. Zum ersten Mal in meinem Leben tat ich etwas Selbstloses und half ihr, indem ich ihr ein Dach über dem Kopf bot und sie mit nach Hause nahm.

Sybil mochte sie nicht, da sie der festen Überzeugung war, es handelte sich um eine andere Version von Rose, doch sie irrte sich. Die beiden konnten unterschiedlicher nicht sein. Auch Marianne verbarg Geheimnisse, doch ihr Grund, diese für sich zu behalten, bestand in ihrem Misstrauen mir gegenüber. Das empfand ich als äußerst vernünftig. Es dauerte lange, bis sie sich für mich erwärmte und als es so weit war, wurde mir bewusst, dass ich ohne sie nicht mehr konnte. Es war Liebe, die ich für dieses kleine, unscheinbare Wesen empfand. Ihre bloße Anwesenheit machte die Luft um mich herum leichter. Das war Liebe, wahrhaftige Liebe, selbstlos und schmerzfrei, denn Marianne würde mich nie verletzen können. Womöglich war es Schwäche, die mich dazu gebracht hatte, mich in Marianne zu verlieben – eine Schwäche, die mir Rose zugefügt hatte –, doch das spielte keine Rolle, denn sie brachte das Beste in mir hervor.

Zu der Zeit nahm meine finanzielle Situation Züge der Verzweiflung an. Das bisschen, das mir blieb, investierte ich in das Anwesen und Marianne. Keiner ihrer Wünsche sollte offenbleiben, doch ich merkte schnell, dass ich versuchte, sie nach Rose' Standards zu verführen. Marianne wusste mit Schmuck nichts anzufangen – sie sagte immerzu, dass ein Paar Ohren und ein

Hals nicht mehr als zwei Ohrringe und eine Kette tragen konnten und alle weiteren Exemplare unnötig waren. Da sie auch sonst schnell von Begriff war, durchschaute sie schon bald meine finanzielle Lage und wurde wütend darüber, dass ich Geld verschwendete. Sie bestand außerdem darauf, dass ich wieder ins Eisenbahngeschäft einsteigen sollte, da es etwas war, woran ich einst Gefallen gefunden hatte. Sie widersprach meiner Theorie, dass ich nur Glück gehabt hatte, und argumentierte, dass nur ein feiner Sinn für die Industrie mich so weit gebracht haben könnte und dass sie mich trotzdem lieben würde, sollte dies nicht zutreffen und zu weiterem Geldverlust führen. Von Bedeutung war für sie nur meine Zufriedenheit. Ihren Rat befolgend tätigte ich einige kleine Investitionen, die sich als lukrativ erwiesen. Im Vergleich zu meinem vorherigen Verdienst war es nichts, da ich sehr vorsichtig geworden war, dennoch war es genug, sodass ich mich nicht mehr um unsere Finanzen zu sorgen brauchte – und das war mehr, als ich mir je hätte wünschen können.

Ich nahm Marianne mit an all die schönen Orte des Königreichs und sie verlor ihr Herz an Cornwall. Als wir heirateten, kaufte ich ein kleines Cottage in St. Ives und wollte das Anwesen bei London verkaufen. Dies hatte ich als Überraschung gedacht, doch Marianne verstimmte es, da sie annahm, dass ich es nur für sie tat und mich selbst zu sehr zurücknahm. Auf dem Land zu leben, war ihr Traum, aber einen Abend vor dem Umzug versteckte sich meine Frau in ihrem Zimmer und war nicht gewillt herauszukommen, wenn ich die Sache nicht noch einmal mit ihr gemeinsam überdachte. Meiner Meinung nach gab es keine Basis für eine Diskussion, da nach Cornwall zu ziehen eine völlig vernünftige Entscheidung war.

Die halbe Nacht verbrachte ich mit Überzeugungsversuchen vor der verschlossenen Tür, bis ich endlich aufgab. Als ich zu meinem Zimmer zurückging, erreichte mich ein eigenartiger Geruch und mit ihm kam dichter Rauch von der Treppe. Innerhalb von Sekunden tönten Schreie aus allen Bereichen des Hauses, doch mein einziger Gedanke galt meiner frisch vermählten Ehefrau. Ich schrie, sie solle die Tür öffnen, und als keine Antwort aus ihrem Zimmer kam, trat ich den Eingang nieder. Im Zimmer fand ich nicht Marianne, sondern Rose.

Mit der Anschuldigung, dass ich der Grund für ihr Leid wäre, verkündete meine ehemalige Frau, dass sie mir nicht gestatten konnte, glücklich zu sein, während es ihr schlecht ging. Sie war der Auffassung, ich hätte ihr ihre Liebe genommen, daher nahm sie mir meine. Sie an den Schultern packend drückte ich sie gegen die Wand und schrie ihr durch meine Tränen Drohungen entgegen, doch sie lachte nur. Ich hätte sie in dem Moment umbringen müssen, doch ich fürchtete, dass Marianne sich noch im Haus befinden könnte, daher durfte ich keine Zeit mit Rose verschwenden. Ich ließ sie zurück und lief von Zimmer zu Zimmer, während im unteren Stockwerk die Flammen tobten. Meine Angestellten versuchten, das Feuer zu löschen, doch die Hitze trieb sie weiter und weiter hinaus. Ich suchte alles ab, doch konnte ich mein Mädchen nirgendwo finden. Im Foyer war der Rauch so dicht, dass ich kaum Formen erkennen konnte, dazu kam noch die fürchterliche und unerträgliche Hitze. Plötzlich packte eine Hand meinen Fuß und die Stimme eines Mannes flehte mich um Hilfe an. Ein Körper war vom massiven Kronleuchter des Eingangsbereichs begraben worden. Obwohl ich meine Frau finden wollte, konnte ich den Menschen nicht einfach zurücklassen und

zog ihn hinaus ins Freie. Der Weg zurück ins Haus wurde mir abgeschnitten, als die brennende Eingangstür niederbrach.

Später wurde mir klar, dass mich dieser Mann ebenso gerettet hatte wie ich ihn, da ich andernfalls im Gebäude geblieben und nach Marianne gesucht hätte, auch wenn es meinen Tod bedeutet hätte.

Wolken zogen auf und ein plötzlicher Sturm ergoss sich über uns. Mit den vereinten Kräften meines Personals, der Feuerwehr und des Wetters bezwangen wir die Flammen. Das Foyer hatte am meisten Schaden genommen. Der Brand hatte sich bis in alle Zimmer und Korridore des Erdgeschosses ausgebreitet, während der erste Stock fast völlig verschont geblieben war.

Der Mann, den ich gerettet hatte, war übersät von Brandwunden, die ihn unkenntlich entstellten. Aufgrund seiner Verletzungen konnte er kein Wort hervorbringen, doch dank der vortrefflichen Fürsorge seiner Ärzte überlebte er. Um die Genesung weiter voranzutreiben, schickte ich ihn nach Cornwall, wo er nun in dem Haus lebt, das ich für mich und Marianne gekauft hatte. Für mich hatte es keinen Nutzen mehr, denn Marianne war verschwunden. Darüber hinaus sollte keiner meiner Bediensteten allein zurechtkommen müssen, nur weil meine erste Ehe dermaßen schrecklich verlaufen war. Es bestand kein Zweifel daran, dass Rose etwas mit dem Feuer zu tun hatte, doch es war sinnlos, den Fall weiter zu untersuchen, da sie schon lange für tot erklärt worden war.

Als es darum ging, das Haus zu restaurieren, entschied ich mich, das Erdgeschoss zu begraben. Bis auf den Zugang zur Küche und zum Waschraum wurde das gesamte Stockwerk abgesperrt. Zum einen war es kostengünstiger als eine Gesamtrestauration und zum anderen ertrug ich die Erinnerung an das Unglück nicht. Indem ich das Haus neu arrangierte, hoffte ich, diese ein Stück

weit meiden zu können. Es half mir wenig in meiner Trauer, denn Marianne war fort. Trotz der Massen an Suchtrupps, die London durchforsteten, konnte sie niemand finden. Der Letzte, der die Suche aufgab, war ich selbst, obwohl ich geschworen hatte, bis in alle Ewigkeit weiterzumachen. Sollte Rose noch einmal meinen Weg kreuzen, hatte ich mir vorgenommen, sie umzubringen. Doch ich habe alle meine Gelübde gebrochen.«

Damit sprach Coal den letzten Satz seiner Erzählung.

Lange Zeit lauschte ich seinem ungleichmäßigen Atem, während er wahrscheinlich seiner vergangenen Fehler gedachte. Es war das erste Mal, dass mir jemand seine Lebensgeschichte erzählen musste, denn normalerweise sah ich diese nach einer simplen Berührung der Hand meines Gegenübers. Zuzuhören war anders, weil ich den Raum hatte, mir eigene Gedanken zu machen, zu eigenen Schlüssen zu kommen und meine eigenen Gefühle zu durchleben, die nun dominiert wurden von Traurigkeit und Mitleid.

Die uns umgebende Dunkelheit passte gut zu den Erinnerungen, die John Coal mit mir geteilt hatte. Die Bilder, die ich bei unserer ersten Begegnung gesehen hatte, ergaben nun endlich Sinn.

Schuldgefühle wiegen so schwer wie ein Felsen ... Sie ist Ihre Frau, doch Sie können sie nicht erreichen ... Trauer und Verzweiflung kulminieren in Hass, der zu Flammen entfacht und nichts als Schmerz und Kummer verbreitet.

Kapitel 13

Wahrheit und Wertschätzung

Als wir gemeinsam in dem engen und dunklen Korridor saßen, wurde mir eines bewusst: John Coal war definitiv keine schlechte Person. Verzweifelt und gequält vielleicht, aber nicht schlecht. Wenn wir nur Marianne finden könnten, dann würden die Wunden auf seiner Seele womöglich heilen.

»Im Moment können wir nicht viel für deine Frau tun«, stellte ich leise fest. »Doch es gibt ein Mysterium, das wir sehr wohl lüften können.« Ich erhob mich vom rauen Boden und legte meine Hand auf den kalten Metalltürgriff.

»Wird der Geist dich dafür nicht töten?«, fragte er trocken.

»Der Tod ist unvermeidbar, solange wir untätig in diesen Katakomben sitzen.« Obwohl er es nicht erkennen konnte, lächelte ich ihm ermutigend zu. »Wir haben nichts zu verlieren, John.«

Ich drückte die Tür auf und trat in das sich dahinter befindliche kleine Zimmer. John Coals Atem strich über meinen Nacken und gab mir ein Gefühl von Sicherheit.

Laut schlug die Tür hinter uns zu und plötzlich entfachten sich fünf Fackeln um uns herum. Sie warfen ihr flammendes Licht

an die feuchten Wände. Zum wiederholten Male in dieser Nacht befand ich mich in einem leeren Raum. Es gab keine Leiche, keinen Francis, stattdessen erschien eine dunkle Silhouette vor mir. Ich stolperte rücklings gegen John Coal.

»Erkennst du etwas, das mir verwehrt ist?«, fragte er angespannt.

Die Züge des Geistes waren nun ganz deutlich geworden. Er sah nicht mehr aus wie ein Geist, sondern wie eine lebendige Person. Seine Bewegungen waren nicht mehr steif, der Ausdruck auf seinem Gesicht kein bisschen emotionslos – es war voller Leben und mir schmerzlich vertraut.

»John«, sagte ich so ruhig, wie mein sich beschleunigender Puls es erlaubte. »Der Geist ist nicht Francis.« Das beklemmende Gefühl in meinem Hals versuchte ich herunterzuschlucken. »Du bist es.«

John Coal sprach kein Wort, doch ich fühlte seine Überraschung und sein Grauen so deutlich wie mein eigenes.

»Habt ihr mir Rose gebracht?«, fragte der Geist mit einem boshaften Lächeln auf den Lippen.

»Nein«, antwortete ich.

»In dem Fall werdet ihr an ihrer statt für immer hierbleiben«, sagte er und das Lächeln wandelte sich zur Grimasse. Seine Augen schmolzen wie schwarze Tinte, die auch aus seinem Mund und seiner Nase drang, bis das ganze Gesicht so schwarz war wie bei unserer ersten Begegnung.

Mein schnell schlagendes Herz drückte die Tränen an die Oberfläche. »Es tut mir leid, John. Ich ... konnte dir nicht helfen, sie zu finden.«

»Nein«, widersprach der lebende Mann hinter mir sanft. »Mir tut leid, was ich getan habe.« Geistesabwesend griff er nach meiner Hand. Sie war kalt. Ich spürte den Druck seiner Finger – und sonst nichts weiter. Mir verschlug es den Atem.

»John«, hauchte ich nachdenklich.

Er ließ umgehend los. »Verzeih mir«, sagte er frustriert. »Das Letzte, was du jetzt gebrauchen kannst, ist das Chaos meiner Gedanken.«

Doch ich legte meine Finger erneut in seine Handfläche.

»Ich kann deine Gedanken nicht sehen«, rief ich atemlos und vergaß meine Tränen.

Entsetzt blickte er mich an. »Heißt das ... ich bin bereits tot?«

Ich konnte mir ein Lächeln nicht verkneifen, als ich begriff, was das bedeuten musste.

»Du bist nicht tot, John«, erklärte ich ihm freudig. »Solange ich deine Hand berühren kann, muss ich eigentlich in der Lage sein, in deine Gedankenwelt zu schauen. Es gibt nur eine Erklärung dafür, dass das nicht klappt – ich bin bereits dort!«

Stirnrunzelnd sah er mich an. »Du bist bereits in meinen Gedanken? Wie ... kann das sein?«

»Du hast meine Hand nicht losgelassen!« Aus schierer Erleichterung lachte ich laut auf. »Auf dem Brombeerfeld, vor dem Keller. Nachdem wir uns dort begegnet sind, hast du nicht losgelassen. Ich bin nie in das verlassene Untergeschoss gestürzt. Wir sind noch immer draußen im Nebel, du und ich, und du hältst meine Hand. Dieser Ort existiert nur in deiner Vorstellung. Deshalb konnten wir den Ausgang nicht finden! Deine Gedanken kreisen einzig um die Wut und Verzweiflung, die du tief in deinem Bewusstsein gefangen hältst. Folglich ist auch der Geist lediglich ein Schatten deiner Gefühle«, verkündete ich aufgeregt. Plötzlich ergab alles Sinn, die einzelnen Teile des Rätsels fügten sich endlich zusammen. Energisch teilte ich meine Erkenntnis mit ihm. »Ich begann den Geist zu sehen, nachdem ich deine Hand zum ersten Mal berührt hatte. In dem Moment hast du

mir die Erlaubnis gegeben, ihn zu sehen. Der Geist war schon immer ein Teil von dir und deinem Unterbewusstsein, wie du es gerne nennst. Wenn ich jemandes Hand berühre, bleiben unsere Gedanken weiterhin verbunden. Diese Verbindung ist von Person zu Person unterschiedlich und ich hatte noch nie eine so starke wie mit dir.«

Seine Schultern sackten hinab, während er sich im Raum umsah, als ob er die Umgebung zum ersten Mal wahrnahm. Die Fackeln schossen in die Höhe, und plötzlich richtete der Hausherr seinen Blick direkt auf das Antlitz des Geistes. Coal zuckte zusammen. Seine Augen weiteten sich, doch dann holte er tief Luft und stellte sich seinem inneren Dämon erhobenen Hauptes entgegen.

»Wie kann ich ihn loswerden?«, fragte er fest entschlossen und ohne Furcht.

»Du musst aufhören, Rose zu hassen.«

Verbittert biss er die Zähne zusammen. »Sie hat mir meine Frau genommen.«

»Wir werden sie finden.« Ich lächelte ihn mit so viel Gefühl an, wie ich nur aufbringen konnte.

John Coals Blick traf den meinen, und dann fiel der Mann vor mir auf die Knie. Er legte seine Arme um meine Taille und drückte mich an sich.

»Wie kannst du nur so gut zu mir sein, wenn ich doch so schrecklich zu dir gewesen bin?« Seine Stimme brach zu einem Schluchzen.

»Ich hege keinen Groll, John«, erklärte ich sanft. »Es würde mir selbst mehr schaden als jenen, gegen die ich ihn richten könnte.«

Er zog mich noch näher an sich heran und erdrückte mich nun fast. Für einen Moment schloss er die Augen und hielt den Atem an.

Dann begann der Boden zu beben. Der Geist zerbarst in tausend Teile, die sich wie Nebel verzogen. Tief atmete John Coal aus. Die Wände bröckelten und durch die Risse drang Licht hinein. Bevor ich aber erkennen konnte, was sich hinter der Dunkelheit verbarg, fand ich mich auf dem Pfad zwischen den Brombeerbüschen wieder. Kalter, dichter Nebel umgab uns und in der Ferne hörte ich Marys und Sebastians Stimmen. John Coal stand mir gegenüber. Seine Hand hatte meine eben erst losgelassen. Er schaute mich mit sanftem Blick an, der den Schmerz in seiner Seele deutlicher denn je widerspiegelte.

»Du hattest recht«, gab er leise zu und schaute sich um. Tief atmete er die kalte, frische Luft ein.

»Mr. Coal!«, rief Sebastian erschrocken, als Mary und er uns erreichten.

»Miss Love«, gab Mary überrascht von sich.

»Sebastian«, sagte John mit derselben trockenen Stimme, mit der er sich stets an seine Angestellten wandte. Nach allem, was er und ich erlebt hatten, verwunderte es mich, dass er diese so schnell hervorgebracht hatte. »Eure Dienste werden heute Nacht nicht mehr benötigt. Bitte geht beide zu Bett.«

Mary wurde ein wenig blass, da ihr anscheinend einfiel, dass sie gar nicht hier sein sollte.

»Bitte verzeihen Sie«, sagte sie hastig. »Miss Love und ich wollten nur –«

»Schon gut«, unterbrach sie der Hausherr. »Morgen ist auch noch Zeit für eure Erklärung. Momentan bin ich viel zu müde, sie zu hören.«

Wir gingen zurück zum Haus. Ich wollte Mary unbedingt sagen, dass alles in Ordnung war, doch John Coal war so nah, dass ich es nicht konnte. Schließlich wusste er nicht, dass wir den

Keller gesucht hatten, und selbst wenn er es sich denken konnte, so war ihm nicht bewusst, dass ich von Sebastian erfahren hatte, dass das neue Versteck der ominösen Kisten im Turm des Westflügels war.

Die beiden Bediensteten nahmen die hintere Treppe, während der Hausherr und ich die Haupttreppe erklommen. Mir wurde mit einem Mal bewusst, dass er die versteckten Gegenstände erneut umplatzieren könnte, wenn er von der Fortsetzung meiner Suche erfuhr. Es war ein großes Haus und wenn es so weiterging, würde ich dem, was er vor mir verbergen wollte, bis in alle Ewigkeit nachlaufen. Mir kam das unangenehme Gefühl, dass ich noch lange nicht die ganze Wahrheit aufgedeckt hatte. Einige Teile des Rätsels fehlten noch. Warum sonst hatte er mir nicht schon früher von Rose und Marianne erzählt? Es hätte mir dabei geholfen, ihn zu verstehen. Ich wäre nicht davongelaufen und hätte auch nicht diese Frau getroffen, wenn er von vornherein ehrlicher gewesen wäre. Etwas stimmte nicht.

»Stimmt etwas nicht?«, fragte er.

»Nein, Mr. Coal«, murmelte ich und hätte mir beim Lügen mehr Mühe geben sollen, doch ich war erschöpft von den ganzen Täuschungen und Geheimnissen.

»Mr. Coal?«, grübelte er laut. »Warst du nicht bereits so weit, mich John zu nennen?«

»Aus Respekt Ihrer Frau gegenüber werde ich Sie weiterhin als Mr. Coal ansprechen, wenn es Ihnen nichts ausmacht.«

Ich knickste und wechselte meine Richtung. Ohne nachzudenken, hatte ich zuvor den Weg zu Mariannes Zimmer eingeschlagen, wenn doch die Gemächer der Dienstmädchen eher meiner Position entsprachen. Bevor es mir gelang, an ihm vorbeizukommen, packte er mich am Handgelenk.

»Warum willst du plötzlich nicht mehr im oberen Schlafzimmer nächtigen?«, fragte er.
»Es ist das Schlafgemach Ihrer Frau.«
»Wie ich schon erwähnt habe, macht ihr das nichts aus.«
»Mir aber, denn es gehört sich nicht.«
»Gehört sich nicht?«, wiederholte er mit einem Lachen und zog mein Handgelenk näher zu sich, sodass ich einen Schritt auf ihn zu machen musste. Er senkte seine Stimme. »Schlaf heute Nacht im oberen Schlafzimmer und wenn der Morgen kommt, werde ich all deine Fragen beantworten. Auch wenn es mich überrascht, dass noch welche übrig sind.«
»Und dann werden Sie endlich die Wahrheit sagen?«
»Ja«, seufzte er. »Warum musst du das immer fragen? Habe ich mich nicht als vertrauenswürdig erwiesen? Du warst in meinen Gedanken, reicht das nicht, damit du mir glaubst?«
Seine Augen strahlten den Schmerz aus, den mein Zweifeln ihm zufügte.
»Werden Sie mich morgen im Turm des Westflügels treffen?«, fuhr ich fort, ohne auf seine Frage einzugehen.
Überrascht hob er die Augenbrauen leicht an, doch er fing sich, bevor sein Ausdruck mir noch mehr verraten konnte.
»Wenn du das wünschst.«
»Und wird der Raum leer sein? So leer wie der Keller hinten am Haus heute war?« Meine Stimme war voller Andeutung.
Eine Pause folgte, während er seine Möglichkeiten durchdachte. »Ich bin nicht sicher, ob du damit umgehen kannst, Love«, gab er letztendlich zu. Er war völlig ernst geworden, es blieb keine Spur von seiner bis eben noch leicht verspielten Art.
»Wenn Sie mir die Wahrheit noch immer nicht sagen können, dann hat es keinen Sinn, dass wir überhaupt miteinander spre-

chen.« Ich erwiderte seine Ernsthaftigkeit und setzte noch ein Stirnrunzeln oben drauf.

»Möglich«, meinte er seufzend. »Zumindest weiß ich aber, dass du nicht daran zerbrechen wirst.«

»Ganz bestimmt habe ich schon Schlimmeres vernommen.«

»Ganz bestimmt nicht.« Er ließ mein Handgelenk los, auf dem sich rote Fingerabdrücke abgezeichnet hatten. »Dennoch werde ich es dir verraten, wenn du es unbedingt möchtest. Ich habe ohnehin nicht mehr die Kraft, es für mich zu behalten. Eine Bedingung habe ich aber. Du gewährst mir zuvor drei Tage, in denen zwischen uns nicht ein Wort über Rose oder Marianne fallen darf.«

Skeptisch musterte ich ihn. »Warum?«

»Von diesem Moment an. Wenn dir das gelingt, offenbare ich dir jedes noch so kleine Detail und wenn dir das nicht reicht, darfst du frei durch meine Gedanken wühlen. Ich verspreche, dass du dort kein Feuer mehr finden wirst.«

Ich starrte ihn ungläubig an. »Du kannst das Feuer in dir kontrollieren?«

»Nein.« Er lächelte. »Aber ich weiß, wie ich es mir zunutze machen kann.«

Kapitel 14

Zeit und Zünder

Tag 1

Am nächsten Morgen legte John Coal sein bestes Benehmen an den Tag. Er erwartete mich am Frühstückstisch, stand auf, sobald ich eintrat, fragte, ob ich gut geschlafen hatte (ich hatte kaum geschlafen), und war im Großen und Ganzen sehr aufmerksam. Am Mittag teilte er mir mit, dass wir mit der Kutsche zum Richmond Park fahren würden. Mary und Sebastian begleiteten uns in das königliche Territorium. Viele Rehe liefen um unsere Kutsche herum, während die Hirsche friedlich unter den Bäumen dösten. Ich hatte noch nie lebendige Hirsche gesehen und war begeistert wie ein kleines Kind.

John Coal sprach sehr wenig, doch ich fühlte seinen Blick immer wieder auf mir lasten. Wenn ich dann zu ihm sah, lächelte er mich an, was meinen Enthusiasmus ein wenig dämpfte. Dass er in der Lage war, so ein freundliches, gar fröhliches Lächeln aufzusetzen, verwirrte mich ungemein und drohte mein Bild von ihm zu verändern. Womöglich war sein Vorhaben, mir eine gute

Seite von sich zu zeigen, weil das, was mich in drei Tagen erwartete, ihn als abstoßendes Monster offenbaren würde.

»Unterlass das bitte«, zischte ich ihn an, als er mir ein weiteres seiner unerträglich liebenswerten Lächeln zuwarf.

»Was genau soll ich unterlassen?«, erwiderte er unschuldig.

»Das Lächeln!«, stieß ich in meiner Verzweiflung hervor. Mary kicherte, woraufhin ich ihr einen vorwurfsvollen Blick zuwarf.

»Lächeln?«, erwiderte er ohne das geringste Schuldbewusstsein. »Wie kann ein harmloser Gesichtsausdruck so viel Missmut herbeirufen?«

»Er lässt dich liebenswert erscheinen«, murmelte ich den Blickkontakt meidend.

Coal legte eine Hand auf seine Brust und tat, als wäre er aufs Äußerste schockiert. »Liebenswert? Ich hatte ja keine Ahnung! Ganz offensichtlich ist dies die verheerendste aller Eigenschaften und ich entschuldige mich aufrichtig für die Unannehmlichkeiten. Wäre mir das Ausmaß meines Handelns bewusst gewesen, so hätte ich niemals gewagt ...« Er schaute sich verschwörerisch um und flüsterte: »... zu lächeln.«

»Ist ja gut«, murmelte ich seufzend, doch John Coal war noch nicht am Ende seiner Aufführung angelangt.

»Wenn ich gewusst hätte, dass ein Lächeln mich liebenswert macht, so wäre ich ganz anders an mein Leben herangegangen! Denk nur an den ganzen Schaden, den ich mit meinem Lächeln bereits angerichtet habe. Meine Güte, ich habe so viele Entschuldigungsschreiben zu formulieren. Wo soll ich nur anfangen?«

»Mach das«, stimmte ich zu in der Hoffnung, dass ihm nun langsam die Ideen ausgingen, doch da hatte ich mich geirrt.

»Ich sollte umgehend eine Liste anlegen und diese–«

»Es ist ermüdend, wenn du versuchst, freundlich zu sein«, unterbrach ich ihn und musste nun doch lachen. Es tat mir fast schon leid, ihm die Freude an seinem Theater zu nehmen, da er so sehr in seiner Rolle aufging. Andererseits war es mir einfach nicht möglich, mich in seiner Gegenwart zu entspannen. Da konnte er noch so viel scherzen.

Natürlich lächelte er von da an noch breiter, nur um mich zu ärgern.

Wäre nicht bereits so viel zwischen uns geschehen, hätte dieser Nachmittag als ein wunderschöner Zeitvertreib gegolten. Aber so, wie die Dinge standen, fragte ich mich, warum er sich die Mühe machte, mich in seiner Kutsche auszuführen, nur um gemeinsam die königlichen Rehe anzuschauen und ein Picknick auf der Wiese zu machen. Zugegeben, es war sehr lustig zu beobachten, wie Sebastian vor einer Wespe davonlief. Der arme Mann schien fürchterliche Angst vor dem gestreiften Insekt zu haben und wirke hin- und hergerissen zwischen seinen Instinkten und dem Verlangen, vor Mary wie ein Held dazustehen. Glücklicherweise gewann seine Angst recht schnell die Oberhand. Da sie die großherzigste Person der Welt war, tat Mary so, als würde sie den panischen Ausbruch des Unterbutlers nicht bemerken, während dieser wild mit den Armen fuchtelnd um uns herumlief. Marys Güte besaß ich nicht und lachte herzlich über sein Verhalten.

Was mich innehalten ließ, war John Coals Blick auf mir. Mein Lachen über Sebastian hatte einen noch eigenartigeren Ausdruck auf sein Gesicht gemalt als das Lächeln. Diesen konnte ich noch nicht einmal beschreiben. Er machte mir Angst und das ständige Grübeln über Themen, die er mich für einige Tage zu vergessen gebeten hatte, erschöpfte mich. Hinzu kamen noch ein Übermaß an frischer Luft und die vorangegangene schlaflose Nacht, sodass

ich mich der Müdigkeit nicht widersetzen konnte und auf dem Heimweg in der Kutsche an John Coals Schulter gelehnt einschlief. Später erzählte Mary mir, dass der Hausherr mich selbst auf mein Zimmer gebracht hatte.

Tag 2

Der nächste Tag warf noch mehr Fragen auf als der vorherige. John Coal führte mich in die Oper aus, die fürchterlich langweilig war. Dass die Vorstellung mir nicht gefallen würde, hatte er zudem erwartet.

»Nun weiß ich, was du vorhast«, informierte ich ihn in der Pause. Wir saßen auf einem privaten kleinen Balkon, während die Menschen im Parkett umherschwirrten wie gut gekleidete Ameisen. »Du willst mich loswerden, indem du mich zu Tode langweilst. Du willst es wie einen Unfall aussehen lassen, sodass niemand dich beschuldigt.«

»Du hast mich erwischt.« John Coal nickte ernst. »Ich setze dich den Klängen der weltbesten Musik aus, nur um deinen Tod herbeizuführen. Zu Hause wäre das ja nicht möglich gewesen, nein, dafür muss man schon an so einen gut besuchten Ort wie die Royal Albert Hall kommen.«

»Wenn man bedenkt, dass du im Scherzen nur geringfügige Erfahrung hast, war der Witz gar nicht schlecht – besser als gestern.« Ich applaudierte ihm, wobei die dicken Seidenhandschuhe das Geräusch nahezu gänzlich absorbierten. »Hoffentlich wird dir von dem ganzen Humor nicht schwindelig.«

»Sicherlich nicht mehr als dir von deiner kulturellen Unwissenheit«, konterte er und begann dann, mir den Inhalt des Stückes zu erklären. Seine Ausführungen machten den zweiten Teil

etwas weniger furchtbar als den ersten. Aber einer großen Dame dabei zu lauschen, wie sie Vokale in die Unendlichkeit zog, und das auch noch sehr laut, entsprach nicht meiner Definition eines gelungenen Abends.

Die nächste Herausforderung war das Verlassen des Gebäudes. Wir bahnten uns gerade unseren Weg durch das völlig überfüllte Foyer und hinaus auf die ebenso überfüllten Treppen des königlichen Konzertsaals, als uns ein Mann in den Weg trat.

»John!« Freudig schüttelte der Mann Coals Hand. Er strahlte uns an, während die feine Dame an seiner Seite mein Kleid kritisch beäugte. »Es muss eine Ewigkeit vergangen sein seit unserem letzten Treffen, mein Freund.«

Coal raffte sich auf zu einem Lächeln, doch es war offensichtlich, dass er keine Unterhaltung beginnen wollte. »In der Tat.«

Der Blick des anderen Mannes wanderte zu mir herüber und Coal machte einen Schritt zwischen uns, um mich vor ihm zu verstecken. Wahrscheinlich war es ihm peinlich, mit mir gesehen zu werden.

»Allem Anschein nach warst du erfolgreich mit …«, setzte der Mann an, doch Coal unterbrach ihn.

»Ja«, warf er ein. »Es war schön, dich gesehen zu haben, doch meine Begleitung ist erschöpft und wir müssen schnellstens nach Hause. Gute Nacht Ihnen beiden.« Coal hatte seinen Satz kaum beendet, da packte er mich bereits am Arm und riss mich fort von dem Paar. Er ging, so schnell er konnte, ohne in einen Lauf zu fallen.

Während der Heimfahrt weigerte sich Coal, das Geschehene zu erklären, und ich war zu müde, um nachzuhaken. Stattdessen konzentrierte ich mich darauf nicht wieder einzuschlafen, denn ich wollte auf keinen Fall wieder von ihm getragen werden. Schon bei dem Gedanken daran lief es mir eiskalt den Rücken hinunter.

Tag 3

Die Pläne des Hausherrn für den folgenden Tag wurden vereitelt von starkem Regen. Coal verbrachte den gesamten Morgen am großen Fenster im Hauptsaal und schaute zu den Wolken auf, als wollte er sie zum Aufhören hypnotisieren.

Am Nachmittag nutzte Sybil unser Daheimbleiben, um aus ihrem Versteck zu kommen. Der Hausherr hatte sich noch nicht entschieden, wie mit ihr zu verfahren war.

Als sie in das Wohnzimmer kam, ergriff ich die Gelegenheit, ihr mitzuteilen, dass der Geist doch nicht Francis gewesen sein konnte. Sie horchte mit weniger Enthusiasmus, als ich von einer Frau, deren Sohn vielleicht doch noch am Leben war, erwartet hätte. Vielleicht war sie noch wütend oder glaubte mir nicht oder war einfach nur verrückt.

John Coal zeigte sich wenig begeistert von ihrem Verlassen der Bedienstetenetage. Ihre Anwesenheit schien Unbehagen und womöglich auch Schuldgefühle in ihm zu wecken. Sie versuchte, ihn in ein Gespräch zu verwickeln, doch er befolgte seine eigene Regel und weigerte sich, über Marianne oder Rose zu sprechen. Da Sybil das herzlich wenig interessierte, begann er schon bald sich vor ihr zu verstecken. Aus mir unerfindlichen Gründen brachte er mich dazu, mich mit ihm zu verstecken. So gelangten wir beide in eine kleine Abstellkammer unter der Treppe, die zu den Gemächern der Angestellten führte.

Da wir wohl eine ganze Weile in der engen Kammer verweilen würden, setzte ich mich auf den Boden und Coal tat es mir nach. Obwohl ich versuchte, so wenig Raum wie möglich einzunehmen, berührten sich unsere Knie.

»Danke für die vergangenen Tage«, murmelte er. Die Worte weckten mein schlechtes Gewissen darüber, dass ich mich kaum zurückhalten konnte, eine Unterhaltung über Marianne zu beginnen.

»Nicht doch«, erwiderte ich stattdessen. »Es war eigenartig, dennoch hat es Spaß gemacht.«

Er lächelte und ich musste mir selbst eingestehen, dass ich diesen Anblick mittlerweile sehr gern mochte. Heute war er eine ganz andere Person als bei unserem ersten Treffen in der Anstalt. Wenn er so nett sein konnte, warum war er dann zu Beginn so gemein gewesen? Das war eine Frage, die ich nicht stellen konnte, da sie etwas mit Marianne und Rose zu tun hatte. Vielleicht hatte aber auch ich selbst ihn zu einem besseren Menschen gemacht, weil ich einen kleinen Teil seines Leids von ihm genommen hatte? Was, wenn John Coal wirklich im Begriff war, sich in mich zu verlieben?

Mein Herz setzte einen Schlag aus. Nein, das konnte nicht sein … oder? Er liebte Marianne innigst, doch als wir beide in seiner Gedankenwelt gefangen gewesen waren, war ich ihr nicht begegnet. Oft genug hatte er sie bereits erwähnt, doch es gab nichts Greifbares. Existierte sie überhaupt? Was, wenn es Marianne gar nicht gab? Was, wenn das, was er verbarg, Francis' Tod war, weil er ihn aufgrund der Affäre umgebracht hatte? Könnte doch alles gelogen sein? Ein Mann, der seine Persönlichkeit so drastisch änderte, musste gut im Lügen sein.

»Und wieder einmal spüre ich, wie du ein Loch in mein Gesicht starrst«, sagte er lachend und mir wurde bewusst, dass ich ihn während meines Gedankengangs unentwegt angeschaut hatte. Peinlich berührt wandte ich den Blick ab, doch er streckte seine Hand nach meinem Kinn aus und drehte mein Gesicht zu

sich herum. »Schau nicht weg«, sagte er sanft. »Verrate mir deine Gedanken, denn ich kann sie nicht lesen wie du.«

»Fragen«, erwiderte ich. »Ich habe viele Fragen.«

»Ja«, seufzte er und ließ seine Hand aufs Knie fallen. »Das bezweifle ich nicht.«

»Kann ich einige davon stellen, wenn diese nicht in Verbindung stehen mit jenen, über die bis morgen Stillschweigen bewahrt werden muss?«

»Nur zu, Love.«

Ich zögerte. »Wie viele Menschen hast du bereits umgebracht?«

Er lachte herzlich, während ich ihn mit gerunzelter Stirn musterte.

»Keinen einzigen«, antwortete er entsetzt, als ihm bewusst wurde, dass ich nicht scherzte. Nach einer Pause fügte er hinzu: »Leider.«

Ich schaute ihn weiterhin prüfend an und versuchte zu entscheiden, ob ich seiner Antwort glaubte.

»Du denkst das Schlimmste von mir«, stellte er mit einem schwachen Lächeln fest.

»Dafür hast du gesorgt.«

»Das habe ich, doch nun versuche ich, es zu ändern.«

Ich wollte seine Gründe dafür erfahren, doch die drei Tage waren noch nicht herum, also würde er es mir wohl kaum sagen.

»Hast du noch mehr Fragen?«

»Nein«, sagte ich und stützte mein Kinn auf meinem Knie ab.

»Eben waren es noch viele«, erinnerte er mich und klang enttäuscht.

»Für dich mag das alles lustig sein«, flüsterte ich aufgebracht. »Ich hingegen weiß nicht, was morgen sein wird. Wirst du weiterhin nett sein oder wieder gemein werden, mich aus dem Haus

jagen oder mir gar wehtun? Es ist nicht leicht, in ständiger Angst vor der eigenen Zukunft zu leben, John.« Ungeschickt erhob ich mich vom Boden der kleinen Kammer. »Ich fürchte dich, weil du sehr wechselhaft und launisch bist. Es ist unmöglich vorherzusehen, wie du als Nächstes handeln wirst. Ich habe Angst, dich in mein Herz zu schließen. Sollte ich es wagen, könntest du mich gemeinsam mit meinen Gefühlen zerschmettern. Der Erste wärst du nicht, aber sicherlich der Grausamste. Ich kann das alles nicht genau wissen, daher fällt es mir schwer, unsere gemeinsame Zeit zu genießen!«

Während meiner Rede schien sich etwas in ihm zu verschließen – das Leuchten in seinen Augen erlosch. Vielleicht hätte ich nichts sagen sollen. Mit ernster Miene schaute er zu mir hoch. Mir wurde die Situation zunehmend unangenehmer im schummrigen Licht der engen Kammer und ich wäre am liebsten rausgestürmt, doch ich wollte eine Antwort. Dann stand auch er endlich auf und legte eine Hand auf meine Schulter. Ich zuckte zusammen.

»Komm mit mir«, bat er und öffnete die Tür.

Schweigend führte er mich auf die andere Seite des Gebäudes und als ich begriff, wohin wir gingen, überkam mich leichte Panik. Ich hatte mich mental noch nicht darauf vorbereitet, alles zu erfahren. Er hatte gesagt, dass ich es möglicherweise nicht ertragen könnte. Was, wenn er recht hatte?

Ohne mir die Gelegenheit zum weiteren Grübeln zu gewähren, führte er mich an die Tür des Turms im westlichen Flügel. Anstatt sie aufzuschließen, drehte er sich zu mir um.

»Bevor ich dir offenbare, was sich dahinter verbirgt, muss ich dir noch eines über Rose verraten«, sagte er. Eindringlich beobachtete er mich, als erwartete er eine bestimmte Reaktion. »Sie hat eine Gabe, die deiner ähnlich ist, Love. Ihre ist jedoch viel

schädlicher. Wenn sie jemanden berührt, ist sie in der Lage, Erinnerungen zu rauben. Sie entscheidet frei, welche sie auslöscht.«

Er sprach so schnell, dass ich kaum Zeit hatte, die neuen Erkenntnisse zu verarbeiten oder mich darüber zu wundern, dass es da draußen jemanden wie mich gab.

»Zum Beispiel kann sie die Erinnerung an eine bestimmte Person entfernen – für denjenigen, der zum Vergessen gezwungen wurde, ist es dann so, als hätten die beiden sich nie gekannt. Wenn diese Erinnerungen dann auch noch mit einem gewissen Zeitabschnitt verbunden sind, könnte die Person sogar glauben, es sei 1879, obwohl wir uns im Jahr 1881 befinden. Abhängig davon, wie gründlich Rose arbeitet, kann eine nicht überschriebene Erinnerung wiederhergestellt werden. Die Person mit Gedächtnislücken darf die Geschehnisse nicht erzählt bekommen und sie auch nicht erneut durchleben, sonst bleiben die fehlenden Bruchstücke für immer verschollen.« John Coal rieb sich die Augen, als ob ihm der Bericht viel Kraft abverlangte. Ich hörte angespannt zu, um nichts zu verpassen, doch noch immer fehlte mir ein Zusammenhang zu Marianne. »Wenn also jemand vergessen sollte, dass er jemand anderen geliebt hat und sich erneut in diesen Jemanden verliebt, ohne sich an das erste Mal zu erinnern, wird sich derjenige die erste Erfahrung nie wieder ins Gedächtnis rufen können. Rose' Opfer können ihre Erinnerungen nur zurückerlangen, indem sie Gefühle erfahren, die das Gegenteil dessen sind, was sie einst waren. *Um den Fluch zu verwehen, müssen sich die Gefühle, die das Verlorene binden, drehen*, hat sie gesagt.«

John Coals Blick durchbohrte mich. Mir kam eine düstere Vorahnung, worauf er hinauswollte.

»Wenn ein geliebter Mensch wieder geliebt werden wollte, müsste er denjenigen mit Gedächtnislücken dazu bringen, ihn

zu hassen. Von alldem habe ich erst erfahren, als Rose mich aufsuchte, um im Austausch für Mariannes Aufenthaltsort eine beträchtliche Summe Geld zu fordern.« Ein schwaches Lächeln zeichnete sich auf seinen Lippen ab, doch die Augen waren tief traurig. Da fielen die letzten Puzzlestücke an ihre Stelle und ich begriff die Bedeutung seines Ausdrucks. »Ich habe versucht, Rose' Regeln zu befolgen. Ich habe versucht, meine geliebte Frau dazu zu bringen, mich zu hassen, doch ich kann nicht mehr. Ich ertrage es nicht, dich leiden zu sehen, bloß wegen meines selbstsüchtigen Wunsches, erinnert zu werden.«

John Coal öffnete die Tür und nahm meine nackte Hand in seine. Sofort zog ein Wirbelsturm aus Bildern über mich her. Er und ich, zusammen, an Orten, an denen ich nie zuvor gewesen war, Bilder von mir, wie ich Dinge tat, die ich nie unternommen hatte, Bilder von ihm, wie ich ihn nie gesehen hatte. All die Erfahrungen konnte ich nicht auf einmal verinnerlichen. Ich wollte mich von ihm losreißen, doch seine Gedanken überwältigten mich und ich war so kraftlos wie damals in den Flammen seiner Dunkelheit.

Er zog mich in den Turm und schloss die Tür hinter uns. Im Gegensatz zum letzten Mal war der Raum gefüllt mit Hunderten großen Leinwänden. Alle waren von weißen Tüchern verdeckt. Ich wollte nicht mehr wissen, was er vor mir versteckt hatte. Sein Geheimnis schien noch mehr von Wahnsinn geprägt zu sein, als ich es für möglich gehalten hatte.

»Schau dich um«, bot er an, doch genau das wollte ich nicht.

Durchdringendes Unbehagen breitete sich in mir aus. Ich riss meine Hand aus seinem festen Griff, doch davon ließ er sich nicht beirren. John Coal trat vor und zog ein weißes Tuch herunter. Darunter kam ein Ölgemälde zum Vorschein.

»Darf ich vorstellen: Marianne«, sagte er trocken.

Ich blickte in ein Gesicht, das dem meinen unsagbar ähnelte. Es fühlte sich an, als würde die Luft aus meinen Lungen gesogen und niemals wiederkehren. Nach hinten stolpernd stieß ich gegen eine weitere Leinwand. Das weiße Tuch fiel hinab und darunter war ein weiteres Gemälde von mir, doch ... das war nicht ich. Das konnte nicht ich sein, mich hatte noch nie jemand gemalt. Meine Hände zitterten. Kein Wort brachte ich hervor.

»Siehst du?«, sagte er mit geladener Stimme, die jeden Moment zu brechen drohte. »Ich wollte niemals grausam sein, meine Liebe. Doch wenn ich auch nur ein wenig netter gewesen wäre, hätte ich dich nicht dazu bringen können, dich zu erinnern. Du erkennst Güte in den kleinsten Gesten. Ich habe gehofft, dass es mir gelingen könnte, aber Rose war wie immer stärker als ich und nun, zu guter Letzt, gebe ich auf.« Langsam trat er einen Schritt auf mich zu. Seine Stimme war sanft und doch fast heiser. »Mir ist gleich, ob du dich an mich erinnerst oder nicht. Ich werde dich dazu bringen, mich erneut in dein Herz zu schließen – zwanzig, hundert Mal, wenn es sein muss, aber ich kann kein weiteres grausames Wort an dich richten. Dich zu verletzen, zu sehen, wie du dich vor mir fürchtest und mich hasst, schmerzt mich mehr, als nicht geliebt zu werden.«

Er kam immer näher, und ich fuhr herum und versuchte die Tür wieder aufzureißen, doch er hatte sie verschlossen. Das alles konnte nicht stimmen und wenn doch, wollte ich mich der Wahrheit nicht stellen. Einer von uns beiden war nicht richtig im Kopf und meine Hoffnung, dass es Coal war, wurde schwindend gering.

Plötzlich legte er seine Hände auf meine Schultern und sein Atem strich über meinen Nacken.

»Meine Liebe, ich weiß, dass du womöglich niemals etwas anderes als Abneigung mir gegenüber empfinden können wirst«,

brachte er gequält hervor. »Ich habe mich dir gegenüber fürchterlich benommen. Selbst wenn ich mein bestes Benehmen an den Tag lege, verdiene ich dich nicht. Aber ich liebe dich. Und ich werde dich immer lieben.«

Mein ganzer Körper begann zu zittern. Ich wollte ihn bitten, die Tür zu öffnen, doch mir fielen die Worte nicht ein. Ich wusste nicht mehr, wie man sprach. Das war Wahnsinn – und es gab auf der Welt nicht eine einzige Irrenanstalt, die diesen zu beherbergen mochte.

Langsam drehte John Coal mich an den Schultern zu sich um. Davon abhalten konnte ich ihn nicht, denn mein Körper war zu keiner Regung fähig. Er schloss die Arme um mich und drückte mich an seine Brust, sodass ich seinen schnellen Herzschlag gegen den meinen spürte. Ich krallte die Finger in seinen Rücken und meine Tränen fielen auf seine Weste. Ich wusste nicht, warum ich weinte, denn mir fehlte die Erinnerung an die Dinge, um deren Verlust ich trauern könnte. Vielleicht tat er mir leid, womöglich war es Angst oder mich durchfuhren mehr Emotionen, als ich zu empfinden vermochte. Seine Arme schnürten sich noch enger um mich und ich konnte es nicht glauben. Ich konnte nicht glauben, dass mich jemand liebte und dass ich ihn geliebt hatte und dass wir beide geheiratet hatten. Wer könnte mich jemals heiraten wollen? Ich war arm und ich sah Dinge, die andere nicht erkannten. Ich hatte Angst vor der Welt außerhalb der Zelle einer Anstalt. Ich konnte nicht glauben, dass mir jemand einen Platz in seinem Herzen geschenkt und mir sein Leben gewidmet und dass ich jemandem so viel Schmerz zugefügt hatte. Was, wenn ich ihn nicht noch einmal lieben könnte? Was, wenn ich seine Gefühle nicht mehr erwidern könnte, weil ich ihn anders kennengelernt hatte?

Eine Flut an Fragen nahm meine Gedanken ein und überschwemmte meine Sinne mit Angst. Doch dann dachte ich an Mariannes Zimmer und die von Güte erfüllte Atmosphäre. Von meiner Güte? Die geliebte Frau, von der er immerzu gesprochen hatte, war ich? Die zauberhaften Dinge, die er gesagt hatte, sein Verlangen – verdiente ich das alles wirklich?

Kapitel 15

Wahrheit und Wehmut

Der Regen hämmerte gegen das Fenster, als wollte er das Glas zerschlagen und mich in meinem Zimmer ertränken. Tatsächlich hatte ich das Gefühl zu ertrinken, doch nicht in Wasser, sondern in meinen sich überschlagenden Gedanken, die auf mich niederpeitschten wie Wellen und mich zum Grund der Zweifel zerrten. In einem gemütlichen Bett zu liegen, das meines war, in einem wunderschönen Zimmer zu hausen, das mir gehörte, und in einem angesehenen Anwesen zu leben, das mein Heim war, hinderte mich am Schlafen. Mir gelang es nicht zu begreifen, wie sehr sich mein Leben von dem mir bekannten unterschied.

Ich sollte doch glücklich sein, oder nicht? Ich musste mir keine Sorgen mehr ums Verhungern machen, denn mein Ehemann würde sich um mich kümmern. Niemand könnte mich mehr schikanieren oder mich zu Dingen zwingen, die ich nicht wollte, denn mein Ehemann würde mich beschützen. Doch mein Ehemann war ein Fremder für mich. Mein Gedächtnisverlust könnte auch ihn von mir entfremden, weil wir nunmehr inkompatibel geworden sein könnten. Was, wenn ich nicht dazu in der

Lage war, seine Gefühle zu erwidern – würde es mich nicht noch schlimmer machen als Rose, wenn ich seine Güte dennoch ausnutzte? War er überhaupt gütig? Auch wenn seine Boshaftigkeit nur gespielt gewesen war, war er doch sehr überzeugend gewesen. Könnte ich je etwas anderes in ihm sehen als den schrecklichen, gefühllosen John Coal, als den er sich mir vorgestellt hatte?

Mein Ehemann ist ein Fremder für mich. Immer wieder dachte ich diesen einen Satz.

Meine chaotischen Gedanken wandelten sich zu chaotischen Träumen, aus denen ich mitten in der Nacht hochfuhr. Noch immer wirbelten die gleichen Sorgen in meinem Kopf umher. Ich kletterte aus dem Bett und stellte mich ans Fenster. Die Brombeerbüsche verschwanden im Nebel, als hätte jemand sie wütend mit einem Pinsel und grauer Farbe weggewischt.

Die Frau auf dem Bild im Turm des Westflügels sah aus wie ich, doch das konnte nicht ich sein. Ich war nicht annähernd so hübsch. Mein Haar war zerzaust, während ihres zu einer feinen Frisur mit herabhängenden Locken hochgesteckt war. Ich hatte dunkle Schatten unter den Augen und blasse Haut über einem knochigen Gesicht, ihre Wangen waren rund und rosig. Wer war es, der sie gemalt hatte? Womöglich war auch der Maler wahnhaft und hatte seine eigenen Verbesserungen eingearbeitet. Was war auf den anderen Gemälden? Es konnten nicht Hunderte Leinwände mit meinem Gesicht darauf sein, oder?

Die Fragen hörten einfach nicht auf und das Verlangen nach Klarheit war so stark, dass ich leise die Tür öffnete und in den Korridor schlich. Entlang der großen Fenster und die gewundene Treppe hoch führte der Weg zum Turm des Westflügels. Die ganze Zeit über erwartete ich, dass mich jemand anhalten würde, um

mir noch mehr Geheimnisse vorzuenthalten, doch es passierte nichts. Auch die Tür des Turms war nicht verschlossen.

Ich trat in das achteckige Zimmer mit dem zerbrochenen Mobiliar und unzähligen verhangenen Leinwänden. Das schwache Licht des sich langsam erhellenden Morgenhimmels lag wie eine Decke über dem Zimmer. Ich schritt durch den Raum und überlegte, welches Bild ich als Nächstes enthüllen sollte. Die zwei bereits befreiten Mariannes starrten mich an, doch nicht auf unangenehme Weise.

Wahllos zog ich an dem Tuch eines kleineren Gemäldes und vor mir erstreckte sich eine Landschaft: Wellen peitschten gegen die Klippen eines Hügels, auf dem unter strahlend blauem Himmel eine kleine Kapelle stand. Das Bild erweckte ein Gefühl der Vertrautheit in mir, obwohl ich nie dort gewesen war oder mich zumindest nicht daran erinnerte. Es war eigenartig, mich nicht zu erinnern, da ich doch eigentlich niemals etwas vergaß.

Die Unterschrift des Künstlers war »Marianne«. Ich dachte daran, wie Coal versucht hatte, mich nach Cornwall zu schicken. Auf meine Frage, was ich denn mit der ganzen freien Zeit anfangen sollte, hatte er geantwortet, ich könnte diese der Malerei widmen. Nun ergab auch das Sinn.

Etwas mutiger schaute ich weitere Bilder an. Unter ihnen waren Strände, Sonnenauf- und -untergänge, riesige Möwen, die einigen Leuten auf einer Veranda Kuchen stahlen. Eine Landschaft erweckte in mir ein besonderes Gefühl. Es war eine kleine Stadt umgeben vom Meer. Beschriftet war es mit *St. Ives in Cornwall*. Sicher hatte ich einst eine starke Verbindung zu diesem wunderschönen Ort gehabt, doch nun bedeutete er mir nichts. Genau wie ich Coal wohl einst geliebt hatte, doch ihm gegenüber ... nichts mehr empfand.

Mir zog sich das Herz zusammen. Anstatt mich meinen Gefühlen zu stellen, entschied ich mich, mehr Bilder anzuschauen. Das nächste, das ich aufdeckte, war allerdings ein Portrait des Hausherrn persönlich. Sein Halbprofil füllte die gesamte Leinwand. Der Art nach zu urteilen, wie das Bildnis gemalt worden war, schien der Künstlerin ihr Modell sehr viel bedeutet zu haben. Sie hatte ihn wesentlich hübscher dargestellt, als er war, mit sanftem Blick in seinen blauen Augen und einem Lächeln auf den Lippen. Die Farbschicht war dicker als auf den anderen Bildern, als hätte Marianne es besonders gut hinbekommen wollen und immer wieder drübergemalt und ausgebessert. Diese Frau schien eine bessere Version von mir zu sein, sie hatte auch ein besseres Leben geführt als ich. Könnte ich nicht nur Personen und Orte vergessen, sondern auch ein Stück meiner selbst verloren haben? Würde ich einen Pinsel in die Hand nehmen, könnte ich so schöne Bilder zaubern, oder würde mir die Fähigkeit verwehrt bleiben, weil ich nicht Marianne war? Wie viel von ihr war noch in mir geblieben?

»Ich habe mir gedacht, dass du hierher zurückkommen würdest.«

John Coals Stimme erschreckte mich und ich fuhr herum. Ruhig und gelassen lehnte er im Türrahmen. Zwar hatte er sich die Mühe gemacht, eine Hose anzuziehen, doch er trug kein Hemd – ein Aufzug, der die eigene Ehefrau nicht einschüchtern sollte und doch genau das tat.

Er trat in den Raum und betrachtete die Bilder, die ich von ihrem Gefängnis befreit hatte. »Hier hat sie … Hier hast du früher gern gemalt. Ich bin häufig hergekommen, wenn ich dich am meisten vermisst habe. Jedes Mal ergriffen die Wut und Verzweiflung Besitz von mir und ich ließ sie am Mobiliar aus. Verzeih mir.«

»Die Möbel bedeuten mir nichts.«

»Ich weiß«, erwiderte John Coal und kam näher.

»Auch die Bilder haben keine Bedeutung für mich.« Meine Stimme zitterte. »Genauso wenig wie du.«

Er hielt inne. Mir war bewusst, dass ich ihn verletzt hatte, doch er musste wissen, woran er war. Er durfte nicht der Fantasie nachlaufen, ich wäre Marianne. Rose' Auffassung nach müsste unsere Ehe gar aufgelöst werden, da sie als seine erste Frau weder geschieden noch tot war.

»Ich weiß, Love«, sagte er sanft. »Doch es gibt Hoffnung, dass ich –«

»Was, wenn es keine gibt?«, rief – schrie ich beinahe.

Er lächelte. »Weißt du, wer der Mann auf der Straße war, der dich damals ›Love‹ genannt hat?«

»Ein Fremder, an dem ich vorbeiging.«

»Das war ich, Love.« Er nahm ein Portrait von Marianne in die Hände und schaute es lange an. »Als wir uns zum ersten Mal begegneten, hast du den Leuten auf der Straße in der Nähe von Spitalfields Market ihre Zukunft vorhergesagt, um an einige Pence zu kommen. Als du an mich herangetreten bist, fragte ich, wie es dir erging: ›You alright, love?‹ Du siehst, du hast nicht alles vergessen.«

Er stellte das Bild wieder ab und kam noch näher. Er streckte die Hand nach mir aus, doch ich konnte seine Berührung nicht ertragen und machte einen Schritt von ihm weg.

»Bitte entschuldige«, brachte er seufzend hervor und ließ die Hand sinken. »Wenn ich dich sehe, ist mir jeder Blick, jede Geste so vertraut. Du bist der Mensch, der mir am nächsten steht. Mir fällt es schwer, mich ständig daran zu erinnern, dass es für dich anders ist.«

John Coal war wie ausgewechselt und ich mochte ihn noch weniger als vorher, weil er mein Vertrauen in mich selbst erschüt-

tert hatte. Es war mein einziger Besitz gewesen und nun blieb mir noch nicht einmal das. Stattdessen schien ich selbst zu Eigentum geworden zu sein.

»Wir sind vielleicht … offiziell verheiratet, doch wenn herauskäme, dass Rose noch am Leben ist, würde unsere Ehe ihre Gültigkeit verlieren!«, rief ich wütend. »Das bedeutet, dass ich dir nicht gehöre.«

»Du hast mir noch nie gehört, Love. Unabhängig von unserem Ehestand«, sagte er liebevoll und mit einem Lächeln, das meinem Ärger standhielt. Ich hielt den Anblick kaum aus. Zuvor war er der emotional Instabile und Unberechenbare gewesen, doch nun übertrug er mir diese Aufgabe gänzlich und tat so, als wäre ich die ungestüme Verrückte. Obwohl ich von vornherein ich selbst gewesen war und nicht wie er ständig meine Persönlichkeit wechselte. »Du warst schon immer dein eigener Besitz – durchsetzungsfähig, stur und wundervoll.«

»Ist das noch eine von deinen Masken?«, fragte ich schnaubend. »Denn all die Variationen von dir, die ich bereits kennengelernt habe, hinterlassen bei mir nur Verwirrung.«

Anstatt einer Antwort runzelte er die Stirn und ich machte noch einen Schritt von ihm weg, trat dabei gegen eine besonders große Leinwand und rutschte aus auf dem Tuch, das sie verdeckte. Meine Füße verhedderten sich in dem blöden Saum und ich fiel zu Boden, die Leinendecke riss ich mit mir herunter und offenbarte ein Bild von Marianne. Sie hielt einen Pinsel in der Hand und wurde halb verdeckt von einer Staffelei. Neben ihr war ein Mann, der die Künstlerin liebevoll betrachtete.

»Du hast es geliebt, uns beide gemeinsam zu malen, warst mit dem Resultat aber nie richtig zufrieden«, schwelgte John Coal in Erinnerungen. »Du warst der Auffassung, wir sähen im Spiegel

glücklicher aus als auf der Leinwand. Daraufhin erklärte ich, dass es schwer war, über Stunden hinweg glücklich auszusehen, wenn ich für dich Modell stand, woraufhin du –«

»Hör auf!«, schrie ich und kam wieder auf die Beine. »Ich will mir das nicht anhören! Ich glaube dir, dass wir glücklich waren, doch wir sind es nicht mehr, weil du dich mir gegenüber schrecklich benommen und mich bedroht hast und wenn ich dich anschaue ... ist es nur das, was ich sehe!«

Ich hielt das alles nicht mehr aus, stürmte an ihm vorbei und die Treppe hinab zu meinem Zimmer. Mit aller Kraft schlug ich die Tür zu und verbarrikadierte diese mit dem Frisiertisch, obwohl ich wusste, dass er mir nicht nachkommen würde. In seinen Augen hatte sich endloses Leid gespiegelt, als ich ihn im Turm allein zurückließ. Ich fühlte mich schrecklich, ihm das anzutun, wenn er doch gerade erst seine Marianne wiedergefunden hatte. Doch ich wollte nicht sie sein. In ihrer Haut fühlte ich mich wie eine Betrügerin. John Coal erwartete zu viel von mir, er setzte mich zu sehr unter Druck.

Als ich jedoch etwas länger darüber nachdachte, wurde mir plötzlich bewusst, dass dem nicht so war. Ich schaute in den Spiegel und erkannte darin das Gesicht von den Leinwänden wieder. Mein Gesicht. John Coal war so verändert, so zuvorkommend gewesen, seitdem er meine Erinnerungen an ihn aufgegeben hatte. Auch zuvor schon hatte er sich bemüht, mir Zeit zur Anpassung und Eingewöhnung zu geben. Ich war es gewesen, die ihn immerzu gedrängt hatte, mir alles zu erzählen. Er hatte mich gewarnt, dass ich an dem Wissen zerbrechen könnte, er hatte nicht gewollt, dass ich es herausfand. Als sein ursprünglicher Plan nicht aufging, setzte er es sich in den Kopf, mich dazu zu bringen, mich auf natürliche Weise in ihn zu verlieben. Marianne

musste wirklich wundervoll gewesen sein, um so viel Fürsorge und bedingungslose Liebe zu verdienen. Doch wie lange würde ihr Zauber halten? Seine Liebe könnte in sich zusammenfallen, sobald ich begann, mich auf ihn zu verlassen. Lange verheiratet konnten wir nicht gewesen sein, wenn wir es noch nicht einmal geschafft hatten, nach St. Ives zu ziehen. Zuvor hatte ich aber bestimmt eine ganze Weile bei ihm gelebt, da wir anscheinend bereits einmal in Cornwall gewesen waren.

Kraftlos sank ich auf dem Bett zusammen und vergrub mein Gesicht in der weichen Decke. Was hatte Rose mir angetan? Warum war ich nicht stärker als ihr Fluch?

Am folgenden Tag verließ ich mein Zimmer weder zum Frühstück noch zum Abendessen. Nach all den schlimmen Dingen, die ich John Coal an den Kopf geworfen hatte, konnte ich ihm nicht in die Augen schauen. Er wäre allerdings kein liebevoller Ehemann, wenn er seine Frau einfach verhungern ließe, und so klopfte es am frühen Abend an meiner Tür.

»Miss Love – ich meine, Mrs. Coal«, ertönte Marys unsichere Stimme und mir kamen die Tränen. Umgehend begann ich den schweren Frisiertisch wegzuschieben, um die Tür zu öffnen. Ich fiel in ihre Arme, sobald sie über die Türschwelle trat und das Tablett mit vielerlei Köstlichkeiten abgestellt hatte. Sie umarmte mich so lange, wie ich es brauchte. Danach setzten wir uns auf das Bett und ich bestand darauf, dass wir gemeinsam aßen. Das Dienstmädchen gab zu, dass sie auf eine solche Einladung gehofft hatte.

»Alle wissen es, nehme ich an«, sagte ich verbittert und stopfte mir eine dekorative Karotte in den Mund.

»Nein, der Hausherr hat es nur mir im Geheimen verraten.« Mary streichelte meine Hand und die Berührung verriet mir, dass sie die Wahrheit gesprochen hatte. »Er möchte sich dir anpassen und wird es erst öffentlich machen, wenn das auch deinen Wünschen entspricht.«

»Und falls das niemals mein Wunsch sein wird?«

»Dann wird er das respektieren, da bin ich mir sicher.«

Ich seufzte. »Wahrscheinlich wird Sybil es an seiner statt herumerzählen.«

»Gestatten Sie mir, meine freie Meinung zu äußern, Ma'am?«, bat Mary respektvoll.

Ich schlug sie gegen die Schulter. »Fang nicht an, mich wie ein Mitglied der königlichen Familie zu behandeln, Mary. Wir beide haben bis vor Kurzem noch im gleichen Zimmer geschlafen und davor war ich in einer Anstalt eingesperrt.«

Mary nickte. »Also gut. Ich denke, dass du dich nicht zu sehr mit Sybil beschäftigen, sondern eher den Fokus darauf legen solltest, deine Beziehung zum Hausherrn zu verbessern. Er liebt dich wirklich sehr.«

»Mary,« stieß ich aufgebracht hervor und schubste dabei beinahe das Tablett vom Bett. »Er hat mich lange Zeit angelogen und tut es unter Umständen auch jetzt noch. Seine Motive sind mir nach wie vor schleierhaft.«

»Es gibt einen einfachen Weg, seine Motive herauszufinden.« Mary schaute mich bedeutungsvoll an.

»Oh!«, stieß ich hervor, als ob jemand den Vorhang weggezogen hatte und ich plötzlich in grelles Sonnenlicht schaute. »Aber natürlich!« Ich sprang vom Bett und sah auf meine Hände. »Warum bin ich da nicht selbst drauf gekommen?«

Mary lächelte. »Vielleicht hattest du einfach nur Angst davor.«

Kapitel 16

Allianz und Akzeptanz

Mary hatte recht. Ich hatte Angst vor dem, was ich entdecken könnte, deshalb schlief ich eine Nacht darüber. Am nächsten Morgen fand ich Coal am üppig dekorierten Frühstückstisch, wie an fast allen Tagen meines Aufenthalts in seinem ... unserem Haus.

»Love!« Er fuhr von seinem Stuhl auf, als er mich sah. Die Überraschung und Freude über mein Erscheinen standen ihm ins Gesicht geschrieben. So sehr, dass es großes Unbehagen in mir auslöste, weil ich mich seinen Empfindungen nicht gewachsen fühlte.

»Danke, dass du mir ein wenig Zeit zum ungestörten Nachdenken gegeben hast«, sagte ich beherrscht.

»Aber natürlich!«, stieß er hervor und versuchte, sich ein Lächeln zu verkneifen. Dafür war ich ihm dankbar, denn seine überschwänglichen Gefühle verunsicherten mich. Er schien mich wirklich gut zu kennen und es zu wissen.

Ich setzte mich auf den Stuhl, den er mir anbot, und schob das Frühstücksgedeck von mir weg, um deutlich zu machen, dass ich eine ernste Unterhaltung erwartete und keinen Kaffeeklatsch.

Seine Schultern wurden steif vor Anspannung.

»Ich habe eine Bitte«, eröffnete ich zaghaft.

»Alles, was du möchtest«, erwiderte er eifrig.

Ich legte meine Hand auf den Tisch, wo bis eben noch der leere Teller mit goldenem Rand gestanden hatte, und starrte erwartungsvoll auf meine eigene Handfläche. Es dauerte nicht lange, bis seine Finger diese bedeckten.

Bei der Berührung schlug mir kein Feuer entgegen. Sein Platz war eingenommen von einem weiten Hügel, der sich über die kleine Stadt aus Mariannes Bildern erhob. Der Himmel war blau und das Gras unter meinen Füßen fast schon leuchtend grün. Ein Mädchen in einem leichten Sommerkleid kam auf mich zugelaufen. Seine Locken waren zu einem lockeren Zopf zusammengebunden und tanzten um ihr freudiges Gesicht. Sie war wie eine frische Brise, die vom weiten, glitzernden Meer auf mich zukam.

»Hallo, Love«, sagte sie. »Ich bin Marianne.«

Erschrocken ließ ich seine Hand los.

»Was ist passiert?«, fragte John Coal sofort.

Ruckartig schob ich meinen Stuhl nach hinten und stand auf. Ich versuchte meine Verwirrung in Worte zu fassen und murmelte einige Silben, die sich jedoch weigerten, Worte oder gar Sätze zu bilden.

Um meinen Kopf frei zu bekommen, drehte ich eine Runde durch den Speisesaal. Plötzlich begriff ich, warum meine Verbindung zu ihm so stark war. Da er und Marianne ... und ich uns einst nahegestanden hatten, war ich wahrscheinlich kein seltener Gast in seiner Gedankenwelt gewesen. Aufgrund dessen gewann mit jeder Berührung das Bündnis an Kraft und übermannte mich, als er im Verlies der Irrenanstalt meine Hand nahm.

John Coal verfolgte jede meiner Bewegungen mit den Augen. Bald kam ich jedoch wieder auf ihn zu, um das Begonnene zu beenden. Zum Grübeln war auch später noch Zeit.

»Entschuldigung«, sagte ich und sank wieder auf den Stuhl. »Was ich gesehen habe … entsprach nicht meinen Erwartungen.«

Seine Hand lag auf seinem Knie und ich nahm sie mir einfach, ohne auf eine Erlaubnis zu warten. Marianne traf ich daraufhin genauso an, wie ich sie zurückgelassen hatte. Mich umgab ein warmer Sommerwind, während ich über das dichte Gras des Hügels auf Marianne zuging. Hinter ihr lag die kleine Stadt, umgeben vom Meer.

»Bitte verzeih, ich wollte dich nicht erschrecken.« Sie lächelte. »Freut mich, dich wiederzusehen. Du wolltest etwas mit mir besprechen?«

»Ja«, antwortete ich und versuchte meine Unsicherheit zu verbergen. Ich schaute mich in der idyllischen Landschaft um und wusste mit einem Mal ganz genau, was mich beschäftigte. »Bist du ganz allein hier?«

»Größtenteils bin ich das.« Ihr Lächeln wurde noch freudiger. »Doch nicht völlig allein.«

»Fühlst du dich nicht einsam?«

Sie lachte über meine Frage und ich schaute ihr skeptisch zu. »Entschuldige, Love. Ich vergesse manchmal, wie begriffsstutzig du und ich sein können.«

Das war gewiss eine unbestreitbare Tatsache.

»Darf ich dich etwas fragen?« Marianne musterte mich kritisch. »Was ist deine Gabe, Love?«

Stirnrunzelnd betrachtete ich sie. »Ich kann in die Gedankenwelt und das Herz anderer Menschen schauen.«

»Und wo bist du jetzt?«

»In … John Coals Gedanken.« Langsam wurde mir bewusst, was das bedeutete.

»Ebenso wie in seinem Herzen, Love. Ob du seine Hand berührst oder nicht, du nimmst sehr viel Raum in John ein. Daher ist die Antwort auf deine erste Frage: Nein, ich fühle mich seit deiner Rückkehr nicht einsam.«

»Aber du bist doch nicht ich.«

»Womöglich hast du da recht.« Erneut strahlte sie mich mit ihrem bezaubernden Lächeln an. Mich regte auf, wie hübsch sie damit aussah. So hübsch war ich nämlich nicht. »Du bist anders als ich, denn ich konnte gegen die hier tobenden Flammen nichts unternehmen. Sie zerstörten alles um mich herum, meine Kraft reichte nicht aus, sie zu bezwingen. Du warst es, die seine Verzweiflung besiegt hat. Du hast sein Leiden gebrochen und ihn von seinem Hass auf Rose befreit. Nur deinetwegen konnte er all die negativen Gefühle endlich loslassen und wieder Liebe – dich in sein Herz lassen. Mir ist das nicht gelungen, obwohl ich unentwegt hier gewesen bin. Dennoch warst du es, die ihn gerettet hat nicht ich.«

»Darf ich dir eine letzte Frage stellen?«

»Natürlich.«

»Ist er ein guter Mensch?«

Erneut lachte sie. »Nein, er ist ein verdammter Narr und er verdient dich nicht – doch das sage ich nur, weil ich seine Gefühle repräsentiere und bloß wiedergeben kann, was er denkt.«

»Gut«, murmelte ich und konnte mir ein langes Seufzen nicht verkneifen.

»Bevor du gehst.« Marianne legte ihre Hand auf meine. »Ich habe auch eine Bitte. Denk daran, dass ich das genauso zu deinem als auch zu seinem Wohl sage: Verletze ihn nicht. Er hat sehr viel durchgemacht, um wieder mit dir vereint zu werden. Versuche, ihn besser kennenzulernen und zu verstehen. Wenn du dich trotz

allem entscheidest, ihn zu verlassen, wird er dich gehen lassen, denn –«

»Wenn man jemanden liebt, muss man denjenigen loslassen, ja, ich weiß«, unterbrach ich sie. »Eine weise Frau hat mir das einmal gesagt.«

Mariannes Augen leuchteten zufrieden, als ich sie verließ.

Es dauerte lange, bis ich in der Lage war, wieder zu sprechen. Still saß ich da, bis ich mich endlich traute, den Blick zu heben und in das besorgte Gesicht meines Ehemannes zu schauen.

»Danke«, war alles, was ich hervorbrachte.

»War das, was du in meinen Gedanken gesehen hast, sehr schlimm?«, fragte er vorsichtig. Seine Angst zu enttäuschen spürte ich deutlich, sie war der meinen nicht unähnlich.

»Nein.« Ich lächelte ihm zu, obwohl mein Lächeln niemals an seine geradezu göttliche Erinnerung von Marianne herankommen könnte. »Es war ganz und gar nicht schlimm. Ich hatte großes Glück, einen Mann wie dich heiraten zu dürfen«, sagte ich leise, da es zwar stimmte, ich aber immer noch nicht überzeugt war, ob es auch richtig sein durfte. »Ich habe dich gerettet und nun muss ich dich auch ertragen.«

»Darf ich einen kleinen Einwand äußern?« Falten legten sich über seine Stirn. »Ich war es, der dich gerettet hat.«

»Ja, aber nur damit ich dich anschließend retten konnte.« Ich verdrehte die Augen, da es doch so offensichtlich war.

»Das mag stimmen. Aber wenn ich dich nicht gerettet hätte, hättest du mich nicht retten können, was bedeutet, dass ich in Wirklichkeit sogar uns beide gerettet habe.«

»Ja, wenn du in einer verzerrten und unlogischen Welt lebst, dann ist deine Schlussfolgerung vielleicht annähernd richtig. Doch den Arzt zu rufen, macht dich noch lange nicht zum Chirurgen.«

Er warf mir einen herausfordernden Blick zu, schnaubte dann aber nur und sagte: »Wenn es eine Sache gibt, die ich in der Ehe mit dir gelernt habe, dann dass du immer recht hast, meine Liebe.« Er nahm meine Hand und küsste sie. Es war das erste Mal, dass ich vor seiner Berührung nicht zurückzuckte.

Das bemerkte auch Coal und schaute in meine Augen, als erwartete er, irgendeine Art von Erlaubnis darin zu finden. Als ich ihn nur stumm ansah, zog er vorsichtig an meiner Hand, womit er mir keine andere Wahl ließ, als mich zu ihm vorzulehnen. Mein Herz begann schneller zu schlagen, als ich seine Absicht verstand. Obwohl ich auf einen Kuss nicht gefasst war, wusste ich ihm dies auch nicht zu verstehen zu geben, ohne ihn zu verletzen. Seine Lippen waren nur noch einen Hauch von meinen entfernt.

»Sir, die Kutsche –«

Erschrocken sprang ich auf und stieß dabei meine Stirn gegen Coals. Verdattert blieb Sebastian in der Tür stehen und blickte zwischen uns beiden hin und her, während Coal sich missmutig die schmerzende Stelle rieb. Ich setzte eine unschuldige Miene auf, obwohl ich geradezu spürte, wie mir eine Beule wuchs und die Farbe ins Gesicht stieg. Trotz dieser Umstände hatte ich mich noch nie so sehr über Sebastians plötzliches Erscheinen gefreut.

»Die Kutsche wartet bereits, Sir«, sagte Sebastian steif.

Coal nickte. Beim Aufstehen knöpfte er sein Jackett zu und griff nach dem Mantel auf dem Stuhl neben ihm.

»Du gehst aus?«, fragte ich überrascht.

»Wir beide, Love.« Er lächelte sanft. »Ich habe das Anwesen endlich verkauft. Hier hält uns nichts mehr und mir wäre es recht, jetzt zu fahren, bevor Rose oder irgendwer uns wieder in die Quere kommt.«

Überrascht sah ich ihn an. »Aber was ist mit –«

»Keine Sorge, Love, für unseren Unterhalt komme ich auf.«

»Aber was ist mit dem Personal?«, rief ich verzweifelt, als er mich zu missverstehen schien.

»Ich habe sie heute Morgen entlassen. Unsere Unterkunft in Cornwall ist wesentlich bescheidener als dieses unnötig große Manor.«

»Aber ich konnte mich noch nicht von Mary verabschieden!« Wut stieg in mir auf, da ich weder in diesem Punkt noch in irgendeinem anderen konsultiert worden war – nicht als Ehefrau, sondern einfach als Person, die möglicherweise eigene Wünsche haben könnte in Bezug auf ihren Wohnort.

»Ich fürchte, du wirst dich nicht von ihr verabschieden können«, sagte Coal und hielt mir einen Mantel hin, den Sebastian ihm gereicht hatte. Ohne viel Hilfe meinerseits zog er das Kleidungsstück über meine Arme und wollte ihn auch noch zuknöpfen, doch ich schlug zornig seine Hände weg. Ihn schien mein Ausbruch zu amüsieren.

»Weil ich doch mit euch komme.« Mary stand mit einem großen Koffer aus Stroh am Eingang zum Saal. Mir fiel ein Stein vom Herzen. »Wir müssen uns aber langsam auf den Weg machen.« Drängend schaute sie zu Coal und tauschte mit Sebastian einen bedeutungsschwangeren Blick aus.

»Sebastian und Mary werden uns als Einzige begleiten. Ebenso sind sie die Einzigen, die wissen, wohin unsere Reise geht.« Nun waren es Gehstock und Zylinder, die Sebastian seinem Master reichte. »Natürlich würde ich dich nicht von deinen Freunden trennen wollen, Love. Dass es dir gut geht, ist für mich das Wichtigste. Bei Sebastian bin ich mir sicher, dass er mir als Butler gute Dienste leisten wird«, sagte Coal und nickte dem errötenden, frisch beför-

derten Butler zu. Das freute mich für Sebastian, doch es hieß nicht, dass er nun weniger Neckereien meinerseits zu erwarten hatte.

Angeführt vom ehemaligen Hausherrn verließen die drei den Speisesaal. Diesen erfüllte eine unheimliche Atmosphäre, als alle menschlichen Geräusche daraus entfernt worden waren. Die Silbervasen, Urnen und Figuren im Zentrum des Mahagonitischs, die viel zu vielen extravagant geschnitzten Stühle und auch die drei von schweren gesäumten Vorhängen verhangenen, großen Fenster gegenüber des Kamins machten einen einsameren und abweisenderen Eindruck als je zuvor. Das majestätische und doch kalte Anwesen zurückzulassen, fiel mir nicht schwer, denn besonders viele schöne Erinnerungen behielt ich daran nicht. Ich lief der Gruppe nach und holte sie im Foyer ein.

»Warum hast du mich nicht sofort mit nach Cornwall genommen?«, fragte ich Coal, während ich mit dem Gedanken spielte, meine Hand in seine Ellenbeuge einzuhaken. Mir fehlte allerdings der Mut dazu.

»Weil ich wollte, dass du nur schöne Erinnerungen mit Cornwall verbindest und …« Ein finsterer Ausdruck legte sich über sein Gesicht. »Das erschien mir vorerst nicht möglich.«

Ausnahmsweise war seine Antwort befriedigend und ich nickte. Zugleich fragte ich mich, ob meine Eindrücke tatsächlich seine einzige Sorge gewesen waren oder ob er vielleicht noch nicht überwundene Gefühle hegte gegenüber dem Haus und allem, was darin vonstattengegangen war. Schließlich hatte er Rose' Zimmer in seinem Zustand beibehalten und auch das untere Stockwerk nicht zu restaurieren gewagt, sondern es lediglich begraben. Hinzu kam, dass der Geist mich immer wieder angewiesen hatte, unterhalb zu schauen – nun wurde mir klar,

dass er nicht unterhalb des Hauses gemeint hatte, sondern unter der Oberfläche von John Coals Fassade.

Sobald wir draußen waren, erkannte ich den Kutscher, der mich bereits zuvor einmal auf Coals Anweisung hin gefahren hatte. Bald darauf löste ich mich von den unangenehmen Gedanken bezüglich des Hauses und des Mannes, dem es einst gehört hatte. Da anscheinend die Reise zu einem der wunderschönsten Orte der Welt bevorstand, konnte ich mich genauso gut darauf freuen und vorerst die nagenden Zweifel ignorieren.

Ungeduldig wartete ich, während Coal und Sebastian mehrere große Koffer und Boxen auf das Dach der Kutsche luden. Es war eigenartig, den wohlhabenden Mann dabei zu beobachten, wie er sich körperlich verausgabte, doch da er das gesamte übrige Personal entlassen hatte, musste er wohl oder übel Sebastian helfen. Der Butler war eher von schmächtiger Statur, während Coal groß gewachsen und breitschultrig war. Der Kutscher bot eifrig seine Hilfe an, doch Coal lehnte diese streng ab. Tatsächlich machte er beinahe alles selbst, hievte erst das Gepäck hoch und kletterte dann auf das leicht gewölbte Dach der Kutsche, um es zu befestigen. Mir war nicht bewusst gewesen, dass er so stark und geschickt war und ich war insgeheim ein wenig stolz darauf, solch einen Mann gefunden zu haben – auch wenn ich keine Erinnerung an meine Rolle dabei hatte. Mary entging mein bewundernder Blick nicht und sie stieß ihren Ellenbogen leicht gegen meine Seite, um mich auf ein breites Grinsen in ihrem Gesicht aufmerksam zu machen.

Wenn sie nur wüsste, wie sehr ich hoffte, nur noch seine guten Eigenschaften zu sehen und mich hoffnungslos in ihn zu verlieben. Denn ich fühlte mich schuldig, weil ich nicht den geringsten Hauch romantischer Gefühle ihm gegenüber empfand. Natürlich

war das Leben an seiner Seite verlockender als eines auf der Straße oder in der Anstalt, doch reichte das als Grund, um bei ihm zu bleiben? Während er angeboten hatte, mich zu lieben und sich um mich zu kümmern, waren meine Hände leer. Noch nicht einmal mein Herz konnte ich ihm anbieten – wie gering dessen Wert auch sein mochte. Ich wusste nicht, wie ich mich verhalten sollte.

Das alles hätte ich gern mit Mary besprochen, doch dazu schien es keine Gelegenheit zu geben. Bald stiegen wir in die Kutsche und vertrauliche Gespräche waren unmöglich mit so stark eingeschränktem Platz. Mary und ich schauten in Fahrtrichtung, John Coal und Sebastian saßen uns gegenüber. Dennoch sprachen und kicherten Mary und ich über die auf dem Kopfsteinpflaster laut knarrenden Räder hinweg, bis wir am Waterloo Bahnhof ankamen.

Die Fahrt von Putney nach London hatte fast zwei Stunden gedauert und ich war froh, aus der kleinen Box zu kommen und meine Glieder auszustrecken. Der Waterloo Bahnhof war äußerst hektisch, doch als Coal und Sebastian mit unserem massiven Gepäck vorangingen, machten die Leute Platz.

John Coal, der im Eisenbahngeschäft gewesen war und sich an dem großen, verwirrenden Bahnhof zu Hause zu fühlen schien, manövrierte uns schnell und effizient zu unserem Gleis. Dampf umgab unseren Zug, als wäre dieser ein magisches Wesen. Im Abteil der ersten Klasse nahm ich Platz auf den üppigen Sitzen. Sie pulsierten leicht, als wäre ich tatsächlich im Inneren eines lebenden Biestes.

Wie ein kleines Kind schaute ich voller Begeisterung aus dem Fenster, als der Zug sich in Bewegung setzte. Die schnell vorbeiziehende Landschaft beeindruckte mich. Die rauchende Stadt ließen wir hinter uns und waren bald schon umgeben von Feldern

und Bäumen, die aufgrund der Geschwindigkeit zu grünen und braunen Streifen verschwommen.

»Reist du zum ersten Mal mit dem Zug?«, fragte Mary lachend, als ich meine Stirn gegen das Glas stieß, weil ich mich zu weit vorgelehnt hatte.

»Ja«, sagte ich, ohne den Blick von den vorbeirauschenden Bildern abzuwenden.

»Nein, tust du nicht«, entgegnete Coal mit ernster Miene. »Du und ich waren schon vor unserer Ehe einmal in Cornwall. Weil es dir dort so gut gefallen hat, kaufte ich ein Haus in dem Ort. Doch daran erinnerst du dich nicht.«

Diesmal saß er neben mir. Mary hatte uns gegenüber Platz genommen, Sebastian war irgendwo hinter dem Gepäck versteckt – es sei denn, wir hatten ihn verloren, dann war er noch in London.

Coals Nähe machte mich nervös, da ich nicht wusste, was er von mir und unserer Beziehung erwartete. Wenn ich daran dachte, brach mir der kalte Schweiß aus, also vermied ich es und genoss stattdessen die Landschaft.

Nach einigen Stunden schwächte der Zauber allerdings ein wenig ab und Mary, die Verräterin, war gegen die Koffer gelehnt eingeschlafen. Die Anwesenheit des Mannes neben mir wurde mir immer bewusster. Je mehr ich versuchte, seine Schulter an meiner zu ignorieren, desto weniger wollte deren Besitzer meine Gedanken verlassen.

»Wenn es dir am Fenster zu kalt ist, können wir Plätze tauschen«, bot er mir an. Erst da merkte ich, dass ich die Schultern hochgezogen hielt. Grund dafür war aber nicht die Temperatur, denn in meinen vielen Schichten war mir kuschelig warm, sondern Anspannung.

»Ich fühle mich wohl«, sagte ich defensiv. »Danke der Nachfrage.«

Er war liebevoll und aufmerksam, doch ich konnte es nicht wertschätzen, denn ich selbst fühlte mich wie eine Hochstaplerin. Schließlich hatte ich nichts getan, um seine besondere Behandlung zu verdienen. Zu wissen, dass es einen Teil meiner selbst gab, den ich nicht kannte, war äußerst verwirrend. Womöglich hatte ich als Marianne etwas getan, das ich als Love nicht begrüßte.

»Mr. Coal?«, wagte ich zögerlich den Beginn einer Unterhaltung.

»John, nicht Mr. Coal«, verbesserte er mich mit leiser Stimme, die die Last auf meinen Schultern an Gewicht zunehmen ließ. Mir fiel es erneut schwer, ihn beim Vornamen zu nennen.

»John«, murmelte ich kaum hörbar. »Möglicherweise sollte ich das nicht sagen ...«

»Du kannst mir alles sagen.« Er nahm meine Hand im Handschuh in seine. »Welche Gedanken auch immer du mit mir teilen möchtest, ich werde zuhören und mein Bestes tun, um dir zu helfen, wenn ich kann.«

Mit diesen Worten schien das Gewicht an Schwere nochmals zugenommen zu haben und drohte mich zu erdrücken.

»Ich ... habe das Gefühl, mich ungerecht zu verhalten.« Ich schaute ihm in die Augen. Zuvor hatte ich das immer wieder vermieden, doch ich wollte kein Feigling mehr sein. Er lehnte sich zurück, als wüsste er, was ich zu sagen im Inbegriff war, und das machte es mir leichter, frei zu sprechen. »Ich verstehe, dass du Mari– mich sehr liebst. Ich bewundere die Opfer, die du für mich erbracht hast, und ich bin dankbar, dass du mich bei dir aufgenommen hast ... doch ich bin nicht mehr als das. Ganz bestimmt liebe ich dich nicht und ich weiß auch nicht, ob ich das kann. Ich weiß noch nicht mal genau, was Liebe ist.«

»Es ist dein Name«, antwortete er und zwang ein Lächeln auf seine Lippen.

»Ja«, seufzte ich. »Du hast recht daran getan, ihn nicht anzuerkennen, denn er passt ganz und gar nicht zu mir.«

»Strafe dich selbst nicht für deine verlorenen Erinnerungen.« Seine Hand umfasste meine noch fester. »Wenn du es mir erlaubst, zeige ich dir den Mann, den du einst geliebt hast. Eine bessere Version gar. Nun, da du endlich wieder bei mir bist, haben wir alle Zeit der Welt. Ich werde mein Tempo an deines anpassen.«

Hilflos senkte ich die Schultern. »Aber ... sollte nicht auch ich etwas tun? Genau das meine ich, wenn ich von Ungerechtigkeit spreche. Es scheint so, als wäre es an dir, die ganze Arbeit zu verrichten.«

»Dann lass mich die Arbeit verrichten. Ich habe so vieles wiedergutzumachen.«

Seine Augen glänzten, als die Sonne sich tiefer zur Erde neigte und ihre Strahlen noch heller durch das Fenster schienen. Ein wunderschöner Himmel mit dünnen Wolkenstreifen reichte über die Felder. Nichts davon konnte ich wirklich wertschätzen, so stark tobten die konträren Emotionen in mir.

»Vielleicht könnte ich mit ganzem Herzen lieben, wenn die Erinnerung zu mir zurückkäme«, murmelte ich.

»Nein«, widersprach Coal scharf. »Wenn es mir nicht gelingt, deine Liebe erneut für mich zu gewinnen, dann verdiene ich sie nicht. Mach dir keine Gedanken. Alles wird sich zum Besten wenden.«

Das hatten mir schon viele Menschen versprochen, doch diesmal war ich gewillt, es vielleicht zu glauben. Ich entzog ihm meine Hand und schaute wieder aus dem Fenster. Ein starker Wind schob die Wolken vor und änderte dabei langsam ihre Form. Wenn sich doch auch meine Gefühle so einfach wandeln könnten.

Kapitel 17

Verfolgung und Fund

Zwischen Exeter St. Davids und Truro fuhr der Zug entlang der Küste und bot einen atemberaubenden Blick auf die kleinen Städte, Strände und das türkisfarbene Meer. Kleine Fischerbote und große Schiffe dominierten die See. Manchmal lagen die Schienen so nah am Wasser, dass es wirkte, als würde der Zug über die Wellen fahren. Ich konnte kaum glauben, dass wir noch immer in England waren, denn alles, was ich von dem Land bisher kennengelernt hatte, waren die geschäftigen, grauen, von großen und einschüchternden Häusern umzingelten Straßen Londons. Stets war dort die Sonne vom Rauch verdeckt gewesen. In Cornwall zu leben, würde mir hingegen bestens gefallen.

Wir erreichten Truro um 17 Uhr. Nach St. Erth war es nur noch eine halbe Stunde, dort würden wir umsteigen und uns direkt nach St. Ives aufmachen. Dem Zeitplan zufolge würde der Zug fünfzehn Minuten lang im Bahnhof pausieren. Diese wenigen Minuten nutzte ich, um mir die Beine zu vertreten. John Coal wies mich an, nicht allzu weit wegzugehen, während er den Schaffner nach der nächsten Kutschstation in St. Ives befragte.

Der Bahnhof war nicht annähernd so groß wie Waterloo und verlaufen würde ich mich schon nicht.

Auf meinem Spaziergang an der Plattform entlang beobachtete ich, wie die Passagiere kamen und gingen. Ein Zeitungsjunge lief auf und ab und verkaufte an alle, die ihre Fenster öffneten, Zeitungen, Magazine oder Bücher. Ein Kontrolleur mit dickem Schnauzer und einem wichtig wirkenden Hut eilte an mir vorbei. Am anderen Ende wurde neue Kohle in die Lokomotive geladen. Der Bahnhof war zwar klein, doch gefüllt von allerlei Geräuschen, Rufen, pfeifenden Zügen und trampelnden Füßen. Wenn man ganz genau horchte, vernahm man das Schreien von Möwen in der Ferne.

Abgelenkt von meiner Umgebung bemerkte ich nicht, dass sich mir eine Frau näherte. Sie und ich stießen zusammen und ich wollte mich gerade entschuldigen, als ich erkannte, wessen Weg ich gekreuzt hatte.

»Miss Love«, sagte Rose mit einem Lächeln und schob ihren burgunderfarbenen Hut zurecht. »Ich hoffe schon seit Waterloo auf eine vertrauliche Unterhaltung zu zweit.«

Ich schaute über meine Schulter und stellte mit Erschrecken fest, dass ich außer Sichtweite unseres Abteils war. Weder Mary noch Coal waren in meiner Nähe und die dichten Menschenmassen um mich herum vereitelten einen raschen Lauf zurück.

»Es heißt Mrs. Coal«, sagte ich zwar mit leiser Stimme, doch mit geschwellter Brust. Sicherlich würde mich Rose nicht angreifen, wenn wir von so vielen Leuten umgeben waren.

Ihr Lächeln wurde breiter. »Ich trete mit Freuden zurück und lasse dich die Last dieses Namens tragen, meine Liebe. Dennoch habe ich die Pflicht, dich zu warnen, was er in sich birgt. Was ich zu sagen habe, ist von größter Wichtigkeit.«

Skeptisch schaute ich sie an. Mein Atem wurde schneller.

»Ich bin sicher, John hat dir allerlei Lügen über mich erzählt«, fuhr sie fort, ohne ihr entnervend selbstbewusstes Lächeln zu verlieren. »Lass mich dir jedoch versichern, dass nicht ich es bin, die du fürchten musst, sondern der Mann selbst.«

»Ich g-glaube dir nicht«, stotterte ich. »Du hast mich vergessen lassen!«

»Ist es das, was er dir erzählt hat?«, flüsterte sie. »Meine Güte, was für ein Blödsinn. Ich möchte dich bloß warnen. Das war von vornherein meine einzige Intention, denn im Gegensatz zu dir war ich in der Lage, mich von ihm zu befreien. An dir aber hält er verbissen fest.«

»Er bringt mir nichts als Respekt entgegen.«

»Das mag sein, er ist sehr begabt darin, die Scharade eines Gentlemans aufrechtzuerhalten. Diese ist jedoch von kurzer Dauer. Bald wird er genug davon haben und wieder zu sich selbst finden. Du denkst, ich war es, die dich vergessen ließ?« Kopfschüttelnd beugte Rose sich vor und durchbohrte mich mit ihrem Blick. »Nein, meine Liebe. Er war es, Love, er hat es getan!«

»Nein!«, rief ich wütend, doch meine Stimme wurde von einem einfahrenden Zug übertönt.

Rose schnaubte. »Ich kann über deine Naivität nur staunen.«

John Coal hatte mich vor ihren Lügen gewarnt. »Das würde er nie tun.« Tränen traten in meine Augen, als ich der liebenswerten Dinge gedachte, die er mir gesagt hatte. John Coal war ein guter Mensch. »Ich habe seine Hand berührt und in sein Herz gesehen.« Deswegen konnten Rose' Worte nicht stimmen.

»Meine Liebe.« Sie hob arrogant das Kinn. »Du redest wirres Zeug. Genau das hat dich in die Anstalt gebracht.«

»Das stimmt nicht, ich kann wirklich in die Gedanken und Gefühle anderer Menschen schauen!«, beteuerte ich.

»Also gut.« Sie nahm ihren Handschuh ab und streckte ihre Hand aus. »Was denke ich?«

Ich sah auf Rose' Hand und dachte an John Coals Erklärung bezüglich ihrer Fähigkeiten. Durch eine Berührung konnte sie Erinnerungen auslöschen. Nie wieder wollte ich auch nur die kleinste verlieren – unabhängig davon, ob gut oder schlecht. Denn meine Erfahrungen machten mich zu der, die ich war.

Lachend zog Rose ihren Handschuh wieder an. »Du hast Angst davor, weil du genau weißt, dass ich recht habe. Das soll mir aber von nun an egal sein. Ich habe genug getan, wenn du nicht auf mich hören willst, dann sei es drum. Ich werde mich nicht weiterhin in die Gefahrenzone dieses Mannes begeben. Ich habe bereits mehr getan, als irgendjemand von mir erwarten kann.« Für einen Moment verlor sie ihr Lächeln, doch als sie sich von mir wegdrehte, sprang es wieder an seinen Platz. Die Menschenmasse auf Plattform zwei verschlang sie. Der Burgunderhut bewegte sich weiter und weiter von mir fort, bis ich ihn nicht mehr von der bunten Menge unterscheiden konnte.

»Meine Liebe.«

Erschrocken sah ich mich zu der vertrauten Stimme hinter mir um.

»Es ist Zeit weiterzufahren«, sagte John Coal und führte mich an der Hand zurück zu unserem Abteil.

Ich wollte ihm von Rose erzählen, doch auf der Plattform war es zu laut und als wir wieder im Zug waren, unterbrach Sebastian unsere Zweisamkeit. Wie eine Handpuppe kam sein Kopf zwischen den Koffern und Boxen hervor. Auf der einen Seite war ich froh darüber, dass er lediglich unter dem Gepäck vergraben

und nicht in London vergessen worden war. Andererseits hätte er keinen schlechteren Moment zum Sprechen wählen können, denn mein Schweigen gab den Zweifeln Zeit zum Erwachen.

»Dürfte ich anmerken, Sir«, gab die Handpuppe von sich, »wie großzügig es von Ihnen ist, Mary und meine Wenigkeit in der ersten Klasse mitreisen zu lassen?«

Mary schlief weiterhin seelenruhig. Ihr ganzes Gewicht ruhte auf den Koffern, die Sebastian einklemmten.

Coal nickte. »Es geht doch nichts über komfortables Reisen.«

»In der Tat, Sir«, gab Sebastian stöhnend von sich, als er versuchte, eins seiner inzwischen wahrscheinlich tauben Beine zu bewegen.

»Stimmt etwas nicht, meine Liebe?«, fragte Coal und musterte kritisch mein Gesicht.

Er nannte mich erneut »Meine Liebe«, genau wie Rose es getan hatte. Warum musste er die gleichen Worte wählen wie sie? Es war beunruhigend, wie ähnlich die beiden sich in ihrer Art waren. Lag das nur an ihrer Ehe?

»Doch«, hauchte ich und blickte erneut aus dem Fenster. Im Gegensatz zu vorher war ich nicht in der Lage, an meinem Spiegelbild vorbeizuschauen und die Landschaft zu betrachten, da meine sich drehenden Gedanken mich vereinnahmten. Mein Blick, der bis eben noch reinste Freude ausgestrahlt hatte, schaute nun düster auf mich zurück.

»Es sieht dir nicht ähnlich, eine Gelegenheit, Sebastian zu ärgern, verstreichen zu lassen«, stellte er fest. Ihn anzulügen war nicht in meinem Interesse, aber ich konnte nicht aufhören zu denken: *Was, wenn Rose' Worte wahr sind?*

Den Rest der Reise setzten wir stumm fort. Mein Mann dachte wahrscheinlich, dass ich einfach müde war. In Wahrheit

hatte ich meine Stimme in Truro bei Rose gelassen. Ihre Version der Ereignisse könnte ebenso wahr sein wie jene, die Coal mir klarzumachen versuchte. Seine Güte wirkte ebenso glaubhaft wie seine Boshaftigkeit bei unserem ersten Aufeinandertreffen. Das wenige Vertrauen, das ich in ihn hatte, war zerbrechlich und basierte lediglich auf dem, was ich in seinem Herzen gesehen hatte. War meine Gabe verlässlich oder, wie Rose gesagt hatte, eine Form des Wahnsinns? Konnte ich meinem eigenen Verstand trauen, wenn dieser mich durch das Vergessen meines Ehemannes auf so grausame Weise im Stich gelassen hatte? Ich verließ mich bloß auf meine Wahrnehmung, doch wie präzise funktionierte diese? In jedem Fall stimmte etwas nicht mit mir, da ich sonst niemanden kannte, der Gedanken durch eine Handberührung lesen konnte. Zuvor hatte mich das nie gestört, da es die Realität war, in der ich lebte, jene, die ich akzeptierte und als wahr anerkannte. Nun aber war mein Vertrauen in mich selbst stark beeinträchtigt.

»Meine Liebe!«

Ich schreckte auf.

»Ich habe dich bereits fünfmal gerufen«, sagte Coal mit einem Lächeln, das mich an Rose erinnerte. Seine Finger drückten leicht gegen meine Schulter. »Wir sind in St. Erth und müssen umsteigen. Es ist nicht mehr weit bis St. Ives. Dir wird es dort gefallen, wie schon das erste Mal.«

Stumm ließ ich mir von John Coal aus dem Abteil helfen. Auf dem Bahnsteig erkannte ich Sebastian, der einige junge Männer beim Transport unseres Gepäcks zum nebenan liegenden Gleis beaufsichtigte. Er ging in seiner herrischen Rolle auf und gestikulierte wild mit den Armen, als würde er ein Schiff in den Hafen einweisen. Mary lief gähnend neben ihm her.

John Coal bemerkte sicherlich, dass ich nicht ich selbst war, doch sagte er nichts. Dafür war ich ihm sehr dankbar, denn meine Gedanken drehten sich so schnell, dass mir ohnehin schwindelig war.

Als wir im neuen Zug Platz nahmen und ich sah, wie Mary sich verschlafen die Augen rieb, wurde mir etwas bewusst. Mein Verstand war so, wie er war. Ob nun vergesslich oder eigenartig, er erlaubte mir, Zuneigung für Menschen wie Mary, Sebastian und sogar Coal zu entwickeln. Es war echtes Leid, das ich in Letzterem gesehen hatte, und es war der Wunsch, ihm zu helfen, der mich in London gehalten hatte. Es war allein meine Entscheidung gewesen und ich war stolz, mein Ziel erreicht zu haben. Er war nun ein anderer Mann, er war glücklicher und wenn ich mir das nur einbildete, dann war das eben so. Ich hatte meine Entscheidung getroffen. Auch wenn ich am nächsten Tag wieder alles vergaß, so würde Mary noch immer da sein und ich würde die Freude unseres Kennenlernens erneut erfahren dürfen. Auf dieselbe Art und Weise versuchte ich momentan Coal kennenzulernen. Meine Angst war es, die uns entfremdete, und wenn ich ehrlich zu mir selbst war, dann war es nicht die Angst vor seinen Handlungen, sondern davor, seinen Erwartungen nicht gerecht zu werden. Egal, was Rose meinte, wie viel Wahrheit in ihren Aussagen steckte, sie gehörte nicht zu den für mich wichtigen Menschen und deswegen würde ich ihr nicht mehr erlauben, sich in meine Empfindungen einzumischen. Auch wenn ich die Gefühle anderer mit einer Handberührung erkennen konnte, so musste ich dennoch meine eigenen formen, um nicht anderer Leute Fehler zu begehen. Wenn ich Fehler machte, dann meine eigenen.

»John«, flüsterte ich dem neben mir sitzenden Mann zu, während Sebastian ein kleines Gepäckstück, das sich gelöst hatte und

ihm auf den Kopf gefallen war, wieder verstaute. »Es gibt etwas, das ich dir sagen muss.«

»Ich kann nicht glauben, dass sie hier ist!«, donnerte John Coal, nachdem ich ihm alles erzählt hatte, was Rose auf der Plattform zu mir gesagt hatte. »Woher wusste sie überhaupt, welchen Zug wir nehmen würden?«

Argwöhnisch schaute er zu Mary und Sebastian, die besorgt zurückblickten.

»Wenn sie es wagt, dir zu nahezukommen, werde ich sie umbringen müssen«, sagte er mit angsteinflößender Entschlossenheit.

»Nein«, protestierte ich. Allein, dass er so etwas in Betracht zog, rief Panik in mir hervor. »Was soll aus dir werden, wenn du einen Mord begehst?«

»Dich zu schützen, kommt für mich an erster Stelle, Love«, sagte er. »Um die Konsequenzen kümmere ich mich später.«

»Nein«, wiederholte ich nachdrücklich. »Bitte tu nichts dergleichen, John! Sie ist höchstwahrscheinlich noch nicht einmal in diesem Zug. Sie sagte, sie möchte nichts mehr mit uns zu tun haben.«

»Das war nur eine weitere ihrer Lügen!«, presste er zwischen den Zähnen hervor. »Aus ihrem Mund kommt nie etwas anderes.«

»Dennoch darfst du ihr nichts tun! Versprich es mir. Ich könnte es nicht ertragen, wenn du eine Straftat in meinem Namen begingst.«

Er schnaubte. »Eine Straftat im Namen der Liebe.«

Die Hitze stieg mir ins Gesicht. »Belustigen dich Unterhaltungen über den Tod?«

»Nein«, rief er aufgebracht. »Du hast keine Ahnung, wie groß meine Angst ist. Ich habe mehr als einmal miterlebt, wozu Rose fähig ist. Ich weiß nicht, was ich tun soll, Love, denn ihr würde ich es zutrauen, uns zu erschießen, sobald wir den Zug verlassen.«

»Das würde sie nicht tun«, warf Mary ein. John und ich schauten sie überrascht an. »Nach allem, was Sie uns erzählt haben, ist es ihr einziger Lebensinhalt, Sie zu quälen, Sir. Sie einfach nur zu erschießen, würde ihr keine Genugtuung verschaffen.«

»Love zu erschießen hingegen schon«, sprach Sebastian mit düsterer Miene.

John Coal wurde blass, seine Augen weit. Wie konnte ich je an ihm gezweifelt haben? Ich nahm seine Hand.

»Wenn sie mich erschießt, werde ich glücklich in dem Wissen sterben, dass es Menschen gibt, die sich um mich sorgen.«

»Sag und denk so etwas nie wieder!«, donnerte Coal und zog mich in eine viel zu feste Umarmung.

»Ja, wirklich!«, stimmte Mary erbost zu und verschränkte die Arme. »Wie kannst du nur so etwas Dummes sagen?«

»Wir brauchen Sie doch noch, Mrs. Coal«, murmelte Sebastian. Sogar er wirkte verstimmt.

»Das war doch fast so etwas wie ein Witz«, beschwichtigte ich sie alle, obwohl ich unheimlich glücklich und gerührt war. »Noch vor wenigen Wochen«, brachte ich hervor, »hätte ich nicht gedacht, dass es irgendjemanden kümmert, ob ich lebe oder sterbe.«

»Mich hat es gekümmert, Love«, sprach Coal. Seine feste Umarmung wurde sanfter und er legte sein Kinn auf meinen Kopf. Seine Zuneigung in der Berührung zu spüren, war ein schönes Gefühl. »Es gibt wenig, das mich je so sehr gekümmert hat. Du bist alles für mich und wir werden zusammenbleiben. Wenn du es mir erlaubst, werde ich dafür sorgen, dass uns niemals jemand trennt. Nie wieder werde ich dich aus den Augen lassen.«

»Versprich mir, dass du dafür niemanden umbringen wirst.« Die Worte klangen dumpf, da meine Lippen gegen seine Brust gepresst waren. Sein Herz schlug immer schneller.

»Ich verspreche es, Love«, flüsterte er und küsste mein Haar.

Als er mich losließ, hatten sich Sebastian und Mary wider Erwarten nicht in Luft aufgelöst. Peinlich berührt starrten sie uns an, bis Mary plötzlich mit dem Finger aus dem Fenster deutete und ausrief: »Ist das nicht ein vortreffliches Feld, an dem wir gerade vorbeifahren?«

»In der Tat«, antwortete Sebastian geschwind. »Ich erinnere mich nicht, je ein vorbildlicheres Stück Grasfläche gesehen zu haben.«

»Es ist ausgesprochen grün«, bemerkte Mary.

»Und Gras-mäßig«, kommentierte Sebastian.

»Danke, das reicht«, sagte Coal scharf und seufzte über den vergeblichen Versuch der Diskretion. Ich beschränkte mich auf ein verlegenes Schmunzeln.

Bald darauf erreichten wir St. Ives. Umgehend nach unserer Ankunft lief Sebastian zu einer kleinen Polizeistelle am Bahnhof und äußerte den Verdacht, dass uns eine Frau nach dem Leben trachtete. Der Zug wurde durchsucht, doch eine Spur von Rose gab es nicht. John Coal war bereit, alles zurückzulassen und neue Tickets zu einem unbekannten Ziel zu kaufen, doch ich bestand darauf, von einer sinnlosen Flucht vor Rose abzulassen. Meiner Meinung nach war es besser, zu bleiben und für unser eigenes Glück zu kämpfen. Als er seine Zustimmung erteilte, schwor ich mir, nie wieder an den mir nahestehenden Personen zu zweifeln.

Ein wunderschöner Sonnenuntergang tunkte den Himmel in Burgunderfarben, als wir eine Kutsche anheuerten, die uns endlich nach Hause bringen sollte.

Kapitel 18

Hass und Hass

Wie Räuber sprangen zwei Schatten aus den Büschen. In den Händen hielten sie Fackeln, im schwindenden Abendlicht strahlten die Flammen immer heller. Eine Pistole lag an der Schläfe des Kutschers und gebot ihm zu halten. Die Pferde wieherten aufgebracht, als man sie zum Stillstand brachte. Das Knarren und Quietschen der Holzräder fuhr durch Mark und Bein …

Keuchend schreckte ich aus meinem Traum. Die Räder lärmten noch immer, als die Kutsche vor der Tür eines kleinen Cottage hielt.

»Wir sind da«, verkündete John Coal stolz. »Das ist unser Zuhause.«

Ich hob den Kopf von seiner Schulter und schüttelte diesen frei von den Fesseln meines Albtraums. Mit dem Anblick des Hauses verschwand alles Schlechte aus meinen Gedanken, denn das Gebäude sah aus wie eines von Mariannes zurückgelassenen Kunstwerken. Die hellgraue Fassade war von zierlichen Efeuranken mit riesigen, roten Blättern bewachsen. Fünf große Fenster umgaben die Holztür und eine kleine Bank stand auf der schma-

len Veranda. Erbaut auf einem Hügel und mit dem Meer im Hintergrund sah der Ort aus wie aus einem Märchen. Das Haus unterschied sich stark von dem prachtvollen zurückgelassenen Manor, doch in Herrlichkeit stand es Letzterem in nichts nach. Etwas Schöneres konnte ich mir nicht vorstellen.

Während ich die Aussicht bewunderte, trugen Sebastian und der Kutscher die Gepäckstücke in unseren neuen Wohnsitz. Ein weiterer Mann kam aus dem Haus und half mit. Sein Gesicht war von einer großen Kapuze verdeckt.

Die geöffnete Tür offenbarte eine robuste Treppe aus Eichenholz. Viele Bilder, deren Stil Mariannes glich, dekorierten die grün tapezierten Wände. Ein beigefarbener Teppich erstreckte sich unter unseren Füßen und ließ den Eingangsbereich freundlich und einladend wirken.

Sebastian trug die von Mary für mich zusammengestellte Kleidung ins obere Schlafzimmer. Zwar war es von der Größe her kleiner als mein Gemach in dem Herrenhaus, doch wirkte es luftiger aufgrund der simplen Möbel. Ohne die extravaganten Schnörkel der Neuzeit wirkte das Bett mittelalterlichen Handwerks. Es hatte ein kurzes Kopfende und vier kurze Säulen mit ballförmigen Kronen. Anstatt eines unnützen Frisiertisches stand eine Kommode mit darüber gehängtem Spiegel zwischen den zwei Fenstern, die den Blick auf den Garten und das Meer freigaben. Ein weiterer Spiegel hing über dem Kamin, der bereits vor unserer Ankunft angezündet worden war.

»Ich werde mich hier sehr wohlfühlen.« Ich lächelte Mary an, die mir mit einem freudigen Kopfnicken zustimmte. Sie machte sich daran, die Koffer und Boxen auszupacken, doch ich versicherte ihr, dass es bis morgen warten könnte, wenn sie mir nur ein Nachthemd gab. Sie half mir beim Umziehen und deckte

mich zu. Ich war so müde, dass mich nicht einmal die auf- und ablaufenden Schritte auf der Treppe am Einschlafen hinderten. Ich glitt in einen tiefen, traumlosen Schlaf.

Erst die Geräusche des Donners und Starkregens vermochten mich Stunden später zu wecken. Das Haus selbst war völlig still. Blinzelnd sah ich in das grelle Licht eines aufleuchtenden Blitzes hinter dem Fenster, als ich eine neben meinem Bett sitzende Silhouette bemerkte. Erschrocken fuhr ich auf und krallte mich in meine Decke, da regte sich die Gestalt und stand auf.

»Ich bin es, Love«, erklang Johns müde Stimme. Er lehnte sich vor, stützte sich auf der Bettdecke ab und berührte zärtlich meine Wange. »Mach dir keine Sorgen, meine Liebe. Schlaf weiter.«

»Warum bist du hier?« Ich war nun gänzlich wach und setzte mich im Bett auf. »Ist etwas vorgefallen?«, flüsterte ich und zog die Decke hoch bis zu meinem Kinn.

»Nein, Love.« Auch wenn ich ihn in der Dunkelheit nicht erkennen konnte, wusste ich, dass er lächelte. »Ich bin hier, um dich zu beschützen.«

»Bist du denn nicht erschöpft?«

»Nein, gar nicht.« Er unterdrückte ein Gähnen und setzte sich auf die Bettkante.

»Hast du vor, nie wieder zu schlafen?«

»Ich habe ein wenig auf dem Stuhl geschlafen.«

»Das kann nicht bequem gewesen sein.«

»Das habe ich auch nicht behauptet, dennoch werde ich dich nicht aus den Augen lassen, solange Rose da draußen ist. Denn sie wird kommen. Das ist so sicher wie das Aufgehen der Sonne.« Seine Stimme war so tief und ernst, dass mir ein kalter Schauer über den Rücken lief.

»In dem Fall ... kannst du mit mir im Bett schlafen«, bot ich kleinlaut an. »Es ist Platz genug für vier. Du brauchst also nicht die ganze Nacht auf dem Stuhl verbringen.«

Erst als er einen Moment lang ganz still blieb, wurde mir die Unverfrorenheit meines Angebots bewusst. Allerdings waren wir doch verheiratet und es war nicht unnatürlich für ein verheiratetes Paar, im selben Bett zu schlafen. Ein weiterer Schauer lief mir den Rücken herunter, als mir bewusst wurde, dass er es als Einladung zu mehr als nur Schlafen verstehen könnte. Schnell zog ich die Bettdecke bis zu meiner Nase hoch.

Er lachte leise und schüttelte den Kopf. »Der Stuhl reicht mir.«

»Nein.« Ich senkte die Decke wieder ein wenig. »Du kannst neben mir schlafen, solange ...«

»Solange ich meine Hände bei mir behalte?«, fragte er sanft und ohne jegliche Anschuldigung. Dennoch empfand ich es als Kritik. »Meine Liebe, das musst du mir nicht sagen. Die Regeln kenne ich genauso gut wie jede einzelne deiner Gesten und jeden deiner Blicke. Ich verstehe sie, ohne deine Gedanken lesen zu müssen, und weiß genau, wie du dich fühlst, auch wenn du versuchst, es zu verstecken. Du musst wissen, dass ich nie etwas tun würde, das dir Unbehagen bereitet. Das würde mich noch mehr verletzen als dich.«

Eisige Kälte durchfuhr mich, obwohl seine Worte warmherzig gesprochen waren. Sie machten deutlich, dass er in unserer Beziehung bereits so viel weiter war als ich, und es gab nichts, das ich tun konnte, um ihn schnell einzuholen. Mir blieb nur, ein wenig Platz zu machen, damit er nicht den Rest seines Lebens auf einem Stuhl verbringen musste, für den Fall, dass Rose nie kam. Langsam stand er auf, legte sich auf die Bettdecke und ließ viel Platz zwischen uns.

»Es war wohl ziemlich schlimm für dich, mir gegenüber boshaft zu sein«, schlussfolgerte ich.

»Du hast davon gesprochen, ein Feuer in mir erkannt zu haben. Das beschreibt meine Gefühle sehr treffend.«

»Es war mehr als das. Es waren deine Gefühle für Rose, dein Verlust von Marianne und die Tatsache, dass du mich von dir wegstoßen musstest. Doch trotz alledem muss ich zugeben, dass du nicht so schrecklich warst wie einige andere Menschen, die ich in meinem Leben bereits getroffen habe.«

»Ja, ich weiß. Du warst auch weniger misstrauisch mir gegenüber als bei unserer ersten Begegnung, während derer du Marianne warst und ich versucht habe, mich von meiner besten Seite zu zeigen. Damals hast du Hintergedanken hinter jeder meiner Handlungen erwartet, weil du Güte nicht gewohnt warst.«

Ich kicherte und das Geräusch erfüllte den gesamten Raum. John Coal neben mir schien sich ein wenig zu entspannen.

»Dich lachen zu hören, bedeutet mir sehr viel«, flüsterte er und mein Herz schlug schneller. »Als Rose mir mitteilte, dass dein Hass mir gegenüber der einzige Weg sei, den Fluch zu brechen, wusste ich, dass ich unsagbar grausam zu dir sein müsste. Du entwickelst nur schwerlich Abneigung gegenüber anderen, dafür verstehst du die Menschen einfach viel zu gut. Ich hätte es nicht versuchen sollen. Love, es tut–«

»Ich weiß«, sagte ich und drehte mich zu ihm. Jetzt, da meine Augen sich an die Lichtverhältnisse gewöhnt hatten, erkannte ich seine Züge. »Ich glaube, ich kenne dich mittlerweile besser, als du denkst.«

»Das hoffe ich.« Er streckte seine Hand nach mir aus, ließ sie aber auf die Decke zwischen uns sinken.

Ohne zu zögern legte ich meine Hand auf seine und bekam erneut einen Einblick in seine selbstlose Liebe mir gegenüber. Sie war so stark, dass ich das Gefühl hatte, mein Herz würde sich zusammenziehen und gleichzeitig zerspringen. Jedoch sah ich nicht nur seine Zuneigung, sondern auch Schuldgefühle darüber, dass er mich damals nicht vor Rose beschützt hatte und dass auch andere Leute deswegen zu Schaden gekommen waren. Sybil, Rose und sogar für Francis' Schicksal fühlte er sich verantwortlich. Der stärkste Wunsch seines Herzens war es, mein Glück zu gewährleisten. Er war bereit, sich von mir scheiden zu lassen, sollte es ihm nicht gelingen, meine Liebe zu erwecken. Obwohl mich gehen zu lassen ihn zerbrechen würde, wollte er mich nicht in einen goldenen Käfig sperren.

»Nein«, protestierte ich sofort. »Du brauchst dich nicht von mir scheiden zu lassen.«

Er lächelte. »Wenn du das nicht möchtest, werde ich das nicht. Was aber, wenn es einen Mann gibt, an dessen Seite du wahres Glück erfahren könntest, welches dir mit mir verwehrt bliebe?«

Diese Worte machten mir bewusst, dass ich gar kein Interesse daran hatte, jemand anderen besser kennenzulernen. Er war es, den ich in meinem Leben haben wollte, wenn mir so ein selbstsüchtiger Wunsch gestattet war. Womöglich mochte ich ihn mittlerweile mehr, als ich mir bisher zugestanden hatte. Meine Freude darüber wollte ich mit ihm teilen, denn alles würde so einfach sein, wenn wir uns nur gegenseitig liebten, oder?

»Niemand könnte mir je dasselbe Gefühl entgegenbringen wie du. Das Gefühl, etwas Besonderes zu sein. Ich denke, dass … ich mich ganz vielleicht ein kleines bisschen in dich verliebe.« Ich rückte etwas näher an ihn heran.

John lachte über mein reserviertes Zugeständnis.

»Ich brauche niemanden sonst. Du … genügst mir.« Ich rückte noch näher und legte mich in seine Umarmung. »Weil wir Verrückten zusammenhalten sollten.«

Wie im Einverständnis mit meinen Worten flackerte ein neuer Blitz über den Himmel und Donner erschütterte die Luft.

Am nächsten Tag ließ strahlender Sonnenschein alle Spuren des nächtlichen Sturmes verschwinden, sodass wir das Land, in das wir gereist waren, bewundern konnten. Das leuchtend grüne Gras auf dem Hügel des Cottage rauschte mit dem Wind und türkise Wellen peitschten gegen die beigefarbenen Strände unterhalb. Ins Meer ragende Klippen markierten den Beginn und das Ende der Buchten. Die Küste sah aus, als hätte ein Riese ein Stück des Landes abgebissen und seinen gigantischen Zahnabdruck hinterlassen. Ich roch das Meer und die Sonne und gebratenen Speck. Obwohl ich den Ausblick sehr genoss, hinterließ der Geruch von Essen den stärksten Eindruck und machte mir bewusst, wie hungrig ich war. Umgehend lief ich zurück ins Haus und hinunter in die Küche. Dort traf ich Mary an, die ein ausgiebiges Frühstück zubereitete.

»Ach, Love«, seufzte sie. »Wie ich das Kochen vermisst habe! Früher habe ich immer die Mahlzeiten für meine sechs jüngeren Geschwister zubereitet. Gibt es etwas Schöneres, als für die Lieben zu kochen?«

»Wo hast du die ganzen Zutaten her?«, fragte ich, verblüfft über die Vielfalt an Speisen. Es gab Crumpets, Croutons, Rührei, Würstchen im Teigmantel, Kürbisporridge, Birnenbutter und duftenden Speck in einer Roulade.

»Ich bin früh aufgestanden, da ich fast die ganze Fahrt durchgeschlafen habe. Nachdem ich mich im Haus umgesehen hatte, fand ich den Kapuzenmann bei der Gartenarbeit und bat ihn, für mich zum Markt zu gehen.« Sie grinste breit.

Ich riss ein Stückchen Roulade ab und stopfte es mir in den Mund. Mary hatte alle Hände voll damit zu tun, den Porridge umzurühren, warf mir aber einen warnenden Blick zu.

»Warum nennst du ihn Kapuzenmann? Hat er keinen Namen?«, fragte ich in der Annahme, dass sie von dem Mann sprach, der gestern Sebastian beim Entladen der Kutsche geholfen hatte.

»Seinen Namen kenne ich nicht und es scheint, als könne er nicht sprechen. ›Kapuzenmann‹ klingt aufregender als ›der Stumme‹ oder ›der Angsteinflößende‹. Findest du nicht?«

»Seit dem Brand hat er kein Wort gesprochen«, eröffnete John, der gerade in die Küche kam. Seine erste Tat war es, sich ein Stück von der Roulade abzureißen. Das brachte mich zum Kichern und verdüsterte Marys Blick.

»Also wirklich«, beschwerte sich die Köchin und nahm den Teller mit der Roulade von dem mittig platzierten Küchentisch, um diesen auf ein hohes Regal neben dem Herd zu stellen, sodass John und ich nicht mehr so einfach herankamen. Da die Roulade außer Reichweite war, nahmen John und ich uns jeweils eine Handvoll Croutons. Mary nahm auch diesen Teller weg, doch das entmutigte uns keineswegs und wir teilten uns ein Crumpet. Schlussendlich gab Mary auf und stellte alles wieder auf den Tisch, bevor sie uns erlaubte, direkt in der Küche zu frühstücken.

»Du solltest dich freuen«, sagte John und schmierte sich Birnenbutter auf ein Crumpet. »Wir haben dir erspart, den Tisch oben decken zu müssen.«

»Allerdings! Nicht jeder hat so genügsame Arbeitgeber«, fügte ich hinzu.

»Ich würde euch nicht als genügsam, sondern eher als gierig und ungeduldig bezeichnen«, widersprach Mary. Sie setzte sich zu uns an den Tisch und nahm ein Stück Roulade. »Vielleicht hätten wir Sebastian auch einladen sollen?«

»Wenn wir schnell genug essen, können wir so tun, als hätte es nie ein Frühstück gegeben und ihn für die Zutaten des Mittagessens zum Markt schicken«, schlug ich vor.

Die zwei schauten sich kurz an und zuckten mit den Schultern.

»Das ist wirklich herzallerliebst, Love«, rief Sebastian und stieg die Treppenstufen schmollend hinab.

»Es ist nicht ihre Schuld, dass du so spät aufgewacht bist. Sollten Bedienstete nicht vor ihren Arbeitgebern aufstehen?«, merkte John schmunzelnd an.

Sebastian errötete leicht und setzte sich still und leise mit an den Tisch – so nah wie möglich an Mary und so weit es ging von mir weg.

»Wer ist der andere Mann, der hier lebt?«, fragte er höflich und wechselte somit geschickt zu einem spannenderen Thema.

»Das weiß ich nicht«, gab John zu.

»Nicht?«, fragte ich überrascht.

»Nein«, antwortete mein Mann. »Bei dem Brand im Manor wurde er schwer verletzt. Die Narben bedecken seinen ganzen Körper und machen sein Gesicht unkenntlich. Der Vorfall hat ihn tief erschüttert und auch nach seiner Heilung hat er seine Stimme nie wiedergefunden. Daher kann ich nicht sagen, wer er ist, und es interessiert mich auch nicht. Einzig relevant ist, dass er durch die Auseinandersetzung zwischen meiner ehemaligen Frau und mir verwundet wurde. Seine Verletzungen sind meine

Schuld, daher habe ich ihn zum Auskurieren hierhergeschickt. Mehr brauche ich nicht zu wissen, sollte er aber etwas mit mir teilen wollen, so wird er einen Weg finden.«

Es erwärmte mein Herz, John Coal so etwas sagen zu hören.

Später tranken Mary und ich gemeinsam Tee im Garten. Mary hatte zwar geschimpft, dass es sich für eine Lady nicht schickte, mit einem Dienstmädchen gemeinsam so einer Aktivität nachzugehen, doch ich überzeugte sie zügig davon, dass ich weder eine Lady noch besonders versiert war im Bereich der Schicklichkeit. Meiner Auffassung zufolge konnte es nicht unangemessen sein, mit einer Freundin Tee zu trinken. Während wir die ungewöhnlich großen Seemöwen beobachteten, die es auf unsere zarten Scones abgesehen hatten, kam der Kapuzenmann in den Garten. Sein Aufzug jagte mir einen Schrecken ein. Er trug einen langen, schwarzen Mantel, die Kapuze verdeckte wie zuvor schon sein Gesicht und auf seiner Schulter lehnte eine Schaufel. Auf den ersten Blick dachte ich, der Sensenmann wäre erschienen, und vergoss beinahe mein Heißgetränk. Ohne ein Wort zu sagen, ging er ans andere Ende des Gartens und begann, kleine Löcher zu graben und bunte Blumen darin zu pflanzen.

»Was für ein eigenartiger Mann«, flüsterte ich Mary zu.

»Als ich ihn heute Morgen getroffen habe, dachte ich, er wäre auf mein Leben aus, doch in Wirklichkeit ist er ein sehr lieber und zuvorkommender Zeitgenosse«, beteuerte Mary.

»Ich mag ihn nicht.« Sebastian kam vom Haus und verschränkte die Arme, als er uns erreichte. Indem er seine Eifersucht so eindeutig verkündete, eröffnete er die Saison für eine ganz neue Art des Stichelns. Als er begriff, was er getan hatte, war es bereits zu spät, wie das breite Grinsen auf meinen Lippen verkündete.

»Sebastian«, sagte Coal, der nun auch in den Garten kam. Sein Hemd war nicht zugeknöpft und Schweißperlen liefen seine nackte Brust hinunter. Ich trat gegen Marys Stuhlbein, die ihn etwas zu genau dabei beobachtete, wie er sich mit einem Tuch abtrocknete. »Die Damen zu unterhalten, ist zwar eine noble Angelegenheit, doch noch nobler wäre es, mir beim Tragen der Möbel in die restlichen Zimmer zu helfen.«

Rot anlaufend und stotternd lief der Butler John nach zurück ins Haus. Letzterer warf im Gehen einen Blick in Richtung des Kapuzenmannes. Ich fragte mich, ob mein Mann wirklich so ahnungslos war, was die Identität des Unbekannten anging.

»Er bedeutet dir viel«, sagte Mary plötzlich und lächelte allwissend.

»Ich weiß nicht, wovon du redest«, murmelte ich in meine Tasse.

»Doch, das tust du.« Marys Lächeln wurde breiter.

»Hör auf mich zu ärgern, ich bin nicht Sebastian.«

Mary lachte laut auf und der Kapuzenmann schaute zu uns herüber – oder zumindest dachte ich das. Schließlich war es schwer zu sagen, da seine Gesichtszüge im Schatten der Kapuze verborgen lagen.

Kapitel 19

Verflucht und Vertraut

»Darf ich?«, fragte John Coal vorsichtig und zeigte auf mein Bett. Er schaute mich eindringlich an, als suchte er nach der kleinsten Andeutung von Unbehagen.

Warum er darauf bestand, alle Schlafzimmer des Hauses zu möblieren, war mir ein Rätsel, wenn er doch auch diese Nacht in meinem verbrachte.

»Ja«, antwortete ich nur und hoffte, dass das kurze Wort nicht reichte, um meine Freude allzu deutlich zu machen. Mittlerweile bevorzugte ich seine Nähe gegenüber seiner Abwesenheit.

»Denkst du wirklich, dass sie uns hier heimsuchen wird?«, fragte ich, als er sich neben mich legte wie auch zuvor schon. »Alles ist so friedlich und ruhig, da kann ich es mir kaum vorstellen.«

»Ich bin sicher, Love«, antwortete er finster. »Sie wird kommen, wenn wir uns sicher fühlen, wenn unser Glück uns am verletzlichsten und empfänglich für den Schmerz macht.«

»Ich bin jetzt schon ziemlich glücklich«, flüsterte ich.

»Das freut mich.« Seine Stimme klang, als würde er lächeln.

»Bist du es nicht? Ist das nicht, was du gewollt hast? Hier mit mir zu sein ...«, fragte ich viel ängstlicher, als es meine Intention gewesen war. Was, wenn er aufhörte, mich zu lieben, sobald ich Gefühle für ihn entwickelte? Vielleicht sollte ich vorsichtiger sein, denn wenn ich mich ihm zu sehr öffnete, könnte er mich weitaus mehr verletzen als Rose an ihrem besten Tag.

Mit jeder Sekunde, die er schwieg, sank mir das Herz tiefer. Doch dann stützte er sich auf den Ellenbogen ab und lehnte sich zu mir vor. Bevor unsere Lippen sich berührten, schaute er mir in die Augen. Ich gab ihm kein Anzeichen des Protests. Er küsste mich sanft. Es dauerte nicht lange, bis er sich wieder zurücklehnte, doch da schlug mein Herz bereits so schnell, dass ich nicht glaubte, es würde sich je wieder verlangsamen.

»Natürlich bin ich das«, flüsterte er kaum hörbar. Als würde Rose in diesem Moment aus dem Schrank springen, wenn er es wagte, den Gedanken lauter zu äußern. »Komm her«, sagte er und öffnete die Arme, sodass ich mich an ihn schmiegen konnte. Auf seiner Brust zu liegen, gab mir das Gefühl, beschützt und geliebt zu werden. Solch ein Glück hatte ich noch nie empfunden.

Mary hatte recht gehabt: Er bedeutete mir bereits viel und es war zu spät, dies zu leugnen. Die Wärme seines Kusses lag noch immer auf meinen Lippen, als ich in seiner Umarmung einschlief.

»Vielleicht sollte ich seine Hand berühren«, flüsterte ich in Marys Ohr. Wir standen am Fenster des ersten Stocks und schauten dem Kapuzenmann beim Holzhacken im Hinterhof zu.

»Nein, Love«, sagte Mary, den Wäschekorb gegen ihre Hüfte balancierend. »Wenn er es uns nicht mitteilen möchte, sollten wir seinen Wunsch respektieren.«

»Was, wenn er Rose' Lakai ist?« Ich senkte meine Stimme. Mary wurde blass, während sie über die Antwort nachdachte.

»Das erschiene mir nicht logisch«, argumentierte sie. »Schließlich wäre er beinahe durch ihre Hand gestorben. Auf mich wirkt er anständig.«

Dramatisch schnappte ich nach Luft. »Mary«, sagte ich bestürzt, »was wird Sebastian sagen, wenn er erfährt, dass—«

»Ganz im Gegensatz zu dir«, unterbrach mich das Dienstmädchen, »trägt jeder seinen Teil dazu bei, das Haus herzurichten. Mr. Coal noch mehr als sonst jemand. Er macht eigenhändig Reparaturen, arrangiert die Möbel, ich habe ihn neulich sogar dabei beobachtet, wie er Holz gehackt hat. Du hingegen hast bisher nichts als Faulheit an den Tag gelegt. Entweder sonnst du dich oder du naschst an den Süßigkeiten, die ich zubereite. Dabei solltest du als Hausherrin deinen Pflichten nachgehen und zum Beispiel den Haushalt verwalten.«

Marys Gefühlsausbruch machte mich sprachlos. Mir waren keinerlei Pflichten bekannt, auch hatte ich noch nie einen Haushalt verwaltet. In meiner nun nicht mehr gespielten Bestürzung nahm ich noch eines der von Mary zubereiteten Karamellbonbons aus der Papiertüte in meiner Hand und legte es mir in den Mund. Mary schaute mich ernst an, schüttelte dann den Kopf und ging.

Um ehrlich zu sein, fiel es mir schwer, die ganzen Veränderungen in meinem Leben zu glauben. Ich hatte das Gefühl, es würde wieder so werden wie vor John Coals Offenbarung meiner Identität. Daher wollte ich dieses Leben genießen, so lange ich konnte, denn womöglich träumte ich es nur. Womöglich war ich noch immer in der Anstalt. Mary konnte das nicht wissen und ich würde es ihr auch nicht sagen, denn es war deprimierend. Auch

wenn dies die Realität war, so ging mein Ehemann davon aus, dass Rose erscheinen und unser Glück zerstören würde. Welchen Sinn hatte das Summieren von Zahlen im Haushaltsbuch, wenn die Gefahr bestand, dass ich bereits morgen von nichts mehr wüsste? Zuvor hatte ich gedacht, dass nichts zu haben das Schlimmste war. Nun wurde mir bewusst, dass etwas von großer Bedeutung zu verlieren um ein Vielfaches schrecklicher war.

Mit einem weiteren Bonbon im Mund drehte ich mich zum Fenster und bemerkte, dass der Kapuzenmann weg war. Ebenso wie die Axt. Diesen Menschen umgab ein Mysterium und ich konnte nicht glauben, dass der so vorsichtige John Coal jemanden in seinem Haus duldete, dessen Identität unbekannt war. Ich würde sein Geheimnis lüften und Mary beweisen, dass ich keineswegs nutzlos war!

Als ich die robuste Treppe aus Eichenholz hinabstieg, knarrte diese so laut, dass mein Aufenthaltsort allen im Haus und der umliegenden Nachbarschaft verkündet wurde. Daher gab ich vor, mich entspannten Schrittes zum Sonnen in den Garten zu begeben. Doch sobald sich das weiche Gras unter meinen Stiefeln befand, schlich ich ums Haus zum seitlich gelegenen Hinterhof. Dort hatte der Kapuzenmann Möbel gebaut – Stühle, einen Tisch, den Rahmen eines Bettes. Er war außergewöhnlich geschickt und gänzlich suspekt.

Der Hof befand sich zwischen einem kleinen Geräteschuppen und dem Haupthaus. Während die Sonne den gesamten Garten hell erleuchtete, blieb der Hinterhof im Schatten, denn um den unansehnlichen, staubigen Ort zu verstecken, rankte eine hohe Hecke drum rum. Zwei Schaufeln, eine Heckenschere und ein rostiger Schubkarren lehnten gegen den Schuppen.

Vom Kapuzenmann fehlte jede Spur, daher lugte ich in die kleine Hütte. Diese war gefüllt mit verschiedensten Werkzeugen, die ebenso gut Mordwaffen sein könnten. Metallketten hingen von der Decke und weckten Erinnerungen an die Anstalt.

Seufzend drehte ich mich wieder um und fuhr zusammen, als ich den Kapuzenmann direkt vor mir erblickte. In seiner Hand war eine Axt. Mir stockte der Atem. Zum ersten Mal war er mir nah genug, dass ich die erheblichen roten Vernarbungen auf seinem Gesicht erkennen konnte. Nur seine braunen Augen waren von Deformationen verschont geblieben. In ihnen leuchtete die Anschuldigung.

Ich machte einen Schritt von ihm weg und stieß gegen den Schubkarren. Daraufhin rutschte dieser von der Wand des Schuppens, riss mich und mein Gleichgewicht mit sich und ich fiel in den Karren. Aufgrund des weiten Unterrocks, dessen Hersteller nicht erwogen hatten, dass die Trägerin aus einem Karren herauskommen müsste, blieb ich stecken und war dem Mann mit der Axt ausgeliefert. Er musterte mich einen unendlichen Moment lang, in dem sowohl meine Panik als auch die Hektik, mit der ich mit Armen und Beinen fuchtelte, rapide anstiegen. Dann kam er auf mich zu und mir rutschte das Herz in die Knie. Ich holte tief Luft, um nach Hilfe zu rufen.

Doch anstatt mir mit dem Beil den Kopf abzuhacken, ließ er dieses zu Boden fallen. Langsam trat er an mich heran und wollte mir grade seine Hand entgegenstrecken, als er zurückzuckte und den Arm wieder sinken ließ. Anscheinend hatte er irgendwie von meiner Gabe erfahren und wollte seine Gedanken nicht preisgeben. Nach einem kurzen Moment des Nachdenkens schritt er um den Schubkarren herum, packte ihn an den Griffen und hob diese an. Wie ein Stück ungelenkes Holz glitt ich aus dem Karren

und landete mit dem Hintern auf dem staubigen und schlammigen Boden.

»Danke«, rief ich hastig, sprang völlig verdreckt auf die Beine und lief wieder ins Haus, bevor er sich doch entschloss, mich umzubringen.

Als ich das Foyer betrat, war dort großer Aufruhr. Sebastian, Mary und John standen angeregt sprechend in der Mitte des Eingangsbereichs. Der Kapuzenmann kam hinter mir rein und schloss sich ihrem Kreis an.

»Ah, danke, dass du sie geholt hast«, sagte John zu ihm und wandte sich mir freudig zu. Sein Enthusiasmus verringerte sich allerdings schlagartig, als er meinen Zustand bemerkte. »Was ist passiert?«

»Nichts«, antwortete ich rasch und drehte meinen schmutzigen Hintern von ihm weg, den er auf unangemessene Weise begutachtet hatte. »Ein kleiner Unfall mit einer Menge Schlamm.«

Sebastian und Mary unterdrückten mit großer Mühe ihr Lachen. Stellvertretend für beide warf ich dem Butler einen bösen Blick zu, da ich Mary niemals etwas übel nehmen könnte. Der Kapuzenmann zeigte keinerlei Reaktion. Sein Mangel an Menschlichkeit jagte mir Angst ein.

»Du kannst gleich wieder zu deinem Schlamm zurückkehren«, versprach John Coal mit einem belustigten Grinsen. »Zuvor möchte ich dir aber eine kleine Erfindung vorstellen.«

Voller Stolz zeigte er auf einige dünne Seile, die mit der Haustür und den Fenstern verbunden waren. Sie führten entlang der Decke bis zum Eingang des nächsten Raumes, wo Glocken befestigt waren.

»Wenn jemand sich nachts Zutritt zum Haus verschaffen sollte, werden wir es aufgrund des Glockengeläuts mitbekom-

men. Im gesamten Haus sind nun so viele installiert, dass wir ganz Cornwall zu wecken vermögen.« Er lächelte mich mit jungenhafter Aufgeregtheit an. »Erlaube uns, es vorzuführen. Sebastian wird hinausgehen und–«

Er wurde unterbrochen von dem entnervenden Gesang Hunderter Glocken im gesamten Cottage. Ihr Bimmeln wurde durch die Konstruktion noch mehr verstärkt.

»Danke, Sebastian«, rief John. Wir hielten uns alle die Ohren zu, nur der Kapuzenmann machte sich daran, mit einem langen Stab die Glocken eine nach der anderen zum Schweigen zu bringen.

»Ich war das nicht, Sir«, sagte der noch im Haus stehende Butler.

Mit großem Verblüffen blickten wir alle zur Tür, die sich langsam und vorsichtig öffnete und ein bekanntes Gesicht offenbarte.

»Sybil«, stieß John hervor. Seine Augen funkelten kurz auf, doch er erlaubte seiner Freude nicht, weiter nach außen zu dringen, stattdessen verhärtete sich sein Ausdruck und wurde gänzlich kalt. So ähnlich hatte er mich bereits mehr als einmal angesehen, als er seine wahren Gefühle mir gegenüber noch verborgen hatte.

»Guten Tag«, gab Sybil schüchtern von sich. Vorsichtig, so als würde sie auf eine Abweisung warten, trat sie über die Türschwelle. »Verzeiht, dass ich ohne Einladung oder Ankündigung erscheine. Die Adresse kannte ich nicht und habe mich einzig mit dem Anhaltspunkt von Mariannes Liebe zu Cornwall und St. Ives auf gut Glück hierher begeben. Schließlich sind deine Handlungen darauf ausgerichtet, ihr eine Freude zu machen, John.« Mit beiden Händen umklammerte sie den Griff ihrer Reisetasche. »Daher bin ich das Risiko eingegangen und habe mich durchgefragt, bis jemand mich zu diesem wunderschönen, kleinen Cottage hoch auf dem Hügel verwiesen hat.« Für einen Moment hielt

sie inne und sprach dann mit der Geschwindigkeit eines Rennpferdes weiter. »Verzeih mein ungebetenes Eindringen, John, mir ist bewusst, dass du mich los sein wolltest, doch ich konnte die Dinge zwischen uns nicht so stehen lassen! Meinen eigenen Sohn kann ich nicht erreichen, deswegen möchte ich wenigstens dich nicht auch noch verlieren.« Das auszusprechen, fiel ihr merklich schwer. »Du ... bist für mich die einzige verbliebene Familie.«

Mit tränengefüllten Augen schaute sie ihn an, seine jedoch blieben unnachgiebig.

»Auch mir tut die Art unserer Trennung leid, Sybil. Doch kann ich dir keine Anstellung anbieten, da mir schlichtweg die Mittel fehlen.«

»Das ist auch nicht der Grund, warum ich hier bin.« Sie schüttelte den Kopf. »Ich möchte um Unterkunft für eine Nacht bitten und die Möglichkeit, Frieden zu schließen mit dir und deiner Frau.« Schuldbewusst schaute sie zu mir. »Morgen früh kann ich den ersten Zug nach London nehmen und wenn du es wünschst, wirst du mich nie wiedersehen.«

»Ich befürchte –«, begann John, doch ich konnte ihm nicht erlauben auszusprechen, was er womöglich eines Tages bereuen würde.

»Wir freuen uns, Sybil, dich bei uns zu begrüßen«, unterbrach ich ihn schnell. »Selbstverständlich bestehen wir darauf, dass du eine Weile bleibst. In einer Woche werden auch noch Züge nach London fahren.« Ich trat vor und nahm unserem Gast die kleine Reisetasche ab. Nachdem ich diese Sebastian übergeben hatte, wies ich ihn und Mary an, die Besucherin zu ihrem Zimmer zu geleiten.

»Warum hast du das getan?«, fragte John bitter, sobald nur noch er und ich im Eingangsbereich zurückblieben.

Ich nahm seine Hand. »Du vergisst, dass ich weitaus mehr sehe als andere. Ich weiß, dass es schwer für dich gewesen ist,

Sybil zu verlassen, und dass die Entscheidung dich verfolgt hat. Schließlich war sie stets an deiner Seite gewesen, sie hat dir auf ihre eigene sonderbare Weise durch finstere Zeiten geholfen. Auch als du dein restliches Personal entlassen hast, nachdem du erst Rose und dann mich verloren hast, konntest du dich nicht von ihr trennen. Schließe Frieden mit ihr, zu deinem und ihrem Wohl. Für mich hast du bereits so vieles aufgegeben, verzichte nicht auch noch auf sie.«

Er zog mich an der Hand zu sich, die andere legte er unter mein Kinn und hob es leicht an. »Es gibt nur einen Menschen, auf den ich nicht verzichten kann«, flüsterte er in mein Ohr und küsste mich dann am Hals. Seine Worte glichen dem, was ich in seiner Gedankenwelt erkannte, während unsere Finger miteinander verflochten waren. Die plötzliche Intensität überraschte mich und gab mir kaum Zeit, meine eigenen Gefühle einzuordnen. Mein Herz schlug immer schneller. Seine Lippen wanderten hoch bis zu meinem Mund. Er zögerte einen Moment, bevor er sie auf meine presste, und lächelte dabei. Dann küsste er mich leidenschaftlicher als zuvor. Seine freie Hand legte er mir zwischen die Schulterblätter und drückte mich fester an sich. In diesem Moment wusste ich genau, was ich ihm gegenüber empfand, und ich hätte mir gewünscht, dass auch er meine Gedanken lesen könnte. Dann wüsste er, wie sehr sich meine Gefühle für ihn verändert hatten. Da das aber nicht möglich war, richtete ich all die unsichtbaren Empfindungen in das Erwidern seines Kusses.

Beim köstlichen Abendessen, das Mary aus gekochten Kartoffeln und allerlei Gemüse gezaubert hatte, saßen wir alle zusammen,

sprachen und lachten. Der Kapuzenmann vertilgte seine Speise wie immer allein im Hinterhof und machte sich noch rarer als sonst. Sybil war erschrocken darüber, mit dem gemeinen Personal am Tisch zu sitzen.

»Ich bin noch nie ein Gentleman gewesen«, erklärte John lächelnd, »sondern ein Mann des Handels. Mein Reichtum ließ mich meinen Stand vergessen und führte mich in den Irrglauben der Zugehörigkeit zu höheren Zirkeln. Love war es, die mich an meinen Platz im Leben erinnerte. So habe ich meine Lektion gelernt und werde nicht länger etwas anderes vorgeben.«

Sybils Augen füllten sich erneut mit Tränen. »Aber, John«, sagte sie zittrig vor Aufregung. »Du hast doch so hart für deinen Wohlstand gearbeitet, bist jedem noch so kleinen Hinweis nachgegangen, um ja die richtigen Entscheidungen zu treffen, und hast so dein Vermögen immer weiter aufgebaut. Das Anwesen zu kaufen, war dein größter Verdienst und du warst so stolz auf diese Errungenschaft. Dass die höhere Gesellschaft dich akzeptierte und in ihre Reihen aufnahm, war die größte Ehrerbietung und zeichnete deinen Erfolg aus!« Sie hielt kurz inne, da Johns breites Grinsen sie zu verunsichern schien. »Wieso trittst du alldem nun mit so viel Hohn gegenüber?«, fragte sie bitter.

»Weil all die aufgezählten Dinge nicht von Bedeutung sind, wenn man sie allein genießt, Sybil.« Sein Ausdruck wurde sanfter – das Grinsen zum Lächeln. »Wenn das Anwesen noch einmal mir gehörte, würde ich es erneut verkaufen.«

Sybil biss sich auf die Unterlippe und sagte nichts mehr. Still und mit dem Blick auf ihren Teller gerichtet stocherte sie in ihren Kartoffeln und nahm am weiteren Gespräch nicht mehr teil. Vielleicht hatte es sie an Francis erinnert oder womöglich gefiel ihr Johns neue Einstellung nicht, da diese sie an Wichtigkeit in

seinem Leben abnehmen ließen. Er war zufrieden und damit schien sie nicht umgehen zu können.

Als alle Teller leer waren, räusperte die ehemalige Haushälterin sich. »Wenn es auch traurig ist, dass so viel deines Besitzes abhandengekommen ist, freut es mich dennoch, dass du endlich dein Glück gefunden hast«, schloss sie seufzend.

Wahrlich glücklich schaute John mich an und es erwärmte mein Herz, dass Sybil sich zu diesen Worten überwunden hatte. Doch dann erinnerte ich mich an die Warnung, dass unser Glück Rose näher brachte, da sie es stehlen wollte. Auch wenn das Abendessen freudig vonstattenging, begab ich mich mit gemischten Gefühlen zu Bett und war froh darüber, John während des Einschlafens neben mir zu haben.

Mitten in der Nacht weckten mich erneut höllische Albträume von zwei Schattengestalten. Mit einem lauten Schniefen sank ich tiefer in mein Kissen, da die Bilder meines Traums wie ein Wirbelwind zurückkamen. Die zwei hatten alle erschossen, die mir etwas bedeuteten. John, Mary, Sebastian. Sie alle waren Opfer ihrer Pistole geworden, deren Munition nie endete. Allein blieb ich zurück in der engen Zelle der Irrenanstalt und verfiel tatsächlich dem Wahnsinn, da der Verlust geliebter Menschen mir die Fähigkeit genommen hatte, meine Augen wie zuvor vor dem Leid der Welt zu verschließen. Die Trauer hatte meine Sinne vereinnahmt. All diese Geschehnisse waren von weiblichem Lachen untermalt gewesen. Obwohl es nur ein Traum gewesen war, hatte er so real gewirkt, dass ich in kaltem Schweiß gebadet zitterte.

»Love.« John berührte sanft meine Schulter. »Love, was hast du?«

Ich drehte mich zu ihm und warf meine Arme um seinen Körper. So fest ich konnte, drückte ich ihn an mich, horchte seinem Herzschlag und spürte seine Wärme – in meinem Traum

waren seine Hände kalt geworden, was den Zugang zu seiner Gedankenwelt für immer verschlossen hatte.

»Es war nur ein Traum«, sagte er sanft und streichelte meinen Kopf.

Ich schniefte. »Sie hat dich mir entrissen.«

Er umarmte mich fest. »Niemand wird uns trennen. Nicht noch einmal.«

»Woher weißt du das?«

»Weil ich dich beschützen werde«, flüsterte er.

Ich wollte ihm glauben, doch die abscheulichen Bilder aus meinem Traum flackerten penetrant vor meinem inneren Auge. »Was, wenn du dabei stirbst?«, brachte ich hervor.

»Ich werde nicht sterben, Love.« In seiner Stimme hörte ich ein Lächeln.

»Nie?«

»Nie, Liebes.«

»Warum?«

»Weil ich einen Grund zum Leben habe.« Er entzog sich meiner Umarmung, indem er meine Hände von seinem Rücken nahm und in seine eigenen einschloss. Eindringlich erwiderte er meinen Blick. »Rose muss sich vor uns fürchten, denn sie hat niemanden.«

Durch die Berührung seiner Hand spürte ich, welche Freude es in ihm auslöste, dass ich mich um ihn sorgte. Ich sah in seine blauen Augen, über denen die dunklen Brauen leicht angehoben waren, und begriff zum ersten Mal, was dem Leben einen Sinn gab. Ich fragte mich, wie ich so lange ohne diesen hatte bleiben können. Wenn auch meine Angst sich keineswegs verflüchtigte, wurde sie von dem Verlangen überschattet, meine Lieben zu schützen. Sollten Marys Freundschaft, Sebastians Neckereien und Johns Liebe verschwinden, dann würde auch von mir nichts bleiben.

Was, wenn Rose nicht allein agierte, wenn die beiden Schattengestalten aus meinen Träumen eine Vorahnung waren?

Als ich an Johns Seite langsam wieder in den Schlaf sank, wurden meine wilden Gedanken zu noch wilderen Träumen, aus denen ich bloß einige Stunden später würgend erwachte. Die Decke hatte sich um mich gewickelt wie eine Schlange, da ich mich wahrscheinlich hin und her gewunden hatte.

Mit einem Schreck nahm ich eine am Bettende sitzende Silhouette wahr. Ihre Umrisse waren deutlich zu erkennen gegen den von Sternen erleuchteten Himmel hinter dem Fenster. Einen Moment lang dachte ich, es wäre John, da die Matratze neben mir leer war, doch die Figur der Person war zu schmal und wirkte eher fraulich.

»Und so treffen wir uns wieder.« Ich vernahm ein Lächeln in der Stimme der Frau, das mir das Blut in den Adern gefrieren ließ. »Marianne.«

»Rose.« Langsam setzte ich mich auf und sah mich vorsichtig um. War dies ein weiterer Traum?

»Bevorzugst du Marianne oder doch lieber Love?«, fragte sie auf verspielte und oberflächlich freundliche Art.

»Mir ist beides recht.« Meine Stimme klang heiser.

Das Mondlicht erleuchtete ihr Lächeln. Johns erste Ehefrau erhob sich vom Bett und schritt langsam und bedacht durch das Zimmer. Ihre ruhige Art strahlte Dominanz und Kontrolle aus.

»Sag, wie ist es, die Dinge zu besitzen, deren rechtmäßige Eigentümerin ich bin?« Sie öffnete eine Schublade der Kommode und holte eine Halskette heraus. Die Diamanten schimmerten trotz des schwachen Lichts. Von dem Schmuckstück hatte ich nichts gewusst, Mary musste es dort verstaut haben. Rose legte sich die Kette an und wandte sich wieder mir zu. »Meine liebe,

kleine Love. Du bist nicht so unschuldig, wie du vorgibst zu sein, doch deine Rolle spielst du großartig. Männer wie John mögen unschuldige und hilflose Weiber, da sie sich selbst dadurch stärker fühlen. Vielleicht hätte ich es auf diese Weise versuchen sollen.«

»Ich weiß nicht, wovon du sprichst.«

»Nein? Dann lass mich deutlicher werden.« Sie trat an das Bett heran und lehnte sich zu mir vor. Ihre Hände stützte sie an meinen Knien ab und ihr Gesicht kam meinem so nah, dass ich ihren Atem spüren konnte. »Schließlich spreche ich mit einer Wahnsinnigen. Nur Wahnsinn kann dich dazu bewegt haben, meine wiederholten Warnungen, John zu verlassen, zu ignorieren. Nun wirst du dafür büßen müssen. Wie versprochen ist seine Nähe für dich eine Gefahr, denn an seiner Seite hätte ich sein müssen und ich mag es nicht, wenn mir etwas weggenommen wird.«

Meine Glieder wurden taub vor Angst und weigerten sich, sich zu bewegen. Mit einer nackten, kalten Hand streichelte sie meine Wange und ich zuckte zusammen. Die Furcht, noch mehr Erinnerungen zu verlieren, schürte meine Panik und beschleunigte meinen Herzschlag. Rose lachte leise, während ihre Finger in mein Haar glitten und brutal zupackten. Mit einem heftigen Ruck stieß sie mich zur Seite und drückte mein Gesicht auf die Matratze. Ich wollte schreien, doch meine Stimme verließ mich, als ich auf die Klinge eines Messers starrte, das meinem Hals gefährlich nah kam.

»John hat dein zerlumptes Erscheinungsbild nichts ausgemacht!«, rief Rose erbost. »Auch störte ihn kaum, dass du dich seiner nicht erinnertest. Lass uns seine Hingabe dir gegenüber nochmals auf die Probe stellen. Meinst du, er wird dich auch dann noch lieben, wenn du keine Nase mehr hast oder nur ein Ohr? Was, wenn du ihn nicht mehr sehen kannst, wird er deine Anwesenheit genauso zu schätzen wissen wie jetzt?«

Heiße Tränen brannten auf meinen Wangen und flossen geräuschlos hinab auf die kalte Klinge des Messers. Wenn ich nach Hilfe rief, würde sie auch meine Freunde angreifen. Das konnte ich nicht erlauben, wie sehr sie mich auch quälte.

»Ich bitte dich«, flehte ich. Meine Stimme reichte kaum an ein Flüstern heran.

»Ich werde dich so entstellen, dass es diesem Dummkopf von Mann unmöglich sein wird, dich noch länger zu lieben!«

Sie hob die Klinge hoch über ihren Kopf. Das Metall glitzerte wie die Diamanten um Rose' Hals.

Plötzlich ertönte ein lauter Knall, als der Türknauf gegen die Wand prallte. Eine große, schemenhafte Gestalt sprang Rose an und riss die Frau über mir zu Boden. Es war John Coal, schwer atmend stand er über der Burgunderdame. Schnell und geschickt wie eine Katze kam sie wieder auf die Beine, ohne das Messer aus der Hand zu verlieren. John trug nicht mehr als eine schwarze Hose. Sein Oberkörper war ungeschützt gegen die scharfe Klinge.

»Verzeih, Love«, brachte mein Mann keuchend hervor. »Ich meinte, die Glocken gehört zu haben, und habe mich unten umgeschaut, bis mir bewusst wurde, dass es eine Ablenkung sein musste.« Mit hasserfüllter Stimme wandte er sich an Rose. »Du hast schon immer einen Weg gefunden, unbefugten Zutritt zu erlangen. Man könnte meinen, dir hilft jemand!«

Rose lachte geschmeichelt.

»Wenn es dir um Rache geht, so richte sie gegen mich«, forderte er und baute sich einladend vor ihr auf.

»Du bist so dumm, John.« Verborgen von Abscheu meinte ich Achtung in ihrem Tonfall zu vernehmen. »Doch irgendwie habe ich es nie übers Herz gebracht, dir etwas anzutun. Obwohl du mich so schrecklich behandelt hast.« Sie warf das Messer hin

und es schlitterte in die andere Ecke des Raumes. Mit nunmehr freien Händen holte sie eine noch tödlichere Waffe aus ihrem langen burgunderfarbenen Mantel hervor. »Andererseits kann ich dir nicht gestatten, glücklich zu sein, da du mir jegliche Freude genommen hast.« Mit einem Klick löste sie die Sicherung. »Es war sehr zuvorkommend von dir, deine Pistole genauso aufzubewahren wie im Manor – in einem alten Hemd eingewickelt und in der hintersten linken Ecke des Schranks.«

Rose richtete den Lauf auf mich, doch es dauerte keine Sekunde, bis John zwischen mich und die Waffe trat und sich wie ein Schild vor mich stellte. Der Horror meines Albtraums materialisierte sich vor meinen Augen. Ich sprang vom Bett, doch mit jedem Schritt in Richtung meines Mannes wurden meine Knie weicher. War ich tatsächlich bereit, für diesen Menschen zu sterben? Waren meine Gefühle stark genug, um mein Leben für das seine zu geben?

»Verschwinde!«, rief Rose wütend.

Johns Rücken versteifte sich. »Du weißt, dass ich das nicht kann.«

»Dann sterbt gemeinsam!«, donnerte die mörderische Frau, doch ihr Finger verharrte am Abzug.

»Warum, Rose?«, fragte John leise. »Warum hast du mir ihren Aufenthaltsort genannt, wenn du uns trennen wolltest?«

»Weil ich wollte, dass du noch einmal zu spüren bekommst, wie es ist, eine geliebte Person zu verlieren«, presste sie durch die Zähne.

»Du hättest auch einfach meine Erinnerungen im Schlaf auslöschen können«, flüsterte ich ehrfürchtig gegenüber ihrer Gabe.

Rose setzte ihr übliches Lächeln auf. »Glaubst du wirklich, dass irgendjemand das kann?«

Ich erstarrte, während diese Worte ihre Bedeutung entfalteten.

»Aber ...« Zögernd schaute ich zu John, dessen Körperhaltung genauso rigide wie meine geworden war. »Wie sonst habe ich

meine Erinnerungen verloren? Deine Gabe, die meiner ähnelt, war es doch, die sie ausgelöscht hat ... oder etwa nicht?«

»Um den Fluch zu verwehen, müssen sich die Gefühle, die das Verlorene binden, drehen«, wiederholte John den Satz, der ihm unzählige schlaflose Nächte bereitet haben musste.

»Es ist doch wirklich unfassbar.« Rose schnaubte verächtlich, die Waffe noch immer erhoben. »Als ich dich traf, John, warst du ein Mann der Wissenschaft – ruhig, beherrscht und ganz und gar perfekt. Es war unmöglich, dir das Wasser zu reichen, doch schau dich jetzt an«, sagte sie mitleidig. »Deine zweite Ehefrau hat dich weich gemacht im Kopf und du hast ohne Weiteres das von mir aufgetischte Ammenmärchen geglaubt. Magische Fähigkeiten? Ich bitte dich!« Sie unterdrückte mit nach unten gezogenen Mundwinkeln ein Lachen. »Es war so leicht, dich hinters Licht zu führen, dass es fast schon keinen Spaß gemacht hat. Wahnsinn ist wohl ansteckend, denn mir fällt kein anderer Grund ein, warum du sonst deinen Grundbesitz bei London aufgegeben und dich in diese Baracke begeben haben solltest! Oder wie du den Hirngespinsten dieses Mädchens vertrauen kannst – anhand einer Berührung Gedanken lesen? Das ist doch ein schlechter Scherz! Und dennoch bist du bereit, dein Leben für sie zu geben.« Sie schüttelte den Kopf. »Auf dieses Wiedersehen hatte ich mich gefreut, doch es gibt mir nicht die erhoffte Befriedigung, weil du zu einer Schande geworden bist. Nicht das Übernatürliche solltest du fürchten, sondern die verheerende Kraft menschlicher Gefühle!«

John warf mir einen kurzen, verzweifelten Blick über seine Schulter zu. »Aber wenn du nichts damit zu tun hast, wie konnte sie mich dann vergessen?«, zischte er.

»Ich hatte sehr wohl etwas damit zu tun. Meine Mittel waren allerdings wesentlich konventioneller«, gestand Rose schmun-

zelnd. Dann wurde ihr Blick bedrohlich und sie machte einen Schritt auf uns zu. »Am Tag eurer Hochzeit war das Haus in solch einem Aufruhr, dass der Zutritt ein Leichtes war. Obwohl es keine große Feier geben sollte, vereinnahmten die Vorbereitungen für die kirchliche Trauung und den ursprünglich geplanten Umzug nach Cornwall die gesamte Aufmerksamkeit des Personals. Vom Garten aus hatte ich Marianne schon häufig beobachtet. Genauso wie die hässlichen Brombeerbüsche die Rosen im Garten vertrieben hatten, hatte auch Marianne sich genommen, was ihr nicht zustand: den Namen ›Mrs. Coal‹.« Ein hysterisches Lachen entfloh ihren Lippen, bevor ihr Blick in weite Ferne glitt. »Als ich damals zur Haustür hineinkam, schenkte mir niemand Beachtung. Seelenruhig ging ich von Zimmer zu Zimmer und gedachte der Zeit, als das prächtige Anwesen noch mein Zuhause gewesen war. In der Küche aß ich von euren Hochzeitsspeisen, im Keller trank ich vom ältesten Wein und in deinem Zimmer, Marianne, legte ich mich auf das weiche Bett und wartete.« Mit jedem Wort wurde ihr Blick kälter. »Stunden später kamst du aufgebracht in das Zimmer gestürmt, weil John und du euch auf dem Heimweg von der Kirche anscheinend gestritten hattet. Wieder blieb ich unbemerkt, obwohl ich gar nicht versuchte, mich verborgen zu halten. Du öffnetest das Fenster, wie du es so oft getan hast, und holtest tief Luft. Du hast es mir wirklich leicht gemacht, dies zu deinem letzten Atemzug zu machen. Ich musste dich nur leicht schubsen. Wenn dein Hochzeitskleid nicht so exorbitant und unpraktisch gewesen wäre, hättest du vielleicht noch Halt finden können! Der Sturz aus dem zweiten Stock sollte dich umbringen, doch die Brombeerbüsche retteten dich, wie ich später merkte, als du mir mit einer Wunde am Kopf in Shoreditch begegnetest – am selben Ort wie neulich erst. Mein Erschrecken kannst du dir sicher ausmalen,

doch als ich dich ansprach, wusstest du nicht, wer ich war, und auch John kanntest du nicht mehr.« Überheblich grinste sie. »Erst wollte ich dich in der Themse ertränken, doch dann kam mir ein noch viel besserer Einfall, wie ich John weiter quälen könnte. Du warst in groteskem und zerlumptem Zustand und standest völlig neben dir. Vollkommen problemlos konnte ich dich der Fürsorge einer Irrenanstalt übergeben. Erst als John selbst dem Wahnsinn nahe war, nahm ich wieder Kontakt zu ihm auf und er war bereit, jede meiner Lügen zu glauben. Dessen nicht genug, zahlte er auch die Gebühr für meine Dienste. Doch habe ich damals viel zu wenig verlangt und bin nun hier, um diesen Fehler zu beheben.« Entschlossen umfasste sie die Waffe fester. »Ich will, dass du mir dein gesamtes Vermögen überträgst, John. Wenn ich mich recht entsinne, lag es bei 50.000 Pfund.«

All die dargestellte Grausamkeit ließ mich zur Salzsäule erstarren. John hingegen blieb ruhig und lachte sogar auf Rose' Forderung hin. »Eine solche Summe besitze ich nicht mehr, Rose. Das hättest du dir eigentlich denken können.«

»Was soll das heißen? Wo ist das Geld dann?« Ihre Augen wurden zu wütenden Schlitzen.

»Den Großteil meines Vermögens hatte ich in Francis' Unterfangen investiert, doch das hat er nie zu Ende geführt. Das Anwesen hat nach dem Brand, den wahrscheinlich auch du gelegt hast, erheblich an Wert verloren und den Rest habe ich in die Suche nach meiner Frau und das Fortbestehen des Haushalts gegeben. Pro Jahr stehen mir nur noch einige Hundert Pfund zur Verfügung, doch das wird dir wohl kaum reichen.«

Rose biss die Zähne zusammen, riss die Augen weit auf und gab ein markerschütterndes Brüllen von sich. Dann umschloss ihr Finger den Abzug.

Alle meine Zweifel lösten sich in diesem Augenblick in Luft auf. Ich konnte nur noch daran denken, meine große Liebe zu schützen, denn in diesem Moment drehten sich meine Gefühle. Meine Angst wandelte sich zu Mut, und ich erinnerte mich an alles. Verdrängte Bilder strömten auf mich ein wie ein kurzer, aber heftiger Rausch.

BANG.

Kapitel 20

Wahn und Wahnsinn

Erst wurden meine Finger kalt, dann meine Zehen. Ich blinzelte und erkannte bloß grelles Weiß über mir. Doch konnte ich die Schönheit nicht vollends wertschätzen, da mir so fürchterlich kalt war.

Dieser Winter war härter als der vorherige und ich fürchtete, dieses Jahr zu erfrieren oder zu verhungern. Wie im Hohn segelten dicke, weiße Schneeflocken vom hellen, wolkigen Himmel. Die Menschen eilten auf den vereisten Straßen an mir vorbei. Keiner war bereit, sich bei so niedrigen Temperaturen einer Unterhaltung mit mir hinzugeben. Wegen des verdammten Wetters hatte ich seit drei Tagen nichts mehr gegessen. Es waren fast keine Spaziergänger unterwegs, daher zog ein elegant gekleideter Mann, der von Schaufenster zu Schaufenster schlenderte, ohne einen der Läden zu betreten, meine Aufmerksamkeit auf sich. Er trug einen langen, schwarzen Mantel, einen Zylinder und einen Gehstock mit Silbergriff. Die immer stärker werdende Kälte schien ihm nichts auszumachen, mein einfaches, graues Kleid hingegen hielt mich schon lange nicht mehr warm. Meine

Wollhandschuhe waren längst fingerlos geworden und in meiner linken Schuhsohle war ein Loch, das meinen Strumpf nie richtig trocken werden ließ.

Als ich auf den Mann zukam, gab ich mir größte Mühe nicht zu eifrig zu wirken, aus Angst ihn zu verschrecken. Kritisch musterte ich mein Spiegelbild in einem der weihnachtlich dekorierten Schaufenster. Die wohlhabende Bevölkerung sprach nicht gern mit schmutzigen Menschen. Vor dem Wetterumschwung hatte mein Verdienst gereicht, um in einem nahegelegenen Wohnheim unterzukommen, doch als ich die Miete nicht mehr zahlen konnte, wurde ich auf die Straße gejagt. Sobald das Geld wieder reinkam, würde ich dorthin zurückkehren.

»Guten Tag, Sir«, sagte ich mit heiserer Stimme. In der vergangenen Nacht hatte ich mir eine leichte Erkältung eingefangen.

Der Mann schaute sich um, als hätte ich mit jemand anderem gesprochen. Als er begriff, dass meine Begrüßung ihm galt, lächelte er und fragte nach meinem Wohlergehen: »You alright, love?«

Das letzte Wort erwärmte mein Herz und gab mir den Mut weiterzusprechen. Er wirkte wie ein guter Mann, dem es sicherlich nichts ausmachen würde, einige Pence für die Vorhersage seiner Zukunft zu lassen. Ich nahm meinen Mut zusammen. »Es ist Ihr Wohl, das mich weitaus mehr beschäftigt als mein eigenes«, sagte ich und versuchte, die theatralische Rede so authentisch wie möglich von mir zu geben. »Sie scheinen auf der Suche nach Antworten zu sein und ich kann Ihnen vielleicht helfen, einige zu finden. Mögen Sie mir Ihre Hand geben, dann schauen wir gemeinsam in die Zukunft.«

»Nichts würde mir mehr Freude bereiten«, gestand er und nahm umgehend seinen rechten Handschuh ab.

Seine Gedanken würde ich auch mit meinen löchrigen Handschuhen lesen, daher behielt ich sie an. Sobald ich in seiner Gedankenwelt war, würde ich ihm das mitteilen, was er am meisten hören wollte, denn die Menschen waren gutgelaunt großzügiger. Männern versicherte ich häufig, dass ihre Aktien steigen würden, dass die von ihnen umworbene Frau ihre Gefühle bald erwidern würde, dass ihr Vater aufgrund seiner Liebe so streng war, oder dass die nervige Ehefrau nicht mehr lange zu leben hatte. Letzteres brachte die Herren immer wieder zum Lachen. Frauen waren nicht anders. Sie wollten wissen, wie viele Männer sie beim nächsten Ball umwerben würden, ob ihre Ehen von Glück und Freude erfüllt sein würden oder ob die Schönheit der besten Freundin bald vergehen würde. Es kam immer ganz darauf an, welche Gedanken von größerer Gewichtung waren, und bei reichen Leuten waren diese recht ähnlich.

Als ich aber in die Gedankenwelt dieses Mannes eintrat, entdeckte ich in ihm gar keine Hoffnungen. Seine Frau hatte ihn verlassen, was seinem Leben jegliche Bedeutung genommen hatte. Auch Geld interessierte ihn nicht, besonders da er reichlich davon hatte. Was ihm Freude bereitete, waren einfache Dinge wie Spaziergänge durch London und das Beobachten anderer Menschen. Der Anblick von Schnee auf den Dächern erfreute ihn ebenso wie die weihnachtlichen Dekorationen in den Schaufenstern. Er hatte keine Verwandten oder nennenswerte Freunde, außer einer etwas verrückten, aber liebenswerten Haushälterin.

»Was siehst du?«, fragte er neugierig und höhnisch zugleich. »Erwarten mich große Reichtümer? Oder wird die schönste Frau der Welt schon bald meinen Weg kreuzen?«

»Nein«, gestand ich und schaute ihn besorgt an. Seine Erlebnisse machten ihn ärmer als mich. Was konnte man so jemandem mit

auf den Weg geben? Was würde ich mir wünschen? »Wenn es im Moment auch nicht so wirken mag, eines Tages werden Sie wieder glücklich sein.« Ich hielt inne, um nachzudenken, denn in seinen Gedanken las ich, dass er meine Worte für die einer Hochstaplerin hielt. Er glaubte nicht an das Übernatürliche. Der einzige Weg, ihn an Wunder glauben zu lassen, war, das Gegenteil zu beweisen. Vielleicht würde er dann wieder neue Hoffnung schöpfen.

»John Coal«, sagte ich, obwohl ich sonst nie den Namen meiner Kunden nannte, da es gefährlich war, meine tatsächliche Gabe preiszugeben. Es jagte den Menschen Angst ein und machte mich zur Zielscheibe ihrer Hexenjagd. Diesmal aber machte ich eine Ausnahme, da ich ihm wirklich helfen wollte. »Die Schuld an der Untreue Ihrer Frau tragen nicht Sie selbst, sondern sie. Die Affäre hat ihr größeren Schaden zugefügt als Ihnen. Sie sind stärker, als Sie glauben, denn Sie hatten den Mut, einen Weg aus der tiefsten Verzweiflung zu finden. Eines Tages werden Sie jemanden finden, mit dem es sich Ihr Leben zu teilen lohnt, und dieser Mensch wird ganz anders sein als Ihre erste Liebe, wenn Sie sich die Mühe machen, an Äußerlichkeiten vorbei in das Innere Ihres Gegenübers zu blicken.«

Sein Ausdruck wurde zu einem furchteinflößenden, bösen Blick. Weiter an seiner Hand festhaltend, spürte ich die Überlegung, seinen Zorn auf mich zu richten. Doch so schnell, wie dieser gekommen war, verflüchtigte er sich wieder, als sein Träger begriff, dass ich lediglich die Wahrheit ausgesprochen hatte.

»Wie hast du das gemacht?«, fragte er lächelnd.

»Für ein paar Pence verrate ich es Ihnen«, versprach ich seine Hand loslassend. Trotz allem war dies immer noch eine geschäftliche Angelegenheit. Wenn er noch weiter unterhalten werden wollte, musste er mein Abendessen zahlen.

Der dunkel gekleidete Mann lachte und griff in seine Tasche. In meine Hand legte er einen ganzen Schilling. Erst wollte ich das viel zu großzügige Angebot ablehnen, doch dann erinnerte ich mich an das eindrucksvolle Anwesen aus seinen Gedanken und schnappte die Münze aus seiner Hand, bevor er seine Meinung ändern konnte.

»Dass ich die Zukunft vorhersage, war eine Lüge. Ich kann lediglich bei einer Handberührung Gedanken lesen. Das ermöglicht es mir, Herzenswünsche zu durchschauen«, erklärte ich vorsichtig. Als er mich nicht des Betrugs bezichtigte, fuhr ich mit größerem Enthusiasmus fort. »Sie zu lesen, war allerdings schwieriger als andere und hat höhere Konzentration erfordert. Außerdem kann ich bei Ihnen nicht alles auf einen Blick erkennen. Jeder ist da anders. Bei manchen Menschen springen mich die Gedanken regelrecht an, bei anderen muss ich mich ein wenig mehr durchkämpfen, um die gewünschten Informationen zu erlangen.«

»Ich glaube dir nicht«, sagte er trocken, aber mit einem Lächeln. »Dennoch danke ich dir für den unterhaltsamen Zeitvertreib.«

»Es war mir eine Ehre.«

Freudestrahlend machte ich mich auf den Weg zur nächsten Bäckerei, um eine große Tüte heißer Brötchen zu erstehen. Das erste vertilgte ich, fast ohne zu kauen. Es war das Leckerste, das ich je gegessen hatte. Die langersehnte Mahlzeit wärmte mich von innen.

Während ich unbeschwert bereits am nächsten Brötchen kaute, bemerkte ich den mir entgegenkommenden Mann nicht.

»Du!«, schrie der gutgekleidete Gentleman erbost und packte mich brutal am Arm. Die Brötchen glitten mir aus der Hand.

Mein auf dem Boden zerstreutes Essen besorgte mich mehr als der kahlköpfige Grobian vor mir, daher riss ich mich von ihm los

und begann es aufzusammeln. Er trat mir gegen das Bein, sodass ich gemeinsam mit den Brötchen auf den Asphalt kullerte. Erst da warf ich einen genaueren Blick auf meinen Angreifer und erinnerte mich. Vor einigen Tagen hatte er meine Hellseher-Dienste in Anspruch genommen. Ich hatte ihm erzählt, dass seine Angebetete den Heiratsantrag auf jeden Fall bejahen würde. Er hatte mir nur einen Penny gegeben.

»Du elendes Gör hast mich angelogen!«, rief er und zertrat meine Brötchen unter seinen verdreckten Sohlen.

»Nein, Sir, ich bitte Sie«, flehte ich, während er mein Essen in die Rillen des Abflusses kickte. »Bitte!«

Als er fertig war mit den Brötchen, trat er auf meine Hand.

Ich schrie auf und bat ihn, seinen Fuß von meinen Fingern zu entfernen, doch er drückte nur noch fester zu.

»Ich werde dich vor Gericht zerren und hängen lassen für deinen Betrug!«

»Lass das Mädchen in Ruhe«, befahl plötzlich eine autoritäre Stimme. Ich hob den Blick und erkannte, wie der Sponsor der Brötchen schnellen Schrittes von der anderen Straßenseite auf uns zukam.

Der kahlköpfige Mann musterte den Schwarzgekleideten. Letzterer war von größerer und breiterer Statur als mein Angreifer.

»Sie ist eine Betrügerin«, sagte der kleine Mann in dem grau gestreiften Anzug. »Sie verdient es.«

John Coal bat ihn nicht noch einmal. Er packte den anderen Mann und schleuderte ihn mit so viel Kraft zur Seite, dass dieser nur mit Mühe wieder aufstand und fluchend sofort das Weite suchte, sobald Coal einen weiteren Schritt auf ihn zu machte. Als der Angreifer in die Flucht geschlagen war, kniete er sich zu mir

nieder. Einige Passanten waren stehen geblieben und gingen nun enttäuscht über das schnelle Ende des Spektakels weiter.

Ich umklammerte meine verletzte Hand und kämpfte gegen die durch den hartnäckig anschwellenden Schmerz aufkommenden Tränen an.

»Darf ich einen Blick darauf werfen?«, fragte er sanft und nahm meine Hand in seine. Vorsichtig zog er den alten Stoff runter. Das dunkle Leder seines Handschuhs war weich unter meinen Fingern.

Kritisch betrachtete er meine rote Hand. »Ich denke nicht, dass sie gebrochen ist, aber vielleicht solltest du dennoch einen Arzt aufsuchen«, sagte er fürsorglich. Es war ein lächerlicher Rat, da ich mir so einen Luxus nicht leisten konnte. Weil meine finanzielle Situation aber nicht das Problem des Gentlemans war, nickte ich lediglich.

»Hast du einen Ort zum Schlafen heute?«, fragte er. »Falls nicht, würde ich dich gern zu mir einladen.«

Alarmiert zog ich mich umgehend von ihm zurück.

»Sir, ich mag arm sein, aber nicht verzweifelt genug, um auf ein solches Angebot einzugehen.«

Er blinzelte mich mit großen, unschuldigen Augen an und brach daraufhin in Gelächter aus. »Ich verspreche, keinerlei Hintergedanken zu hegen. Überzeuge dich selbst durch deine Gabe.«

Herausfordernd zog er den Handschuh erneut aus und streckte mir seine Hand entgegen. Zögernd berührte ich ihn mit der gesunden und erkannte sofort, dass er noch immer nicht an meine Fähigkeiten glaubte und fand, dass meine Eigenart mich noch unattraktiver machte, als ich ohnehin schon war.

Trotz dieser beleidigenden Gedanken stimmte ich zu, ihm nach Hause zu folgen und ihm für diese Gemeinheit die Haare vom Kopf zu fressen.

Damals hätte er sich nicht vorstellen können, mich jemals zu lieben. Doch er wurde eines Besseren belehrt. Wie sonst sollte ich mich für seine Geduld und Hingabe bedanken, als mein Leben für seines zu geben?

BANG.

Mit all meiner Kraft sprang ich vor, warf meine Arme um den Hals meines Mannes und drückte meinen Körper gegen seinen. Doch ich war zu klein.

Die Kugel verfehlte mich. Das Geräusch von berstendem Glas erfüllte den Raum, als die Gaslampe an der Wand hinter John zerbrach. Splitter flogen in alle Richtungen. Er stöhnte und lehnte sich gegen mich. Der Schmerz spannte all seine Muskeln an. Mir war, als würde mein Herz wie die Öllampe zerspringen. Sein Blut tropfte auf den Boden. Mein Bewusstsein weigerte sich, das Geschehene zu erfassen. Der Panik konnte ich jetzt keinen Einhalt gebieten, denn er brauchte mich! Verzweifelt wollte ich ihm Halt geben, als ob das die Zeit um eine Minute zurückdrehen würde.

Wenn ich doch nur ein wenig größer gewesen wäre, dachte ich wieder und wieder, während John mehr und mehr zusammensackte. Ich war zu schwach, um ihn zu halten. Sein warmes Blut floss seinen Hals hinab, wo die Kugel ihn getroffen hatte. Sein verzerrter Gesichtsausdruck wurde immer blasser. Er sank zu Boden.

Verzweiflung ergriff nun vollends Besitz von meinen Sinnen. Ich hatte ihn nicht beschützen können, dabei war er immer für mich da. Die Flammen, die einst seine gewesen waren, schlugen nun in mir empor. Sie zerfraßen mich und übrig blieben nur Wut und Hass. Der glühende Zorn in mir oblag nicht meiner Kontrolle.

Ich sprang auf die Füße und stürzte mich auf Rose. Dass sie noch eine Kugel im zweiten Lauf hatte, machte mir keine Angst – nichts machte mir mehr Angst, denn das Schlimmste war mir bereits widerfahren.

Auch wenn das Ausführen von Grausamkeiten Rose nicht fremd war, brachte sie der Ausgang ihrer Tat für einen Moment zum Erstarren. Diese Zeit nutzte ich, riss sie mit mir und begrub sie unter dem Gewicht, das ich als Mrs. Coal zugelegt hatte. Wir krachten zu Boden, die Pistole schlitterte scheppernd unter die Kommode zwischen den zwei Fenstern.

»Du fettes Biest!«, kreischte sie und kratzte mir mit ihren langen Nägeln übers Gesicht. Ich packte ihre beiden Hände, drückte sie gegen die Holzdielen und tauchte umgehend in ihre Gedanken ein.

In ihrem Kopf herrschte reinstes Chaos. Zwar konnte ich ihre Erinnerungen deutlich erkennen, doch waren daraus resultierende Schlussfolgerungen und Empfindungen frei jedweden Sinns. Ihre Entscheidungen konnte ich nicht nachvollziehen und viel weniger noch ihre Handlungen. Wie in einem verzerrten Spiegelkabinett kam ich mir vor. Rose stieß alles ihr widerfahrene Gute regelrecht ab, wenn sich je etwas Freudiges angebahnt hatte, so war sie davongelaufen. Ihr Leben war geprägt von falschen Entscheidungen, ihr fehlte jeder Funke von Vertrauen und Selbstreflexion. Stattdessen war sie zerfressen von Selbstmitleid und Neid. In ihren Gedanken floss die reinste Form von Hass, die ich jemals in einem Menschen gespürt hatte, wie ein dichter Schleier, den sie selbst nicht abzulegen vermochte, und je tiefer ich eindrang, desto mehr wandelte sich dieser in Furcht. Der Kern ihrer Abscheu gegenüber der Welt war blanke Angst. Woher diese rührte, erkannte ich nicht, denn der Grund lag viel zu tief

verborgen und ihre wirren, ungeordneten Gedanken machten es mir unmöglich, weiter zu bohren. Sie stießen mich weg von dem Grund für Rose' skrupelloses Verhalten.

Mit aller Kraft versuchte ich ihre Hände am Boden zu halten, doch wie tosende Wellen griffen mich ihre abscheulichen Empfindungen an und schwappten in die meinen über. Ihre Gedanken strömten unaufhaltsam auf mich ein. Zum ersten Mal empfand ich jemandem gegenüber keinerlei Verständnis oder gar Mitleid. Aus dem Unverständnis wurde Wut und daraus das verheerendste aller Gefühle. Ohne Grund hatte sie mir mein weniges Glück genommen. Nur weil sie keine Lebensfreude zu empfinden vermochte, wollte sie diese auch anderen verwehren.

Ich ließ ihre Hände los und packte das Monster am Hals, doch der Strom an Abscheu riss nicht ab. Im Gegenteil, er wurde stärker und immer stärker. Mich überkam die Todesangst – Rose' Todesangst. Obwohl ich ihre Hände nicht mehr hielt, waren unsere Gedanken noch immer verbunden. Ich drückte fester zu und die Verbindung wurde schwächer, weil Rose schwächer wurde. Ihre Augen rollten immer weiter unter die tiefer sinkenden Lider, doch noch immer nahm die Abscheu in ihrem Blick nicht ab. Erst als ihre Ohnmacht kurz bevorstand, lichtete sich der Schleier und eröffnete freie Sicht auf das Gefühl, das hinter all dem Hass und der Furcht lag – es war Reue.

Die Bilder und Eindrücke ihrer Erinnerungen sah ich deutlich wie meine eigenen. Als Rose am Tag unserer Hochzeit in das Anwesen eingedrungen war, hatte sie nichts von dem vorgehabt, was sie am Ende tat. Es war eine Entdeckung im Keller des Hauses gewesen, die sie dazu verleitet hatte, solch verheerende Zerstörung anzurichten. Versteckt hinter den Fässern des Weinkellers entdeckte sie eine Tür und konnte es sich nicht verbieten,

ihrer Neugierde nachzugehen. Als sie die knarrende, modrige Holztür aufdrückte, blickte sie auf ein kleines enges Zimmer, das nach feuchtem Schimmel roch. Darin waren ein schmales Bett und ein Fass mit einer zerlaufenen Kerze darauf. Ihr schwacher Schein zeichnete den Umriss eines Mannes, der vom Bett aufstand und auf Rose zukam.

»Du lebst«, hauchte die Silhouette.

Rose erschrak vor der vertrauten Stimme.

»Francis? Was ... was tust du hier?«, stotterte sie. Die Erinnerung an diesen genauen Moment löste so viele kaum zuordenbare Gefühle in der Frau aus, dass sie sich in die gewohnte Abneigung flüchtete, um nicht von den anderen Emotionen übermannt zu werden.

»Ich dachte, du hättest dir das Leben genommen. Ich dachte, du wärst in die Themse gesprungen!« Francis lachte mit Tränen in den Augen und kam mit offenen Armen auf Rose zu. Doch sie verschränkte ihre Arme und brachte ihn mit der abweisenden Geste zum Stehen.

»Sei nicht dumm«, erwiderte sie unwirsch. »Warum sollte ich so etwas tun?«

»Du hast recht. Dafür bist du zu klug und zu schön. Wie konnte ich es je bezweifeln? Wie konnte ich nur den Gerüchten glauben?«

Der Mann streckte seine Hand aus, um Rose' Wange zu streicheln, doch sie schlug diese weg. Der Zorn kam über sie – oder zumindest dachte sie es, denn es war kein Zorn. Es waren Erleichterung und Freude, denn auch sie hatte gedacht, ihm wäre etwas widerfahren, doch wusste sie ihre Gefühle nicht zu interpretieren und gab sich der Wut hin, die ihr so vertraut war.

»Du bist noch erbärmlicher als bei unserem ersten Treffen«, rief sie verächtlich. »Stets standest du in Johns Schatten und nun

bist du gänzlich fernab vom Tageslicht. Ich schäme mich, je ein Bett mit dir geteilt zu haben! Versaure hier, wie du es verdienst, und nimm nie wieder meinen Namen in den Mund.«

Mit diesem Ausbruch schlug sie mit der Faust gegen die modrige Holztür.

»Wofür hätte ich mich denn bemühen sollen, wenn der Sinn meines Lebens – wenn du mir doch genommen wurdest?«, erklang die verletzte Stimme ihres Gegenübers. »Warte nur, Rose. Ich werde wieder zu einem Mann werden, auf den du stolz sein kannst, und dann werde ich dich finden kommen. Warte auf mich, Rose!«

Entsetzt lief Rose aus dem Weinkeller und stieß dabei ein ganzes Regal voller Fässer um. Tiefroter Wein tränkte den Boden blutfarben. In diesem Moment wollte sie nur noch die Wut in ihrem Inneren rauslassen. Sie verfluchte Francis für seine Schwäche und sie verfluchte John für seine Stärke. Sie hatte ihrem Mann bereits fast vergeben, doch nun, als sie sah, was aus Francis geworden war, konnte sie das nicht mehr. Obwohl sie es sich damals nicht eingestand und womöglich nie eingestehen würde, war er der einzige Mensch, der ihr je etwas bedeutet hatte. Seine Begeisterungsfähigkeit, seine Naivität und seine aufrichtige Liebe für sie, die Johns bei Weitem überstiegen hatte, hatten in der einsamen Frau Zuneigung geweckt. Doch damit konnte sie nicht umgehen und wenn Rose etwas überforderte, mussten andere dafür büßen.

»Du wirst niemandem je wieder etwas wegnehmen«, zischte ich Rose an, deren Gesicht immer mehr die Farbe ihres Mantels annahm.

»Love, hör auf. Du bringst sie sonst um«, hörte ich John Coals schwache Stimme. Kraftlos umfasste seine blutige Hand mein

Handgelenk. Die tiefrote Farbe verteilte sich auf meiner Haut und mir wurde bewusst, wie schrecklich mein Handeln war. Mein Griff um Rose' Hals löste sich.

Die Frau begann zu röcheln und nach Luft zu schnappen, von ihrer überheblichen Arroganz war jede Spur vergangen. Ängstlich schaute sie sich um und rutschte von mir weg in Richtung der Kommode. Meine Hände hatten einen blau-lilafarbenen Abdruck auf ihrer Haut hinterlassen. Beinahe hätte ich das getan, was ich John zu unterlassen angefleht hatte. Nichtsdestotrotz hielt sich meine Reue in Grenzen – und genau das schockierte mich am meisten.

»John«, winselte ich, kroch zu ihm und hob seinen Kopf ganz leicht an. Der Zorn und die Wut in mir wichen zurück und ich empfand nur noch Trauer. Eine Trauer, die mein Herz entzwei zu reißen drohte. Meine Tränen fielen auf seine blutverschmierten Wangen. »Wieso nur?«

Bevor ein weiteres Wort über die Lippen meines Mannes zu kommen vermochte, drang Rose' heiseres Lachen zu mir herüber. Ihre widerwärtige Stimme reizte meine zermürbten Nerven. Wut kam in mir hoch und ich drehte mich zu ihr, um sie dafür anzuschreien, dass sie immer noch hier war. Doch bevor ich es konnte, blickte ich in die zwei Läufe von Johns Pistole.

»Du hättest es beenden sollen«, krächzte sie mit wahnsinnigen, blutunterlaufenen Augen. »Denn nun werde ich es tun.«

Das war also das Ende. Trotz meines Hasses auf Rose war mir mein Mitgefühl zum Verhängnis geworden. Doch auch wenn ich ihren Hals wieder unter meinen Fingern spüren würde, bliebe der Ausgang gleich. Ich bereute es nicht, sie losgelassen zu haben. Ich bereute nichts. Mein Leben mit John machte es wert, jede andere Erfahrung gemacht zu haben – egal wie unangenehm. Ich hätte

gern noch mehr Erfahrungen mit ihm gemacht, doch zumindest würde ich diese letzte mit ihm teilen.

Ich wandte mich John zu und schaute in seine Augen. Sie sollten das Letzte sein, was ich sah, während ich mich den Erinnerungen hingab, zu denen ich so lange keinen Zugang gehabt hatte.

BANG.

Der Knall des Schusses zerriss die Luft. Eine weitere Gaslampe zersprang, doch ich zuckte nicht einmal zusammen, während ich auf mein Ende wartete.

»Das reicht, Rose«, sprach eine mir fremde Stimme.

Überrascht über das Fortbleiben des Schmerzes sah ich auf. Hinter Rose stand der Mann mit den Brandnarben im Gesicht. Seine Kapuze lag auf seinen Schultern und seine Hand fest um Rose' Hand und die Pistole. Er hatte beide zur Seite gedreht, sodass die Kugel mich weit verfehlt hatte.

Zum ersten Mal seit unserer Begegnung erlebte ich Rose sprachlos. Mit großen Augen starrte sie die ungeheuren Vernarbungen des angeblich stummen Mannes an.

»Du«, hauchte sie heiser. »Deine ... Stimme.«

»Das hast du aus mir gemacht, meine Liebe«, sagte er mit arrogantem Hohn, als gäbe es ihm Genugtuung, sich Rose so zu zeigen. »Doch die äußeren Verletzungen sind nichts im Vergleich zu den inneren.«

Rose legte ihre Hand an die gewölbte Haut seiner Wange.

»Wie ... kann das sein?«

»Du und ich haben gemeinsam schon immer nichts als Zerstörung zurückgelassen – ob gewollt oder ungewollt«, sagte der Mann mit todernster Stimme. »So auch am Tag des Bran-

des. Nachdem du den Wein verschüttet hattest, als du vor mir wegliefst, eilte ich dir nach und stieß dabei die Kerze in meinem Zimmer herunter. Natürlich löschte ich sie sofort, oder zumindest dachte ich es. Als ich dich nicht sofort fand, kam ich aus Angst, entdeckt zu werden, zurück in den Keller, doch dort wütete bereits das Feuer. Dann explodierten die ersten Fässer des Branntweines.« Sein Blick verfinsterte sich und ein Mundwinkel zuckte. Die Erinnerung musste sehr schmerzlich für ihn sein. Er hob jedoch das Kinn und demonstrierte so Überlegenheit über seine inneren Dämonen. »Erst versuchte ich, die Flammen selbst zu bändigen, doch sie kesselten mich immer weiter ein. Ich musste zurückweichen und alle warnen. Schon bald weitete sich der Brand auf das Erdgeschoss aus und ich fürchtete, dass du noch immer im Haus sein könntest. Meine Suche nach dir blieb erfolglos, die Zeit wurde immer knapper und auf dem Weg ins Freie wurde ich vom Kronleuchter im Foyer begraben. Und obwohl ich ihm nur geschadet hatte, war es ausgerechnet John Coal, der mich rettete.«

Er ließ Rose stehen und kam auf John und mich zu.

»Bleib weg«, knurrte ich ihn an und legte mich schützend über meinen Mann.

»Wenn wir die Blutung nicht stoppen, wird er sterben«, sagte Francis und drängte mich unliebsam weg. »Er hat Glück gehabt. Es ist nur ein Streifschuss.«

Ungläubig sah ich erst das ganze Blut an, dann ihn. »Du meinst, er … er wird leben?«

»Wahrscheinlich schon.« Er biss in seinen Umhang und riss so einen langen Streifen des Stoffes ab. »Ich sehe seine Arterie durch die Wunde, das heißt, sie wurde nicht beschädigt, doch er verliert viel Blut.«

Mit geübten Handgriffen begann Francis, die Wunde zu verbinden.

»Mary und Sebastian holen bereits einen Arzt«, beruhigte er mich weiter.

Ein Lächeln erschien auf Johns blassblauen Lippen. »Alles wird gut«, flüsterte er.

»Sie sollten nicht sprechen. Schonen Sie Ihre Kräfte«, gebot der Kapuzenmann.

»Wieso kennst du dich so gut mit Wunden aus?«, fragte ich.

»Ich habe viel Zeit in Krankenhäusern verbracht, wie du dir sicher denken kannst«, erwiderte Francis und wandte mir sein vernarbtes Gesicht zu. »Als guter Beobachter habe ich mir das ein oder andere angeeignet.« Eine Grimasse verzerrte seine Züge. Er versuchte wohl zu lächeln.

»Wieso hilfst du ihm?«, fragte Rose mit bebender Stimme. Ohne die tödliche Waffe und ihre Arroganz verlor sie ihre einschüchternde Macht über mich und wirkte nur noch traurig.

»John war schon immer gut zu mir. Auch als ich ihn auf grausamste Weise hinterging, tolerierte er meine Anwesenheit in seinem Haus und gestattete mir, darin zu wohnen und mich von seinen Speisen zu ernähren.« Francis sah finster auf seinen Herrn hinab. »Aus Liebe zu meiner Mutter gab er sich nichtsahnend. Und als wir sein Anwesen niederbrannten, rettete er mich nicht nur, sondern kam auch für meine Genesung auf und ließ mich hier in Cornwall wieder zu Kräften kommen. Gegen das Schicksal seines Dieners hatte ich mich von meiner Kindheit an gewehrt, doch wenn er mir nun erlaubt, ihm auch nur ein wenig behilflich zu sein, dann werde ich jede Aufgabe voller Stolz und Bescheidenheit ausführen. Vielleicht werde ich dann irgendwann aufhören, so unerträglich beschämend zu sein, wie du mich findest, Rose.«

»Oder wir bringen die beiden einfach um«, schlug Rose vor und schaute sich im Zimmer um. »Irgendwo hier muss noch mein Messer sein.«

Francis fing an zu lachen und Rose erstarrte.

»Halt endlich deinen Mund«, sagte er gelassen und wider Erwarten tat sie genau das.

Schon bald brachten Sebastian und Mary den Arzt, der meinen Mann rührend versorgte. Diesmal war ich es, die Tag und Nacht nicht von seiner Seite wich. Jedes Mal, wenn er seine Augen auch nur ein wenig öffnete, erfüllte es mich mit unbeschreiblichen Gefühlen, das Blau darin zu sehen und seine Wärme zu spüren. Meine Freude wurde nur noch von Sybils überschattet, als sie erfuhr, dass ihr Kind lebte. Die ehemalige Haushälterin wurde von Glück so sehr eingenommen, dass sie nicht in der Lage war, des ihr angetanen Unrechts wegen Groll zu empfinden – und das, obwohl ihr eigen Fleisch und Blut ihr so viel Schmerz bereitet hatte und sogar John sie der Straftaten bezichtigt und verlassen hatte. Dabei war ihr größter und einziger Fehler gewesen, dass sie ihre beiden Söhne zu sehr geliebt hatte.

Kapitel 21

Love und Liebe

»Denkst du, ich bin verrückt?«, fragte ich John viele Tage nach dem Vorfall.

»Wir leben in der Realität, die uns unsere Wahrnehmung vorgibt, daher denke ich nicht, dass du verrückter bist als der Rest von uns. Schließlich glauben wir alle bereitwillig den täglichen Wahnsinn, der sich vor unseren Augen und Ohren abspielt«, antwortete er und lehnte sich in seinem Stuhl zurück. Sein liebevoller Blick hielt meinen. »Nur selten hinterfragt jemand seine eigenen Sinne.«

Ich streckte ihm meine Hand entgegen und er nahm sie in seine.

»Was denkst du?«, fragte ich.

»Ich denke daran, wie zauberhaft du bist.« Er schenkte mir sein umwerfendes Lächeln, das mich mit Wärme erfüllte.

Seitdem ich Rose berührt hatte, vermochte ich keine Gedanken mehr zu lesen und stellte ihm diese Frage öfter. Vielleicht hatte ich die Gabe auch nie gehabt und es war nur mein scharfsinniges Unterbewusstsein gewesen, das mich aus der Gefahr geführt hatte und sofort in Tiefschlaf fiel, nachdem ich mich in

Sicherheit befand. Oder ich war ganz einfach verrückt, wie es mir so viele immer weismachen wollten. Möglich war aber auch, dass meine unerklärlichen Fähigkeiten genauso unerklärlich wieder fortgegangen waren, wie sie erschienen waren. Ich erinnerte mich nicht, seit wann ich sie gehabt hatte ... Hatten sie sich vielleicht sogar in meine Erinnerungen geschlichen und diese verzerrt?

Die Antwort auf diese Fragen brauchte ich gar nicht. Es würde immer etwas geben, das ich nicht wusste oder verstand, und das war gut so. Es machte mir nichts aus, gewöhnlich zu sein, solange ich nur ich selbst sein durfte. Meine Gabe brauchte ich dazu nicht.

Mein Mann atmete die frische Brise ein, die uns der Wind vom Meer brachte, und schloss die Augen. Er drehte das Gesicht den leuchtenden Strahlen der Sonne entgegen, während ich mich wieder dem Lesen zuwandte. Ein Brief war aus Schottland gekommen. Darin berichteten mir zwei stolze Frauen über die Geburt ihrer kleinen Tochter, die den Namen »Love« bekommen hatte. War das noch immer mein Name? Oder sollte ich mich wieder Marianne nennen? Beide hatte ich aus einer Laune heraus angegeben. Um einen neuen Lebensabschnitt zu markieren, sollte ich mich vielleicht erneut umbenennen.

»Ich brauche einen neuen Namen«, teilte ich John mit. Entschlossen legte ich den Brief zur Seite und füllte meine Hände stattdessen mit Keksen aus Marys Herstellung.

»Was schwebt dir vor?«, fragte er nachdenklich.

»Ich weiß nicht.« Ich zuckte mit der Schulter. »Such du einen für mich aus.«

»Also gut. Wie wäre es mit ›Moppelchen‹?«

»Wenn du dich auf die aktuelle Form meines Bauches beziehst, dann möchte ich dich darauf hinweisen, dass das kein Dauerzustand sein wird«, schmollte ich.

Er lachte. »Schmolline?«

Ich warf einen Keks nach ihm.

Diesem ausweichend schlug er vor: »Meinezauberhafteprinzessin.«

»Wundervoll, wenn er nur nicht so lang und eigenartig wäre.«

»Ich gebe auf.«

»Etwas Positiveres, bitte.«

John war grade dabei, den Keks aufzuheben und mich seinerseits damit zu bewerfen, als Francis vom Haus zu uns in den Garten kam. Er trug einen eleganten Anzug und zwei Koffer.

»Ich würde mich gern verabschieden«, sagte er mit einer Verbeugung und setzte seinen Hut auf. »Wie besprochen werde ich den Dampfantrieb vollenden. Sind Sie sicher bezüglich der Verfügung des Gewinns?«

»Durchaus.« John nickte. »Wir haben alles, was wir brauchen.«

»Wie Sie wünschen, Sir. Ich werde das Geld dem Frauenhaus in Spitalfields Market spenden«, berichtete Francis und verbeugte sich erneut. »Wenn meine Arbeit in London getan ist, werde ich zurückkehren.«

»Es gibt keinen Grund zur Eile.« John lächelte und Francis tat es ihm nach.

»Richte Sybil und Rose meine besten Grüße aus«, sagte John. »Hat sich Letztere gut in ihr neues Leben eingefunden?«

Francis schaute andächtig auf das in der Ferne glänzende Meer. »Sie hasst die Anstalt und beteuert jeden Tag, dass sie nicht verrückt ist.«

»Also hat sich nichts für sie verändert.«

»In der Tat.« Francis schaute wieder zu uns. Nervös verlagerte er sein Gewicht von einem Fuß auf den anderen und senkte die

Stimme. »Ich liebe sie noch immer, Sir, und mit Ihrer Erlaubnis würde ich gern um ihre Hand anhalten.«

Trotz des grellen Sonnenlichts wurden Johns Augen groß. »Aber n-natürlich hast du meine Erlaubnis«, stotterte er. »Allerdings verstehe ich nicht, warum du dir das antun willst.«

Dem Widerstand seiner vernarbten Haut zum Trotz bildete sich ein krummes Lächeln auf Francis' Lippen. »Sie und ich verdienen beide diese Strafe.«

Ein drittes Mal verbeugte er sich, wechselte einen fast schon brüderlichen Blick mit John und ging.

»Oh je«, sagte mein Mann und hob die Augenbrauen.

»Die Liebe ist schon eigenartig«, murmelte ich und stand auf, um mir von dem Gartentisch neben John ein Gurkensandwich zu holen.

Breit grinsend griff John nach meiner Hand und zog mich an sich. Ich setzte mich auf seinen Schoß, legte meine freie Hand auf die Narbe an seinem Hals und schaute in seine freudestrahlenden Augen. Einst war er mir so fremd erschienen und nun kannte und liebte ich alles an ihm.

»Genau das ist der Grund, warum ›Love‹ der perfekte Name für dich ist.«

Ende

England 1890.

Kleider, Bälle und die Suche nach dem perfekten Ehemann. Das ist es, was sich Animants Mutter für ihre Tochter wünscht. Doch Ani hat anderes im Sinn. Sie lebt in einer Welt aus Büchern, und bemüht sich der Realität mit Scharfsinn und einer gehörigen Portion Sarkasmus aus dem Weg zu gehen. Bis diese an ihre Tür klopft und ihr ein Angebot macht, das ihr Leben auf den Kopf stellt. Ein Monat in London, eine riesige, vollautomatische Suchmaschine, die Umstände der weniger Privilegierten und eine Arbeitsstelle in einer Bibliothek. Und natürlich Gefühle, die sie bis dahin nur aus Büchern kannte.

Lin Rina
ISBN: 978-3-95991-391-1, kartoniert, EUR 16,90

Gewinner des LovelyBooks Leserpreises 2018

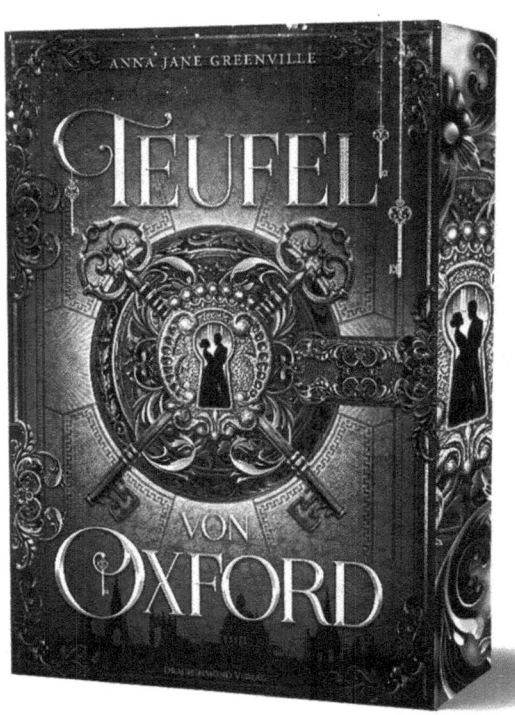

Anna Jane Greenville
Teufel von Oxford
ISBN: 978-3-95991-563-2, Softcover mit Farbschnitt

England, 1888

»Einst führte meine Familie die bekannteste Schlosserei Oxfords. Nun bin ich eine Diebin und knacke die Schlösser meiner Vorfahren. Schuld daran hat allein James Frederik Darvill. Der arrogante und attraktive Gentleman erpresst mich. Zu allem Übel geht es auf seinem Anwesen nicht mit rechten Dingen zu. Wenn ich seine finsteren Machenschaften nur aufdecken und beweisen könnte, würde ich meine Freiheit vielleicht wiedererlangen. Leider zieht mich seine mysteriöse Macht immer mehr in seinen gefährlichen Bann ... «
Susanna Copper